Jean-Claude Izzo

Total Cheops

JEAN-CLAUDE IZZO

TOTAL CHEOPS

Herausgegeben von der Süddeutsche Zeitung Edition
Ausgewählt von Peter Graf

Aus dem Französischen von Katarina Grän und Ronald Voullié

Für Sébastien

»Es gibt keine Wahrheit,
es gibt nur Geschichten.«

Jim Harrison

PROLOG

Rue des Pistoles, zwanzig Jahre danach

Er hatte nur ihre Adresse. Rue des Pistoles, in der Altstadt. Er war seit Jahren nicht mehr in Marseille gewesen. Jetzt hatte er keine Wahl mehr.

Man schrieb den 2. Juni, es regnete. Obwohl es in Strömen goss, weigerte sich der Taxifahrer, in die kleinen Gassen vorzudringen. Er setzte ihn an der Montée-des-Accoules ab. Über hundert steile Stufen und ein Gewirr von Straßen lagen bis zur Rue des Pistoles noch vor ihm. Der Boden war mit aufgerissenen Müllsäcken übersät, und ein säuerlicher Geruch stieg von der Straße auf, eine Mischung aus Pisse, Feuchtigkeit und Schimmel. Einzige große Veränderung: Die Renovierungswelle hatte das Viertel erreicht. Einige Häuser waren abgerissen worden. Die Fassaden der anderen waren neu gestrichen, ocker oder rosa mit grünen oder blauen Fensterklappen, ganz wie in Italien.

Von der Rue des Pistoles, vielleicht eine der engsten Gassen, war nur die Hälfte übrig geblieben, die Seite mit den geraden Hausnummern. Die andere war plattgemacht worden, ebenso wie die Rue Rodillat. Stattdessen: ein Parkplatz. Das fiel ihm als Erstes auf, als er um die Ecke der Rue du Refuge bog. Hier schienen die Baulöwen eine Pause eingelegt zu haben. Die Häuser waren schwärzlich, wie von Lepra befallen, zerfressen von einer aus Abwässern gespeisten Vegetation.

Er war zu früh dran, das wusste er. Aber er hatte keine Lust, in irgendeinem Bistro einen Kaffee nach dem anderen zu trinken und dabei dauernd auf die Uhr zu sehen, bis er es wagen konnte, Lole zu wecken. Er träumte von einem Kaffee in einem bequemen Sessel in einem richtigen Appartement. Das hatte er seit Monaten nicht mehr gehabt. Sobald sie die Tür öffnete, steuerte er den einzigen Sessel in der Wohnung an, als wäre er nie weg gewesen. Er liebkoste die Armlehne, setzte sich langsam und schloss die Augen. Erst danach sah er sie an. Zwanzig Jahre danach.

Sie blieb stehen. Aufrecht, wie immer. Die Hände in den Taschen eines strohgelben Bademantels vergraben, der ihre Haut brauner als sonst erscheinen ließ und ihre schwarzen Haare hervorhob, die sie jetzt kurz trug. An den Hüften hatte sie vielleicht zugenommen, er war sich nicht sicher. Sie war zur Frau geworden, aber sie hatte sich nicht verändert. Lole, die Zigeunerin. Schön, wie eh und je.

»Ich würde gern einen Kaffee trinken.«

Sie nickte. Ohne ein Wort. Ohne ein Lächeln. Er hatte sie aus dem Schlaf gerissen. Aus einem Traum, in dem sie mit Manu nach Sevilla raste, sorglos, die Taschen voller Kohle. Einem Traum, der sie jede Nacht heimsuchte. Aber Manu war seit drei Monaten tot.

Er ließ sich in den Sessel sinken, streckte die Beine von sich und zündete sich eine Zigarette an. Zweifellos die Beste seit langem.

»Ich habe dich erwartet.« Lole reichte ihm eine Tasse. »Aber später.«

»Ich habe einen Nachtzug genommen. Einen Sonderzug für Fremdenlegionäre. Weniger Kontrollen. Mehr Sicherheit.«

Ihr Blick war woanders. Dort, wo Manu war.

»Setzt du dich nicht?«

»Ich trinke meinen Kaffee lieber im Stehen.«

»Du hast immer noch kein Telefon.«

»Nein.« Sie lächelte. Für einen Moment schien die Schläfrigkeit aus ihrem Gesicht zu weichen. Sie hatte den Traum verjagt. Melancholisch sah sie ihn an. Er war müde und unruhig, von altbekannten Ängsten geplagt. Es gefiel ihm, dass Lole mit Worten geizte, keine Erklärungen abgab. Die Stille brachte für sie beide das Leben wieder in Ordnung. Ein für alle Mal.

Ein Pfefferminzduft hing in der Luft. Er sah sich im Zimmer um. Es war ziemlich groß, weiße, nackte Wände ohne Regale, Bücher oder Krimskrams. Das Mobiliar war aufs Wesentliche reduziert und willkürlich zusammengewürfelt: ein Tisch, Stühle, eine Anrichte und ein Bett am Fenster. Eine Tür führte ins Schlafzimmer. Von seinem Platz konnte er einen Teil des Bettes sehen. Blaues Bettzeug, nicht gemacht. Er konnte sich nicht mehr an die Ausdünstungen der Nacht erinnern. Ihre Körper. An Loles Geruch. Ihre Achselhöhlen rochen bei der Liebe nach Basilikum. Die Augen fielen ihm zu. Als er sie wieder aufschlug, schweifte sein Blick zum Bett am Fenster.

»Da kannst du schlafen.«

»Ich würde jetzt gern schlafen.«

Später sah er sie durch das Zimmer gehen. Er wusste nicht, wie lange er geschlafen hatte. Um auf die Uhr zu schauen, hätte er sich bewegen müssen. Und er hatte keine Lust, sich zu bewegen. Lieber wollte er mit halb geschlossenen Augen Lole zusehen, wie sie im Zimmer hin und her ging. Sie war, in ein dickes Handtuch gewickelt, aus dem Bad gekommen. Obgleich nicht sehr groß, war sie wohlproportioniert und hatte sehr schöne Beine. Dann war er wieder eingeschlafen. Ohne jede Angst.

Der Abend war hereingebrochen. Lole trug ein schwarzes, ärmelloses Leinenkleid, schlicht, aber sehr kleidsam. Es schmeichelte ihren Formen. Er betrachtete erneut ihre Beine. Dieses Mal spürte sie seinen Blick.

»Ich lasse dir die Schlüssel hier. Es ist noch heißer Kaffee da. Ich habe welchen nachgemacht.«

Sie sagte nur, was offensichtlich war. Alles andere kam nicht über ihre Lippen. Er richtete sich auf und fischte eine Zigarette aus der Packung, ohne sie aus den Augen zu lassen.

»Ich komme spät zurück. Warte nicht auf mich.«

»Bist du immer noch Animierdame?«

»Hostess. Im *Vamping*. Ich will nicht, dass du dort auftauchst und rumhängst.«

Er erinnerte sich ans Vamping, auf der Höhe des katalanischen Strandes. Eine unglaubliche Einrichtung à la Scorcese. Die Sängerin und das Orchester hinter mit Pailletten besetzten Notenständern. Tango, Bolero, Cha-Cha-Cha, Mambo …

»Das hatte ich auch nicht vor.«

Sie zuckte mit den Schultern. »Ich habe nie gewusst, was du vorhast.« Ihr Lächeln verbot jeden Kommentar. »Willst du Fabio treffen?«

Mit dieser Frage hatte er gerechnet. Er hatte sie sich schon selbst gestellt. Aber er hatte die Idee wieder verworfen. Fabio war Polizist. Es war, als sei damit ein Strich unter ihre Jugend und Freundschaft gezogen worden. Trotzdem hätte er Fabio gern wiedergesehen.

»Später. Vielleicht. Wie geht es ihm?«

»Unverändert. Wie uns. Wie dir. Wie Manu. Verloren. Wir wussten nichts mit unserem Leben anzufangen. Ob Räuber oder Gendarm …«

»Du mochtest ihn gern, das stimmt.«

»Ich mag ihn gern, ja.«

Er fühlte einen Stich im Herzen. »Hast du ihn wieder gesehen?«

»Seit drei Monaten nicht mehr.« Sie schnappte sich ihre Handtasche und eine weiße Leinenjacke. Er ließ sie immer noch nicht aus den Augen.

»Unter deinem Kopfkissen«, sagte sie schließlich. Er konnte ihrer Miene ansehen, dass seine Überraschung sie amüsierte. »Alles andere findest du in der Schublade in der Anrichte.«

Und ohne ein weiteres Wort ging sie. Er hob das Kopfkissen hoch. Die 9mm war da. Bevor er Paris verließ, hatte er sie Lole per Eilpost geschickt, denn in den Metros und Bahnhöfen wimmelte es von Bullen. Das republikanische Frankreich hatte beschlossen, das Land noch weißer zu waschen. Keine Einwanderer mehr. Der neue französische Traum. Falls er kontrolliert würde, wollte er keine Probleme. Nicht dieses Problem. Falsche Papiere hatte er ohnehin.

Die Pistole. Manu hatte sie ihm zum zwanzigsten Geburtstag geschenkt. Zu der Zeit war Manu schon auf die schiefe Bahn geraten. Er hatte sich nie von ihr getrennt, sie aber auch nie benutzt. Man bringt nicht einfach so jemanden um, nicht einmal in einer bedrohlichen Lage, was hin und wieder vorgekommen war. Es gab immer eine andere Lösung. So sah er es. Und er lebte noch. Aber heute brauchte er sie. Um zu töten.

Es war kurz nach acht. Der Regen hatte nachgelassen, und als er aus dem Gebäude trat, schlug ihm die Hitze voll ins Gesicht. Nach einer ausgiebigen Dusche war er in eine schwarze Leinenhose, ein schwarzes Polohemd und eine Jeansjacke geschlüpft. Seine Mokassins hatte er wieder angezogen, aber ohne Socken. Er ging durch die Rue du Panier.

Dies war sein Viertel. Hier war er geboren. In der Rue des Petits-Puits, zwei Häuserblocks vom Geburtsort des Barockbildhauers Pierre Puget entfernt. Als sein Vater nach Frankreich kam, hatte er zunächst in der Rue de la Charité gewohnt. Sie waren vor dem Elend und vor Mussolini geflohen. Sein Vater war damals zwanzig Jahre alt und hatte zwei Brüder im Schlepptau – nabos, Neapolitaner. Drei weitere hatten sich nach Argentinien eingeschifft. Sie machten die Arbeit, für die die Franzosen sich zu schade waren. Sein Vater ließ sich für einen Hungerlohn als Hafenarbeiter anwerben. Sie wurden als »Hafenköter« beschimpft. Seine Mutter schuftete vierzehn Stunden am Tag in der Dattelfabrik. Abends trafen sich die nabos und babis, die aus dem Norden, auf der Straße. Stühle wurden vor die Tür gestellt. Man unterhielt sich von Fenster zu Fenster. Wie in Italien. Gar nicht so übel, das Leben.

Sein Haus erkannte er nicht wieder. Es war wie die anderen renoviert worden. Er ging weiter. Manu stammte aus der Rue Baussenque. Aus einem dunklen, feuchten Haus, in dem seine

Mutter sich, als sie mit ihm schwanger ging, mit zwei seiner älteren Brüder niedergelassen hatte. Seinen Vater, José Manuel, hatten die Franco-Anhänger erschossen. Immigranten, Exilanten – sie landeten alle eines Tages in einer dieser Gassen, die Taschen leer und das Herz voller Hoffnung. Als Lole mit ihrer Familie ankam, gehörten Manu und er selbst, mit sechzehn Jahren, schon zu den Großen. Das ließen sie die Mädchen jedenfalls glauben.

Schon seit dem letzten Jahrhundert galt es als Schande, im Viertel um die Rue du Panier zu leben. Das Viertel der Seeleute und Huren. Das Krebsgeschwür der Stadt. Das große Bordell. Für die Nazis, die es nur zu gern zerstört hätten, ein Herd der Entartung des Abendlandes. Sein Vater und seine Mutter hatten die Demütigung erlebt. Der Ausweisungsbefehl kam mitten in der Nacht. Am 24. Januar 1943. Für zwanzigtausend Personen. Hastig wurden ein paar Habseligkeiten auf einen Karren geworfen. Gewalttätige französische Gendarmen und spöttische deutsche Soldaten. Im Morgengrauen mussten sie den Karren unter den Augen der Leute, die auf dem Weg zur Arbeit waren, über die Canebière ziehen. In der Schule zeigte man mit dem Finger auf sie, sogar die Arbeitersöhne aus dem Viertel Belle-de-Mai. Aber nicht mehr lange. Sie würden ihnen die Finger brechen! Ihre Körper und Klamotten trugen den muffigen Geruch des Viertels, das wussten sie, Manu und er. Dem ersten Mädchen, das er geküsst hatte, saß dieser Geruch tief im Hals. Aber sie machten sich nichts daraus. Sie liebten das Leben. Sie waren schön. Und sie hatten starke Fäuste.

Er stieg die Rue du Refuge wieder hinab. Etwas weiter unten diskutierte eine Gruppe von sechs vierzehn- bis siebzehnjährigen *beurs*. Neben ihnen ein funkelnagelneues Mofa. Wachsam sahen sie ihn näher kommen. Ein neues Gesicht im Viertel bedeutet Gefahr. Bulle. Spitzel. Oder der neue Eigentümer eines renovierten Hauses, der sich bei der Stadtverwaltung über die Unsicherheit beschweren würde. Dann kämen Bullen, Kontrollen, Vernehmungen auf der Wache, vielleicht Schläge. Schikanen. Auf ihrer Höhe angekommen, warf er demjenigen, der der Anführer zu sein schien, einen Blick zu. Einen direkten, offenen Blick. Ganz kurz. Dann ging er weiter. Niemand rührte sich. Sie hatten sich verstanden.

Er überquerte die Place de Lenche, die verlassen dalag, und stieg zum Hafen hinunter. Bei der ersten Telefonzelle machte er Halt. Batisti nahm ab.

»Ich bin ein Freund von Manu.«

»Hallo, mein Lieber. Komm doch auf einen Aperitif vorbei, morgen gegen eins im *Péano*. Ich freue mich drauf, dich zu sehen. Ciao, mein Sohn.«

Er legte auf. Batisti war nicht gesprächig. Keine Zeit, ihm zu sagen, dass er ihn lieber woanders getroffen hätte. Überall, nur nicht dort. Im Péano. Der Bar der Maler. Ambrogiani hatte seine ersten Leinwände dort aufgehängt. Andere hatten es ihm gleichgetan. Alles blasse Imitatoren. Es war auch die Bar der Journalisten. Alle Tendenzen waren dort vertreten, von *Le Provençal* über *La Marseillaise* und AFP bis zur *Libération*. Der Pastis schlug eine Brücke zwischen den Männern. Nachts warteten sie dort den Redaktionsschluss ab und gingen dann im hinteren Saal Jazz hören. Petrucciani, Vater und Sohn, waren dorthin gekommen, zusammen mit Aldo Romano. Nächte waren das gewesen, in denen er sein Leben zu ergründen versuchte. In jener Nacht hatte Harry am Klavier gesessen.

»Man versteht nur, was man will«, hatte Lole gesagt.

»Genau. Und ich für meinen Teil verspüre das dringende Bedürfnis durchzublicken.«

Manu war mit der x-ten Runde zurückgekommen. Nach Mitternacht wurde nicht mehr gezählt. Drei doppelte Scotchs. Er hatte sich hingesetzt und sein Glas gehoben, lächelnd unter seinem Schnurrbart.

»Auf das Liebespaar.«

»Halt bloß die Klappe«, hatte Lole gesagt.

Er hatte euch angesehen wie seltene Tiere und sich dann in der Musik verloren. Lole sah dich an. Du hattest dein Glas geleert, langsam und bestimmt. Deine Entscheidung war gefallen. Du würdest weggehen. Du bist aufgestanden und schwankend hinausgegangen. Du bist gegangen. Auf und davon. Ohne ein Wort des Abschieds zu Manu, dem einzigen Freund, der dir geblieben war. Ohne ein Wort zu Lole, die gerade zwanzig geworden war und die du liebtest, die ihr liebtet. Kairo, Dschibuti, Aden, Harar. Die Reiseroute eines überalterten Jugendlichen. Dann die verlorene Unschuld. Von Argentinien nach Mexiko. Und schließlich Asien, um endgültig mit allen Illusionen aufzuräumen. Und einen internationalen Haftbefehl wegen illegalen Kunsthandels am Hals.

Du bist für Manu nach Marseille zurückgekommen. Um mit dem Schweinehund abzurechnen, der ihn umgebracht hat. Er trat aus dem Bistro *Chez Félix* in der Rue Caisserie, wo er zu Mittag gegessen hatte. Lole erwartete ihn bei ihrer Mutter in Madrid. Er wollte einen großen Batzen einstreichen. Für einen sauberen Bruch bei einem bedeutenden Marseiller Anwalt, Éric Brunel am Boulevard Longchamp. Sie hatten beschlossen, nach Sevilla zu gehen. Und Marseille und die Schinderei zu vergessen. Es ging dir nicht um den, der die Schweinerei ausgeführt hatte. Ein bezahlter Killer zweifellos. Anonym, kalt, aus Lyon oder Mailand angereist und unauffindbar. Es ging um den Dreckskerl, der ihn dafür bezahlt hatte, Manu zu töten. Egal, warum. Du brauchtest keine Gründe, nicht einen einzigen. Manu, das war, als wärst du es selbst gewesen.

Die Sonne weckte ihn. Neun Uhr. Er blieb auf dem Rücken liegen und rauchte seine erste Zigarette. So fest hatte er seit Monaten nicht mehr geschlafen. Er träumte immer, er schliefe woanders. In einem Bordell in Harar. Im Gefängnis in Tijuana. Im Rom-Paris-Express. Überall, nur nicht da, wo er war. Diese Nacht hatte er geträumt, er schliefe bei Lole. Und er war tatsächlich bei ihr. Fast wie zu Hause. Er lächelte. Fast hätte er nicht gehört, wie sie heimkam und die Schlafzimmertür schloss. Sie lag in ihren blauen Laken und versuchte, den zerbrochenen Traum wieder zusammenzubekommen.

Ein Stück fehlte immer. Manu. Oder war es er selbst? Aber diesen Gedanken hatte er seit langem aufgegeben. Er musste sich in diese Rolle fügen. Zwanzig Jahre waren schließlich mehr als ein Trauerjahr.

Er stand auf, machte Kaffee und ging unter die Dusche, eine heiße Dusche. Es ging ihm wesentlich besser. Mit geschlossenen Augen stand er unter dem Strahl und stellte sich vor, dass Lole zu ihm kommen würde. Wie früher. Sie würde sich an seinen Körper drücken, ihr Geschlecht an seines pressen. Seine Hände würden über ihren Rücken und Hintern gleiten. Sein Schwanz wurde steif. Er öffnete den kalten Wasserhahn. Das kalte Wasser ließ ihn aufschreien.

Lole legte eine der ersten Platten von Azuquita auf. *Pura Salsa.* Ihr Geschmack hatte sich nicht geändert. Er deutete einige Tanzschritte an und brachte sie damit zum Lachen. Sie kam näher, um ihn zu küssen. Bei ihrer Bewegung sah er ihre Brüste. Wie Birnen, die darauf warteten, gepflückt zu werden. Er wandte den Blick nicht schnell genug ab. Ihre Augen trafen sich. Sie erstarrte, zog den Gürtel des Bademantels fester und verschwand Richtung Küche. Er fühlte sich schäbig. Eine Ewigkeit verging. Sie kam mit zwei Tassen Kaffee wieder. »Gestern Abend hat ein Typ nach dir gefragt. Wollte wissen, ob du in der Gegend bist. Ein Kumpel von dir. Malabe. Franckie Malabe.«

Er kannte keinen Malabe. Ein Bulle? Eher ein Spitzel. Es gefiel ihm nicht, dass sie sich an Lole heranmachten. Aber gleichzeitig beruhigte es ihn. Die Bullen vom Zoll wussten, dass er wieder in Frankreich war, aber nicht, wo. Noch nicht. Sie versuchten, seine Spur aufzunehmen. Er brauchte noch ein bisschen Zeit. Zwei Tage vielleicht. Alles hing davon ab, was Batisti zu verkaufen hatte.

»Warum bist du hier?«

Er nahm seine Jacke. Bloß nicht antworten, sich nicht auf ein Frage-und-Antwort-Spiel einlassen. Er wäre nicht fähig, sie zu belügen, ihr zu erklären, warum er das alles tun würde. Nicht jetzt.

Er musste es tun, so wie er eines Tages hatte verschwinden müssen. Auf ihre Fragen hatte er noch nie eine Antwort gefunden. Es gab nichts als Fragen. Keine Antworten. Das hatte er begriffen, so war es. Es war wenig genug, aber sicherer, als an Gott zu glauben.

»Vergiss die Frage.«

Hinter ihm öffnete sie die Tür und rief: »Das hat mich nicht weitergebracht, keine Fragen zu stellen!«

Das zweistöckige Parkhaus am Cours Estienne d'Orves war schließlich abgerissen worden. Der ehemalige Galeerenkanal war nun ein schöner Platz. Die Häuser waren renoviert, die Fassaden frisch gestrichen, der Boden gepflastert. Ein Platz wie in Italien. Die Bars und Restaurants hatten alle Terrassen mit weißen Tischen und Sonnenschirmen. Wie in Italien ließ man sich sehen. Zumindest die Schickeria. Auch das *Péano* hatte seine Terrasse, die schon gut besucht war, größtenteils von jungen Leuten, die etwas auf sich hielten. Die Innenräume waren neu gemacht, sie wirkten kalt. Statt der Bilder hingen Reproduktionen an den Wänden. Zum Kotzen. Vielleicht war es besser so. So konnte er seine Erinnerungen auf Distanz halten.

Er ging zum Tresen und bestellte einen Pastis. Im Saal saß ein Paar, eine Prostituierte und ihr Zuhälter. Aber er konnte sich auch täuschen. Sie diskutierten lebhaft, mit leiser Stimme. Er stützte einen Ellenbogen auf die nagelneue Theke und beobachtete den Eingang.

Die Minuten vergingen. Niemand kam. Er bestellte noch einen Pastis. Man hörte: »Hurensohn.« Ein hartes Geräusch. Die Blicke wanderten zu dem Paar. Stille. Die Frau rannte hinaus. Der Mann stand auf, legte einen Fünfzig-Francs-Schein auf den Tisch und folgte ihr.

Auf der Terrasse faltete ein Mann seine Zeitung zusammen. Er war in den Sechzigern, hatte eine Seemannsmütze auf dem Kopf, trug eine blaue Leinenhose, darüber ein weißes, kurzärmliges Hemd und blaue Espadrilles. Er stand auf und ging auf ihn zu. Batisti.

Er verbrachte den Nachmittag damit, die Gegend auszukundschaften. Monsieur Charles, wie er in der Szene genannt wurde, wohnte in einer der stattlichen Villen über der Corniche. Erstaunliche Villen mit Glockentürmchen oder Säulen und Gärten mit Palmen, Oleander und Feigenbäumen. Nach dem Verlassen der Roucas Blanc, der Straße, die sich um den kleinen Hügel schlängelt, gelangt man in ein Geflecht von zum Teil kaum geteerten Gassen. Bis zur Place des Pilotes am oberen Ende der letzten Steigung hatte er den Bus genommen, den 55er. Dann war er zu Fuß weitergegangen. Er hatte die Reede unter sich. Von L'Estaque bis zur Pointe-Rouge. Die Frioul-Inseln, das Château d'If. Marseille auf Breitleinwand. Eine Schönheit. Er näherte sich dem Abstieg zum Meer. Er war nur noch zwei Villen von Zuccas Domizil entfernt. Er sah auf die Uhr. 16.58 Uhr. Die Gittertore der Villa öffneten sich. Ein schwarzer Mercedes tauchte auf, hielt an. Er ging an der Villa und dem Mercedes vorbei und weiter bis zur Kreuzung der Rue des Espérettes und der Roucas Blanc. Er überquerte die Straße. Noch zehn Schritte bis zur Bushaltestelle. Laut Fahrplan kam der 55er um 17.05 Uhr. Er sah auf die Uhr. Dann lehnte er sich an den Pfosten und wartete.

Der Mercedes fuhr rückwärts an den Bürgersteig heran und blieb stehen. Der Chauffeur und noch ein Mann saßen drin. Zucca erschien. Er musste um die siebzig sein, herausgeputzt wie ein alter Ganove, Strohhut inbegriffen. An der Leine hatte er einen weißen Pudel. Dem Hund hinterher stieg er bis zur Fußgängerzone der Rue des Espérettes hinab. Er hielt an. Der Bus kam. Zucca überquerte die Straße. Jetzt war er auf der schattigen Seite. Dann ging er die Roucas Blanc hinunter, an der Bushaltestelle vorbei. Der Mercedes fuhr los, im Schritttempo.

Batistis Auskünfte waren ihre fünfzigtausend Francs wert. Er hatte ihn bis ins Detail eingewiesen. Nicht eine Kleinigkeit fehlte. Zucca machte diesen Spaziergang jeden Tag außer sonntags, wenn er seine Familie empfing. Um achtzehn Uhr brachte der Mercedes ihn wieder zur Villa. Aber Batisti wusste nicht, warum Zucca Manu zur Verantwortung gezogen hatte. In dieser Frage war er nicht weitergekommen. Es musste einen Zusammenhang mit dem Einbruch bei dem Anwalt geben. Das war ihm klar. Aber um ehrlich zu sein, es war ihm scheißegal. Einzig und allein Zucca interessierte ihn. Monsieur Charles.

Er fürchtete sich vor diesen ehemaligen Ganoven. Mit Bullen und Justizbeamten auf Du und Du, entgingen sie jeder Strafe. Sie waren stolz und herablassend. Zucca hatte eine Visage wie Brando in *Der Pate*. So eine Visage hatten sie alle. Hier, in Palermo, in Chicago. Auf der ganzen Welt. Und er hatte jetzt einen im Visier. Er würde einen umlegen. Aus Freundschaft. Und um sich von seinem Hass zu befreien.

Er wühlte in Loles Sachen. In der Kommode, im Schrank. Er war leicht betrunken zurückgekommen. Er suchte nichts Bestimmtes. Er wühlte, als könne er ein Geheimnis entdecken. Über Lole, über Manu. Aber es gab nichts zu entdecken. Das Leben war ihnen durch die Finger geronnen, schneller als die Kohle.

In einer Schublade fand er einen Haufen Fotos. Mehr war ihnen nicht geblieben. Es war zum Verzweifeln. Fast hätte er alles in den Müll geschmissen. Aber da waren diese drei Fotos. Dreimal das gleiche. Zur gleichen Zeit am gleichen Ort. Manu und er. Lole und Manu. Lole und er. Es war am Anfang der großen Mole, hinter dem Handelshafen. Um dorthin zu gelangen, mussten sie die Aufmerksamkeit der Wachen ablenken. Darin waren wir gut, dachte er. Hinter ihnen lag die Stadt. Am Horizont die Inseln. Ihr kamt aus dem Wasser. Außer Atem, glücklich. Ihr konntet euch nicht an den Schiffen sattsehen, die bei Sonnenuntergang hinausfuhren. Lole las laut *Exil* von Saint-John Perse. Die Milizen des Windes im Treibsand des Exils. Auf dem Rückweg hast du Loles Hand genommen. Du hast es gewagt. Vor Manu.

An jenem Abend habt ihr Manu in der *Bar de Lenche* zurückgelassen. Die Stimmung war umgekippt. Kein Lachen mehr, nicht ein Wort. Ihr trankt euren Pastis in verlegenem Schweigen. Die Lust hatte euch von Manu entfernt. Am nächsten Morgen musstet ihr ihn im Polizeirevier abholen. Dort hatte er die Nacht verbracht, weil er einen Streit mit zwei Legionären vom Zaun gebrochen hatte. Sein rechtes Auge war zugeschwollen, die Lippen dick und an einer Seite aufgeplatzt. Blaue Flecken am ganzen Körper.

»Ich hatte keine Chance. Aber gut, was soll's!«

Lole küsste ihn auf die Stirn. Er drückte sich an sie und fing an zu heulen.

»Verflucht, ist das hart«, sagte er.

Und schlief ein, einfach so, auf Loles Knien.

Lole weckte ihn um zehn. Er hatte fest geschlafen, erwachte aber mit einem schlechten Geschmack im Mund. Kaffeeduft erfüllte die Wohnung. Lole hatte sich auf die Bettkante gesetzt und ihn sanft an der Schulter berührt. Sie hauchte einen Kuss auf seine Stirn, dann seinen Mund. Einen flüchtigen, zärtlichen Kuss. Wenn es das Glück gab, hatte es ihn soeben gestreift.

»Ich hatte ganz vergessen ...«

»Wenn das stimmt, hau sofort ab!«

Sie reichte ihm eine Tasse Kaffee und stand auf, um ihre zu holen. Sie lächelte, glücklich. Als sei der Kummer nicht mit erwacht.

»Willst du dich nicht setzen. Wie eben.«

»Ich trinke meinen Kaffee ...«

»... im Stehen, ich weiß.«

Sie lächelte noch immer. Er konnte sich nicht von diesem Lächeln, diesem Mund losreißen. Er klammerte sich an ihre Augen. Sie leuchteten, wie in jener Nacht. Du hattest dein T-Shirt ausgezogen, dann dein Hemd. Eure Bäuche klebten aneinander, und ihr bliebt so, ohne zu sprechen. Nur euer Atem. Und ihre Augen, die dich nicht losließen.

»Du wirst mich nie verlassen.«

Du hast geschworen.

Aber du bist gegangen. Manu ist geblieben. Und Lole hat gewartet. Aber vielleicht war Manu nur geblieben, um auf Lole achtzugeben. Und Lole ist dir nicht gefolgt, weil es ihr ungerecht schien, Manu zu verlassen. Seit Manus Tod legte er sich solche Gedanken zurecht. Denn er musste zurückkehren. Da war er. Marseille – das kam immer wieder hoch. Und Lole, als Nachgeschmack.

Loles Augen leuchteten noch stärker, von einer zurückgehaltenen Träne. Sie ahnte, dass er etwas ausheckte und dass dieses Etwas ihr Leben verändern würde. Sie hatte die Vorahnung nach der Beerdigung Manus gehabt. In den Stunden, die sie mit Fabio verbracht hatte. Sie hatte ein Gespür für so etwas. Sie spürte auch Dramen im Voraus. Aber sie würde nichts sagen. Es war seine Sache zu reden.

Er fischte nach dem Packpapierumschlag neben seinem Bett.

»Das ist eine Fahrkarte nach Paris. Für heute, den TGV um 13.54 Uhr. Das ist ein Ticket von der Gepäckaufbewahrung, am Bahnhof von Lyon. Dieses ist für den Bahnhof von Montparnasse. Zwei Koffer sind abzuholen. In jedem liegen unter alten Klamotten hunderttausend Francs. Das ist die Postkarte eines sehr guten Restaurants in Port-Mer, bei Cancale, in der Bretagne. Auf der Rückseite steht Marines Telefonnummer, ein Kontakt. Du kannst sie alles fragen. Aber handle nie einen Preis für ihre Dienste aus. Ich habe dir ein Zimmer im *Hôtel des Marronniers* in der Rue Jacob reserviert. Auf deinen Namen, für fünf Nächte. An der Rezeption liegt ein Brief für dich.«

Sie hatte sich nicht gerührt. Wie erstarrt. Langsam war jeder Ausdruck aus ihren Augen gewichen. Ihr Blick war leer. »Kann ich ein Wort zu alledem sagen?«

»Nein.«

»Ist das alles, was du mir zu sagen hast?«

Für das, was er zu sagen hatte, hätte er Jahrhunderte gebraucht. Er konnte es in zwei Sätzen zusammenfassen. Es tut mir leid. Ich liebe dich. Aber ihre Zeit war abgelaufen. Oder besser gesagt, die Zeit war an ihnen vorbeigegangen. Die Zukunft lag hinter ihnen.

Vor ihnen lagen nur noch Erinnerungen. Bedauern. Er sah zu ihr auf, so distanziert wie möglich.

»Mach dein Bankkonto leer. Vernichte deine Kreditkarte und dein Scheckheft. Ändere deine Identität so schnell wie möglich. Marine wird sich darum kümmern.«

»Und du?«, brachte sie mühsam hervor.

»Ich ruf dich morgen früh an.«

Er sah auf die Uhr und stand auf. Als er auf dem Weg ins Badezimmer an ihr vorbeiging, vermied er es, sie anzusehen. Hinter sich schloss er ab. Er wollte Lole unter der Dusche nicht bei sich haben. Im Spiegel betrachtete er sein Gesicht. Er mochte es nicht. Er fühlte sich alt. Er hatte das Lächeln verlernt. Um die Mundwinkel hatte sich eine bittere Falte eingegraben, die nicht mehr verschwinden würde. Er wurde fünfundvierzig, und dieser Tag würde der mieseste seines Lebens sein.

Er hörte den ersten Akkord auf der Gitarre von *Entre dos aguas*. Paco de Lucia. Lole hatte die Lautstärke aufgedreht. Sie stand mit gekreuzten Armen vor der Stereoanlage und rauchte.

»Du versinkst in Erinnerungen.«

»Rutsch mir den Buckel runter.«

Er nahm die Pistole, lud sie, sicherte sie und klemmte sie am Rücken zwischen Hemd und Hose ein. Sie hatte sich umgedreht und verfolgte jede seiner Bewegungen.

»Beeil dich. Ich will nicht, dass du den Zug verpasst.«

»Was wirst du tun?«

»Für Durcheinander sorgen. Hoffe ich.«

Das Mofa schnurrte im Leerlauf, keine einzige Fehlzündung. 16.51 Uhr, Rue des Espérettes, unterhalb der Villa von Charles Zucca. Es war heiß. Der Schweiß rann ihm den Rücken runter. Er wollte es schnell hinter sich bringen.

Den ganzen Morgen hatte er die beurs gesucht. Sie wechselten dauernd die Straßen. Das war ihre Regel. Wahrscheinlich war es sinnlos, aber sie hatten sicher ihre Gründe. In der Rue Fontaine-de-Caylus hatte er sie schließlich gefunden. Aus der Straße war ein Platz mit Bäumen und Bänken geworden. Sie waren die Einzigen auf dem Platz. Niemand aus dem Viertel kam hierher, um sich hinzusetzen. Die Leute blieben lieber vor ihrer Tür. Die Größeren saßen auf den Stufen eines Hauses, die Jüngeren standen. Als sie ihn kommen sahen, stand der Chef auf, die anderen hielten sich zurück.

»Ich brauch deine Mühle. Für heut Nachmittag. Bis sechs. Zweitausend in bar.«

Vorsichtig beobachtete er die Umgebung. Er hatte darauf gesetzt, dass niemand in den Bus einsteigen wollte. Wenn jemand auftauchte, würde er verzichten. Falls ein Fahrgast aus dem Bus aussteigen wollte, würde er das allerdings zu spät mitkriegen. Das war ein Risiko. Er hatte beschlossen, es darauf ankommen zu lassen. Dann sagte er sich, wenn er dieses Risiko schon einginge, könnte er sich auf das andere ebenfalls einlassen. Er begann zu rechnen. Der Bus hält. Die Tür öffnet sich. Die Person steigt ein. Der Bus fährt wieder ab. Vier Minuten. Nein, gestern hatte es nur drei Minuten gedauert. Sagen wir trotzdem vier. Zucca hätte die Straße schon überquert. Nein, er hätte das Mofa gesehen und es vorbeigelassen. Er schob alle Gedanken beiseite und zählte wieder und wieder die Minuten. Ja, es war möglich. Aber was dann kam, war wie im Western. 16.59 Uhr.

Er zog das Helmvisier herunter. Die Pistole lag gut in seiner Hand. Und die Hände waren trocken. Er gab kaum merklich Gas und fuhr am Bürgersteig entlang, die linke Hand an den Lenker geklammert. Der Pudel tauchte auf, hinter ihm Zucca. Eine innere Kälte stieg in ihm auf. Zucca sah ihn kommen. Er blieb am Kantstein stehen und hielt den Hund zurück. Er begriff, aber zu spät. Sein Mund öffnete sich, ohne dass er einen Laut von sich gegeben hätte. Die Augen weiteten sich. Die Angst. Das hätte schon gereicht, dass er sich in die Hose geschissen hätte. Er drückte auf den Abzug. Angewidert. Von sich. Von ihm. Von den Menschen. Und von der Menschheit. Er leerte das Magazin in seine Brust.

Vor der Villa machte der Mercedes einen Satz. Von rechts kam der Bus. Er fuhr an der Haltestelle vorbei, ohne abzubremsen. Da riss er die Maschine herum, überrundete den Bus und schnitt ihm den Weg ab. Um ein Haar hätte er den Kantstein gestreift, aber er kam glatt vorbei. Der Bus bremste scharf und blockierte die Straße für den Mercedes. Er floh mit Vollgas, bog links ab und noch mal links, in den Chemin du Souvenir, dann in die Rue des Roses. In der Rue des Bois-Sacrés warf er die Pistole in einen Gulli. Wenige Minuten später fuhr er ruhig die Rue d'Endoume entlang.

Dann erst dachte er an Lole. Eins nach dem anderen. Es gab nichts mehr zu sagen. Du hast dich danach gesehnt, ihren Bauch an deinem zu spüren, den Geschmack ihrer Haut und ihren Geruch nach Pfefferminz und Basilikum begehrt. Aber es lagen zu viele Jahre zwischen euch, zu viel Schweigen. Und Manu. Tot, und noch so lebendig. Fünfzig Zentimeter trennten euch. Wenn du deine Hand ausgestreckt hättest, hättest du sie um die Hüfte fassen und zu dir heranziehen können. Sie hätte ihren Bademantelgürtel öffnen und dich mit der Schönheit ihres Körpers blenden können. Ihr hättet euch leidenschaftlich geliebt, mit unersättlicher Begierde. Danach wäre danach gewesen. Worte finden. Worte, die es nicht gab. Danach hättest du sie verloren. Für immer. Du bist gegangen. Ohne Abschied. Ohne Kuss. Wieder mal.

Er zitterte. Er bremste vor dem erstbesten Bistro am Boulevard de la Corderie. Wie in Trance schloss er das Mofa ab und zog den Helm aus. Er stürzte einen Cognac hinunter. Der Alkohol brannte in seinem Innern. Die Kälte entwich. Er begann zu schwitzen. Er floh auf die Toilette, um sich endlich zu übergeben. Seine Taten und Gedanken zu erbrechen. Sich selber auszukotzen. Den, der Manu im Stich gelassen hatte. Der nicht den Mut aufgebracht hatte, Lole zu lieben. Eine entgleiste Existenz. So lange schon. Zu lange. Das Schlimmste, so viel wusste er, lag noch vor ihm. Beim zweiten Cognac zitterte er nicht mehr. Er war von sich selbst zurückgekehrt.

Er parkte in der Rue Fontaine-de-Caylus. Keine Spur von den beurs. Es war 18.20 Uhr. Seltsam. Er nahm den Helm ab und hängte ihn an den Lenker, ließ aber den Motor laufen. Der Jüngste erschien. Er kickte einen Ball vor sich her, den er in seine Richtung schoss.

»Verpiss dich, es sind Bullen im Anmarsch. Die lungern vorm Haus deiner Tussi rum.«

Er fuhr los, wieder die kleine Gasse hinauf. Sicher überwachten sie die Durchgänge. Montée-des-Accoules, Montée-Saint-Esprit, quer über die Repenties. Place de Lenche, natürlich. Er hatte vergessen, Lole zu fragen, ob Franckie Malabe sich noch mal gemeldet hatte. Vielleicht hatte er eine Chance, wenn er die Rue des Cartiers ganz oben nahm. Er ließ das Mofa liegen und rannte die Treppen hinunter. Sie waren zu zweit. Zwei junge Bullen in Zivil. Unten an der Treppe.

»Polizei.«

Er hörte die Sirene weiter oben in der Straße. Eingekeilt. Türen schlugen. Sie kamen. Von hinten.

»Keine Bewegung!«

Er tat, was er tun musste. Er tauchte die Hand in seine Jacke. Er musste der Sache ein Ende machen. Nicht mehr auf der Flucht sein. Er war da. Zu Hause. In seinem Viertel. Warum nicht hier. In Marseille sterben. Er zielte auf die beiden jungen Polizisten. Von hinten konnten sie nicht sehen, dass er keine Waffe trug. Die erste Kugel zerfetzte ihm den Rücken. Seine Lunge explodierte. Die beiden anderen Kugeln spürte er nicht mehr.

KAPITEL 1

In dem man sogar ums Verlieren kämpfen muss

Ich hockte mich vor die Leiche von Pierre Ugolini. Ugo. Ich war gerade am Tatort angekommen. Zu spät. Meine Kollegen hatten Cowboy gespielt. Wenn sie schossen, töteten sie. So einfach war das. Anhänger von General Custer. Ein guter Indianer ist ein toter Indianer. Und in Marseille gab es fast nur Indianer.

Ugolinis Akte war auf dem falschen Schreibtisch gelandet. Bei Kommissar Argue. Seine Mannschaft hatte sich in einigen Jahren einen schmutzigen Ruf erworben, aber sie hatte sich bewährt. Man schloss gelegentlich die Augen vor ihren Ausrutschern. Die Bekämpfung des großen Bandenkrieges hat in Marseille Vorrang. An zweiter Stelle kommt die Aufrechterhaltung der Ordnung in den nördlichen Vierteln. Den Einwanderer-Vororten. Verbotenen Städten. Das war mein Job. Aber ich durfte mir keine Fehltritte leisten.

Ugo war ein alter Kumpel aus meiner Kindheit. Wie Manu. Ein Freund. Auch wenn wir uns seit über zwanzig Jahren nicht gesehen hatten. Manu und Ugo lasteten schwer auf meiner Vergangenheit. Das hatte ich vermeiden wollen. Aber ich hatte Fehler gemacht.

Als ich hörte, dass Argue mit den Ermittlungen über Ugos Anwesenheit in Marseille beauftragt war, setzte ich einen meiner Spitzel auf die Sache an. Franckie Malabe. Ich vertraute ihm. Wenn Ugo nach Marseille kam, würde er zu Lole gehen. Das war todsicher. Allen Umständen zum Trotz. Und ich war sicher, dass Ugo kommen würde. Wegen Manu. Wegen Lole. Freundschaft hat Regeln, gegen die man nicht verstößt. Ich erwartete Ugo. Seit drei Monaten. Weil auch ich fand, wir konnten Manus Tod nicht so auf sich beruhen lassen. Wir brauchten eine Erklärung. Wir brauchten einen Schuldigen. Und Gerechtigkeit. Ich wollte Ugo treffen, um darüber zu sprechen. Über Gerechtigkeit. Ich, der Polizist, und er, der Gesetzlose. Um Dummheiten zu vermeiden. Um ihn vor Argue zu schützen. Aber um Ugo zu finden, musste ich Lole wiederfinden. Seit Manus Tod hatte ich ihre Spur verloren.

Franckie Malabe war effizient. Aber er lieferte seine Informationen zuerst an Argue. Ich bekam sie nur unter der Hand am nächsten Tag. Nachdem er im *Vamping* um Lole herumscharwenzelt war. Argue hatte Macht. Er war hart. Die Spitzel fürchteten ihn. Und die Spitzel, diese miesen Schleimer, hatten nur ihre eigenen kleinen Interessen im Auge. Das hätte ich wissen müssen.

Der andere Fehler war, dass ich an jenem Abend nicht selbst zu Lole gegangen war. Manchmal fehlt es mir an Mut. Ich konnte mich nicht entschließen, einfach so ins *Vamping* zu gehen, drei Monate danach. Drei Monate nach jener Nacht, die auf den Tod von Manu folgte. Lole hätte nicht einmal mit mir gesprochen. Vielleicht. Vielleicht hätte sie die Botschaft auch verstanden, wenn sie mich gesehen hätte. Vielleicht hätte Ugo verstanden.

Ugo. Er fixierte mich mit seinen leblosen Augen, ein Lächeln auf den Lippen. Ich schloss seine Augen. Das Lächeln überlebte. Wird immer überleben.

Ich richtete mich auf. Um mich herum belebte sich die Straße. Orlandi kam wegen der Fotos. Ich betrachtete Ugos Leiche. Seine offene Hand und in der Verlängerung die Smith & Wesson, die auf die Stufe gerutscht war. Foto. Was war wirklich passiert? War er bereit gewesen zu feuern? War er aufgefordert worden, sich zu ergeben? Ich würde es nie erfahren. Vielleicht, wenn ich ihn eines Tages in der Hölle wieder träfe. Denn die Zeugen waren alle von Argue ausgewählt. Die Zeugen aus dem Viertel hatten keine Bedeutung. Ihre Aussagen wurden unterschlagen. Ich sah weg. Argue hatte gerade seinen Auftritt. Er kam auf mich zu.

»Tut mir schrecklich leid, Fabio. Wegen deinem Kumpel.«

»Verpiss dich.«

Ich ging die Rue des Cartiers wieder hinauf. Ich begegnete Morvan, dem Scharfschützen der Mannschaft. Eine Visage wie Lee Marvin. Die Visage eines Mörders, nicht die eines Polizisten. Ich legte all meinen Hass in meinen Blick. Er schlug die Augen nicht nieder. Für ihn existierte ich nicht. Ich war nichts. Nur ein Vorstadtbulle.

Oben an der Straße beobachteten die beurs das Geschehen.

»Los, seht zu, dass ihr verschwindet.«

Sie sahen sich an. Schauten zum Bandenältesten hinüber. Dann zum Mofa auf der Erde hinter ihnen. Das Mofa, das Ugo fallen lassen hatte. Als die Jagd begann, hatte ich auf der Terrasse der *Bar du Refuge* gesessen und Loles Haus beobachtet. Ich hatte mich endlich entschlossen, etwas zu tun. Zu viel Zeit verging. Die Sache wurde gefährlich. In der Wohnung war niemand. Aber ich war bereit, so lange auf Lole oder Ugo zu warten wie nötig. Ugo kam nur zwei Meter entfernt an mir vorbei.

»Wie heißt du?«

»Djamel.«

»Ist das dein Mofa?« Er antwortete nicht. »Heb es auf und verzieh dich. Solange sie noch beschäftigt sind.«

Niemand rührte sich. Djamel sah mich völlig perplex an.

»Du putzt es. Und stell es für ein paar Tage weg. Kapiert?«

Ich kehrte ihnen den Rücken zu und ging zu meinem Wagen. Ohne mich nochmals umzusehen. Ich zündete eine Zigarette an, eine Winston, und warf sie wieder weg. Ein ekelhafter Geschmack. Seit einem Monat versuchte ich, von Gauloises auf Leichte umzusteigen, um weniger zu husten. Im Rückspiegel vergewisserte ich mich, dass Mofa und beurs verschwunden waren. Ich schloss die Augen. Mir war zum Heulen.

Als ich ins Büro zurückkam, informierte man mich über Zucca. Und den Mörder auf dem Mofa. Zucca war zwar kein »Patron« der Unterwelt, aber ein wichtiger Stützpfeiler, seit die Chefs tot, im

Gefängnis oder auf der Flucht waren. Zuccas Tod war für uns Polizisten ein Glücksfall. Letztlich natürlich für Argue. Ich stellte sofort eine Verbindung zu Ugo her. Aber ich sagte niemandem etwas davon. Was änderte es? Manu war tot. Ugo war tot. Und Zucca weinte niemand eine Träne nach.

Die Fähre nach Ajaccio fuhr von Hafenbecken 2 ab. Die Monte d'Oro. Der einzige Vorteil meines schäbigen Büros im Polizeihauptquartier ist ein Fenster zum Hafen Joliette hin. Vom Hafenverkehr sind fast nur die Fähren übrig geblieben. Fähren nach Ajaccio, Bastia, Algier. Einige Überseedampfer noch, für die Kreuzfahrten der älteren Generation. Und nicht wenig Frachtgut. Marseille war immer noch der drittgrößte Hafen Europas. Weit vor Genua, seinem Rivalen. Am Ende der Mole Léon Gousset schienen mir die Paletten mit Bananen und Ananas von der Elfenbeinküste Hoffnungsträger für Marseille zu sein. Die letzten.

Der Hafen war von ernsthaftem Interesse für die Immobilienhaie. Zweihundert Hektar Baufläche waren eine echte Goldgrube. Sie träumten von der Verlegung des Hafens nach Fos und von einem neuen Marseille am Meer. Die Architekten waren schon am Werk, und das Projekt ging gut voran. Ich konnte mir Marseille ohne seine Hafenbecken, alten Lagerhallen und Schiffe nicht vorstellen. Ich liebte die Schiffe. Die richtigen, großen. Ich sah ihnen gern zu. Jedes Mal versetzte es mir einen Stich ins Herz. Die Ville de Naples lief aus, hell erleuchtet. Ich stand am Kai. In Tränen aufgelöst. Meine Cousine Sandra war an Bord. Mit ihren Eltern und ihren Brüdern hatte sie einen Zwischenstopp von zwei Tagen in Marseille gemacht. Sie fuhren wieder nach Buenos Aires zurück. Ich liebte Sandra. Ich war neun Jahre alt. Ich habe sie nie wieder gesehen, sie hat mir nie geschrieben. Zum Glück war sie nicht meine einzige Cousine.

Die Fähre war in das große Joliette-Hafenbecken hinausgefahren. Sie glitt hinter die Kathedrale La Major. Die untergehende Sonne verlieh dem grauen, von Dreck strotzenden Stein ein wenig Wärme. Um diese Tageszeit zeigte La Major mit ihren byzantinischen

Rundungen ihre wahre Schönheit. Danach wurde sie wieder, was sie immer war: ein eitler Protzbau des Second Empire. Ich folgte der Fähre mit den Augen. Sie bewegte sich langsam. Sie lag jetzt parallel zum Damm Sainte-Marie. Vor sich die unendliche Weite. Für die Touristen, die einen Tag, vielleicht eine Nacht als Zwischenstation in Marseille verbracht hatten, begann die Überfahrt. Morgen früh würden sie in Korsika sein. Von Marseille würden sie den Alten Hafen in Erinnerung behalten. Notre-Dame-de-la-Garde, die über ihn wacht. Die Corniche vielleicht. Und das Schloss im Pharo-Park, das sie jetzt auf ihrer Linken entdecken würden.

Marseille ist keine Stadt für Touristen. Es gibt dort nichts zu sehen. Seine Schönheit lässt sich nicht fotografieren. Sie teilt sich mit. Hier muss man Partei ergreifen. Sich engagieren. Dafür oder dagegen sein. Leidenschaftlich sein. Erst dann wird sichtbar, was es zu sehen gibt. Und dann ist man, wenn auch zu spät, mitten in einem Drama. Einem antiken Drama, in dem der Held der Tod ist. In Marseille muss man sogar kämpfen, um zu verlieren.

Die Fähre war nur noch ein dunkler Punkt in der untergehenden Sonne. Ich war zu sehr Polizist, um mich an die Realität zu klammern. Dinge entglitten mir. Woher wusste Ugo so schnell über Zucca Bescheid? Steckte Zucca wirklich hinter dem Mord an Manu? Warum? Und warum hatte Argue Ugo gestern Abend nicht geschnappt? Oder heute Morgen? Und wo war Lole zu der Zeit?

Lole. Wie Manu und Ugo hatte auch ich sie nicht aufwachsen und zur Frau heranreifen sehen. Dann hatte ich sie, wie die beiden, geliebt. Aber ohne Anspruch auf sie erheben zu können. Ich war nicht aus dem Panier-Viertel. Ich war dort geboren, aber als ich zwei Jahre alt war, zogen meine Eltern hinunter nach La Capelette, ins Italienerviertel. Lole war ein guter Kumpel, und das war schon viel wert. Mein Glück waren Manu und Ugo. Mit ihnen befreundet zu sein.

Ich hatte noch Familie im Viertel, Rue des Cordelles. Zwei Cousins und eine Cousine. Angèle. Gélou war schon groß, fast siebzehn. Sie kam uns oft besuchen. Sie half meiner Mutter, die schon damals kaum noch aufstand. Danach musste ich sie nach Hause bringen. Es war damals zwar nicht gefährlich, aber Gélou kehrte nicht gern allein zurück. Mir machte es Spaß, mit ihr spazieren zu gehen. Sie war schön, und ich war ziemlich stolz, wenn sie sich bei mir einhakte. Schwierig wurde es, wenn wir an der Montée-des-Accoules ankamen. In dieses Viertel ging ich nicht gern. Es war schmutzig, es stank. Ich schämte mich. Und vor allem hatte ich Schiss. Nicht mit ihr, aber auf dem Rückweg, allein. Gélou wusste das und machte sich darüber lustig. Ich wagte nicht, ihre Brüder zu bitten, mich zurückzubringen. Ich kehrte fast im Laufschritt zurück. Den Blick gesenkt. An der Ecke der Rue Panier und der Rue des Muettes lungerten oft Typen in meinem Alter herum. Ich konnte sie lachen hören, wenn ich vorbeilief. Manchmal pfiffen sie mir nach, wie einem Mädchen.

Eines Abends im Spätsommer gingen Gélou und ich die Rue des Petits-Moulins hinauf. Arm in Arm. Wie ein Liebespaar. Ihre Brust streifte meinen Handrücken. Das berauschte mich. Ich war glücklich. Dann bemerkte ich sie, alle beide. Ich war ihnen schon öfter über den Weg gelaufen. Wir mussten im gleichen Alter sein. Vierzehn. Sie kamen auf uns zu, ein fieses Grinsen auf den Lippen. Gélou drückte meinen Arm fester, und ich spürte die Wärme ihrer Brust an meiner Hand.

Als wir auf ihrer Höhe waren, trennten sie sich. Der Größere hängte sich an Gélous Seite, der Kleinere an meine. Er rempelte mich mit der Schulter an und lachte laut.

Ich ließ Gélous Arm los: »He, du Scheißspanier!«

Er drehte sich überrascht um. Ich verpasste ihm einen Faustschlag in den Magen, er krümmte sich. Dann richtete ich ihn mit einer Linken mitten ins Gesicht wieder auf. Einer meiner Onkel hatte mir ein bisschen Boxen beigebracht, aber ich prügelte mich zum ersten Mal. Er lag auf dem Boden und rang nach Atem. Der andere hatte sich nicht gerührt. Gélou auch nicht. Sie sah zu. Verängstigt. Und fasziniert, glaube ich.

Ich rückte drohend näher: »Na, du Scheißspanier, hast du genug?«

»Was fällt dir ein, ihn so zu nennen«, sagte der andere in meinem Rücken.

»Was bist denn du für einer? Itaker?«

»Was hat das damit zu tun?«

Ich fühlte den Boden unter meinen Füßen nachgeben. Ohne aufzustehen, hatte er mir ein Bein gestellt. Ich fand mich auf dem Hintern wieder. Er warf sich auf mich. Ich sah, dass seine Lippe gerissen war, dass er blutete. Wir wälzten uns auf dem Boden. Der Gestank nach Pisse und Scheiße stieg mir in die Nase. Am liebsten hätte ich geheult. Aufhören, meinen Kopf an Gélous Brust legen. Dann merkte ich, wie mich jemand kräftig am Rücken zog und mir Ohrfeigen verpasste. Ein Mann trennte uns wie Straßenjungen und drohte, dass wir im Knast landen würden. Ich habe sie nicht wieder gesehen. Bis September. In der Berufsschule. Ugo schüttelte mir die Hand, dann Manu. Wir sprachen von Gélou. Für sie war sie die Schönste des ganzen Viertels.

Es war nach Mitternacht, als ich nach Hause kam. Ich wohnte außerhalb von Marseille. In Les Goudes, dem vorletzten kleinen Hafen vor den Felsbuchten. Man folgt der Corniche bis zum Strand von Roucas Blanc, dann geht es am Meer entlang weiter. Vieille-Chapelle. Pointe-Rouge. Campagne Pastrée. Grotte-Roland. Stadtteile, aber immer noch Dörfer. Dann Madrague de Montredon. Da hört Marseille auf, könnte man glauben. Eine kleine, gewundene, in weißen Stein gehauene Straße zieht sich über dem Meer dahin. Am Ende liegt der Hafen von Les Goudes im Schutz von ausgedörrten Hügeln. Einen Kilometer weiter endet die Straße. In Callelongue, in der Sackgasse Des Muets. Dahinter die Buchten von Sormiou, Morgiou, Sugitton, En-Vau. Wahre Wunder, wie man sie an der ganzen Küste nicht noch einmal findet. Zum Glück kann man dort nur zu Fuß oder mit dem Boot hinkommen. Dahinter, weit dahinter, liegt der Hafen von Cassis. Mit seinen Touristen. Mein Haus ist eine kleine Fischerhütte, wie fast alle Häuser hier. Ziegelsteine, Bretter und ein paar Dachziegel. Meins stand auf den Felsen über dem Meer. Zwei Räume. Ein kleines Schlafzimmer und eine große Wohnküche, mit einfachem Gerümpel möbliert. Eine Filiale der Emmaus-Gemeinschaft, die mit Sperrmüll handelt. Ich hatte mein Boot acht Stufen weiter unten festgemacht, ein Fischerboot mit spitzem Bug, das ich meiner Nachbarin Honorine abgekauft hatte. Die Hütte hatte ich von meinen Eltern geerbt. Sie war ihr einziges Gut. Und ich war ihr einziger Sohn.

Samstags kam dort die ganze Familie zusammen. Es gab große Platten mit Nudeln in Sauce, kleine Fleischrouladen und in Sauce gegarte Fleischbuletten. Die Räume waren vom Duft der Tomaten mit Basilikum, Thymian und Lorbeer erfüllt. Roséflaschen machten unter Gelächter die Runde. Am Ende der Mahlzeiten wurde immer gesungen, zuerst Lieder von Marino Marini und Renato Carosone, dann Volkslieder. Und zum Schluss sang mein Vater jedes Mal *Santa Lucia*.

Anschließend spielten die Männer die ganze Nacht Karten. Bis einer ärgerlich sein Blatt hinschmiss. »Verdammt, dem werden wir Blutegel setzen müssen, so wie der uns aussaugt!«, rief jemand. Und das Gelächter brach erneut los. Die Matratzen lagen auf dem Boden. Wir teilten uns die Betten. Wir Kinder schliefen quer im selben Bett. Ich legte meinen Kopf an Gélous knospende Brüste und schlief glücklich ein. Wie ein Kind. Mit den Träumen eines Großen.

Als meine Mutter starb, hatten die Feiern ein Ende. Mein Vater setzte keinen Fuß mehr in die Fischerhütte. Dorthin zu gelangen, war vor dreißig Jahren noch eine kleine Weltreise. Wir mussten den 19er-Bus an der Place de Préfecture, Ecke Rue Armeny, bis Madrague de Montredon nehmen. Von dort ging es mit einem alten Automobil weiter, dessen Chauffeur das Rentenalter weit überschritten hatte. Als Manu, Ugo und ich knapp sechzehn waren, begannen wir hinauszufahren. Mädchen nahmen wir nie mit. Die Hütte gehörte uns, sie war unsere Zuflucht. Wir schleppten all unsere Schätze dorthin: Bücher, Schallplatten. Wir erfanden unsere eigene Welt nach unseren Maßstäben und Vorstellungen. Ganze Tage verbrachten wir damit, uns die Abenteuer des Odysseus vorzulesen. Dann, nach Einbruch der Dunkelheit, saßen wir schweigend auf den Felsen und träumten von den Sirenen mit den schönen Haaren, die »zwischen den schwarzen, mit weißem Schaum bedeckten Felsen« sangen. Und wir verfluchten ihre Mörder.

Unser Interesse an Büchern weckte Antonin, der alte anarchistische Antiquar am Cours Julien. Wir schwänzten die Schule, um ihn zu besuchen. Er erzählte uns Abenteuer- und Piratengeschichten. Von der Karibik, vom Roten Meer, von der Südsee … Manchmal hielt er inne, griff nach einem Buch und las uns einen Abschnitt daraus vor. Als Beweis für die Geschichten, die er uns auftischte. Dann schenkte er es uns. Das Erste war *Lord Jim* von Joseph Conrad.

Dort hörten wir auch zum ersten Mal Ray Charles. Auf Gélous altem Plattenspieler. Es waren die 45er-Scheiben des Konzerts von Newport. *What'd I Say* und *I Got a Woman*. Irre. Immer und immer wieder drehten wir die Platte um.

Honorine hielt das nicht mehr aus. »Heilige Mutter! Wollt ihr uns in den Wahnsinn treiben!«, rief sie von der Terrasse. Und die Fäuste in die kräftigen Hüften gestemmt, drohte sie, sich bei meinem Vater zu beschweren. Ich wusste wohl, dass sie ihn seit dem Tod meiner Mutter nicht mehr gesehen hatte, aber so wütend wie sie war, trauten wir ihr alles zu. Das brachte uns zur Ruhe. Außerdem mochten wir Honorine gern. Sie kümmerte sich immer um uns, kam vorbei, um zu sehen, »ob wir nichts brauchten«.

»Wissen eure Eltern, dass ihr hier seid?«

»Klar«, antwortete ich.

»Und sie haben euch kein Picknick mitgegeben?«

»Sind zu arm.«

Wir brachen in Gelächter aus. Sie zuckte die Achseln und ging lächelnd wieder hinüber. Eine Komplizin wie eine Mutter; Mutter von drei Kindern, die sie nie gehabt hat. Dann kam sie wieder mit einem Nachmittagsimbiss oder einer Fischsuppe, wenn wir am Samstagabend zum Schlafen blieben. Den Fisch hatte Toinou, ihr Mann, gefangen. Manchmal nahm er uns in seinem Boot mit. Einen nach dem anderen. Er war es, der mich auf den Geschmack der Fischerei brachte. Jetzt lag sein Boot, die Trémolino, unter meinem Fenster.

Wir fuhren zur Fischerhütte, bis die Armee uns trennte. Wir hatten unsere Ausbildung gemeinsam begonnen. In Toulon, dann in Fréjus, in der Kolonialarmee, mitten unter Gefreiten mit Schmissen im Gesicht und Medaillen bis über beide Ohren. Unter Überlebenden aus Indochina und Algerien, die immer noch davon träumten, wieder zuzuschlagen. Manu war in Fréjus geblieben. Ugo ging nach Nouméa. Und ich nach Dschibuti. Danach waren wir nicht mehr dieselben. Wir waren Männer geworden. Enttäuscht und zynisch. Auch ein bisschen verbittert. Wir hatten nichts. Nicht mal einen Berufsschulabschluss. Keine Zukunft. Nur das nackte Leben. Und ein Leben ohne Zukunft war noch weniger als gar nichts.

Die kleinen Drecksjobs ließen wir bald wieder fallen. Eines Morgens hatten wir uns bei Kouros vorgestellt, einem Bauunternehmer im Tal von Huveaune an der Straße nach Aubagne. Wir schauten sauer drein, wie immer, wenn wir versuchten, durch Malochen wieder auf die Beine zu kommen. Am Vorabend hatten wir unser ganzes Erspartes beim Poker verjubelt. Wir mussten früh aufstehen, den Bus nehmen, bluffen, um nicht bezahlen zu müssen, einen Passanten um Zigarettenstummel anpumpen. Ein echter Sklavenmorgen. Der Grieche bot uns 142 Francs 57 die Woche. Manu erbleichte. Es war nicht so sehr der lächerliche Lohn, der ihn aufbrachte, als die 57 Centimes.

»Ist das Ihr Ernst, mit den 57 Centimes, M'sieur Kouros?«

Der Blutsauger sah Manu an, als hätte er den Verstand verloren, dann Ugo und mich. Wir kannten unseren Manu. Er nahm kein Blatt vor den Mund.

»Nicht 56 oder 58, oder vielleicht 59? Na? Wirklich 57? 57 Centimes?«

Kouros bestätigte, er begriff nichts. Das sei ein guter Lohn, meinte er. 142 Francs 57 Centimes. Manu verpasste ihm eine Ohrfeige. Kräftig und gut platziert. Kouros fiel vom Stuhl. Die Sekretärin stieß einen Schrei aus und begann zu brüllen. Andere Arbeiter kamen ins Büro gerannt. Es kam zu einem Handgemenge. Wir waren im Nachteil. Schließlich rückten die Bullen an.

An diesem Abend hatten wir die Nase voll und beschlossen, zu ernsteren Dingen überzugehen. Wir wollten unseren Anteil vom Kuchen haben, das war alles. Vielleicht konnten wir Antonins Buchladen wieder eröffnen? Aber dafür hatten wir kein Geld. Wir steuerten unseren ersten Coup an. Eine Nachtapotheke ausrauben, oder einen Tabakladen. Eine Tankstelle. Der Gedanke war, uns etwas Betriebskapital zu verschaffen. Stehlen konnten wir. Bücher bei Tacussel auf der Canebière, Schallplatten bei Raphaël in der Rue Montgrand oder Klamotten im Magasin Général oder bei Dames de France in der Rue Saint-Ferréol. Es war sogar ein Spiel. Aber einbrechen, damit kannten wir uns nicht aus. Noch nicht. Wir würden schnell lernen. Tagelang arbeiteten wir Strategien aus, machten den idealen Ort ausfindig.

Eines Abends trafen wir uns wieder in der Fischerhütte. Es war Ugos zwanzigster Geburtstag. Miles Davis spielte *Rouge*. Manu holte ein Paket aus seiner Tasche und legte es vor Ugo hin.

»Dein Geschenk.«

Eine 9mm Automatik.

»Wo hast du die denn ergattert?« Ugo betrachtete die Waffe. Er wagte nicht, sie zu berühren.

Manu brach in Gelächter aus, griff dann noch einmal in die Tasche und zog noch eine Waffe hervor. Eine Beretta 7.65.

»Damit sind wir ausstaffiert.« Er sah Ugo an, dann mich. »Ich konnte nur zwei kriegen. Aber das macht nichts. Wir gehen rein, du fährst die Kiste. Du bleibst am Steuer. Du passt auf, dass uns keiner stört. Aber es besteht keine Gefahr. Der Ort ist nach acht total verlassen. Der Typ ist alt. Er ist allein.«

Es war eine Apotheke. In der Rue des Trois-Mages, einer kleinen Straße nicht weit von der Canebière. Ich saß am Steuer eines Peugeot 204, den ich am Morgen in der Rue Saint-Jacques im Bourgeois-Viertel geknackt hatte. Manu und Ugo hatten sich eine Seemannsmütze bis über die Ohren gezogen und ein Halstuch über die Nase gebunden. Sie sprangen aus dem Auto, ganz wie im Kino. Der Typ hob zuerst die Arme und öffnete dann die Schublade mit der Kasse. Ugo sammelte das Geld ein, während Manu den Alten mit der Beretta bedrohte. Eine halbe Stunde später stießen wir im *Péano* an. Auf uns, Jungs. Eine Runde für alle. Wir hatten eintausendsiebenhundert Francs eingesackt. Eine schöne Summe damals. So viel wie zwei Monate bei Kouros, Centimes inklusive. So einfach war das.

Bald hatten wir die Taschen voller Geld. Wir konnten aus dem Vollen schöpfen, ohne auf Preise zu achten. Mädchen. Autos. Feten. Nachts landeten wir bei den Zigeunerinnen in L'Estaque, tranken und hörten ihrem Spiel zu. Den Verwandten von Loles Schwestern Zina und Kali. Lole begleitete jetzt ihre Schwestern. Sie war gerade sechzehn geworden. Still und in sich gekehrt blieb sie in einer Ecke sitzen, wie abwesend. Sie aß kaum und trank nur Milch.

Antonins Buchladen hatten wir schnell vergessen. Wir verschoben die Idee auf später, erst mal wollten wir ein bisschen Spaß haben. Vielleicht war die Idee auch gar nicht so gut. Was würden wir verdienen? Nicht viel, so schlecht, wie es Antonin zum Schluss ging. Eine Bar wäre vielleicht besser, oder ein Nachtlokal. Ich machte mit. Tankstellen, Tabakläden, Apotheken. Wir grasten das Département von Aix bis Martigues ab. Einmal stießen wir sogar bis Salon-de-Provence vor. Ich war immer noch dabei. Aber mit immer weniger Begeisterung. Wie im falschen Film.

Eines Abends hatten wir uns wieder eine Apotheke vorgenommen, an der Ecke der Place Sadi-Carnot und der Rue Mery, nicht weit vom Alten Hafen. Der Apotheker machte eine Bewegung. Eine Sirene heulte auf. Und der Schuss ging los. Aus dem Auto sah ich, wie der Typ zusammenbrach.

»Fahr los«, sagte Manu, während er hinten reinsprang. Ich kam zur Place du Mazeau. Ich glaubte, nicht weit hinter uns Polizeisirenen zu hören. Rechts das Panier-Viertel. Keine Straßen, nur Treppen. Auf meiner Linken die Rue de la Guirlande, Einbahnstraße. Ich nahm die Rue Caisserie, dann die Rue Saint-Laurent.

»Bist du verrückt, oder was! Das ist doch eine Rattenfalle.«

»Der Verrückte bist du! Warum hast du abgedrückt?«

Ich hielt den Wagen in der Sackgasse Belle-Marinière an. Ich zeigte auf die Treppen quer durch die neue Siedlung.

»Da rüber. Wir hauen zu Fuß ab.« Ugo hatte noch nichts gesagt. »Alles klar, Ugo?«

»Wir haben etwa fünftausend. Das war bis jetzt unser bester Coup.«

Manu verschwand über die Rue des Martégales, Ugo über die Avenue Saint-Jean. Ich nahm die Rue de la Loge. Aber ich traf mich nachher nicht wie sonst mit ihnen im *Péano*. Ich ging nach Hause und kotzte. Dann fing ich an zu trinken. Zu trinken und zu heulen. Ich saß auf dem Balkon, blickte auf die Stadt und hörte meinen Vater schnarchen. Er hatte schwer geschuftet und gelitten, aber niemals würde ich so glücklich sein wie er, dachte ich. Dann lag ich vollkommen betrunken auf meinem Bett und schwor bei meiner Mutter, vor ihrem Porträt, dass ich Priester werden würde, wenn der Typ überlebte, und Polizist, wenn er es nicht schaffte. Egal was, aber ich schwor. Am nächsten Morgen verpflichtete ich mich drei Jahre für die Kolonialarmee. Der Typ war weder tot noch lebendig, aber bis an sein Lebensende gelähmt. Ich bat darum, wieder nach Dschibuti versetzt zu werden. Dort sah ich Ugo zum letzten Mal.

All unsere Schätze waren hier, in der Fischerhütte. Unversehrt. Die Bücher, die Platten. Und ich hatte als Einziger überlebt.

»Ich hab dir Focaccia gemacht«, hatte Honorine auf einen kleinen Fetzen Papier geschrieben. Focaccia war eine Art Croque-Monsieur, aber mit Pizzateig statt mit Baguette. Die Teigtasche wird nach Belieben gefüllt und heiß serviert. Heute Abend waren gekochter Schinken und Mozzarella drin. Wie jeden Tag seit Toinous Tod vor drei Jahren hatte Honorine mir eine Mahlzeit vorbereitet. Sie hatte die siebzig erreicht und kochte gern. Aber nur für einen Mann konnte sie kochen. Ich war ihr Mann. Und ich verehrte sie. Mit der Focaccia und einer Flasche Cassis Blanc – ein Clos Boudard, Jahrgang 91 – machte ich es mir im Boot bequem. Ich ruderte hinaus, um die Nachbarn nicht in ihrem Schlaf zu stören. Hinter dem Damm ließ ich den Motor an und nahm Kurs auf die Insel Maïre.

Dort fühlte ich mich wohl. Zwischen Himmel und Meer. Vor mir erstreckte sich die ganze Marseiller Bucht wie ein Leuchtwurm. Ich ließ das Boot treiben. Mein Vater hatte die Ruder eingezogen. Er hielt mich mit beiden Händen fest und sagte: »Hab keine Angst.« Er tauchte mich bis zu den Schultern ins Wasser. Der Kahn neigte sich auf meine Seite, und sein Gesicht war direkt über meinem. Er lächelte mich an. »Das tut gut, was.« Ich nickte. Ganz und gar nicht überzeugt. Er tauchte mich noch einmal ein. Es tat wirklich gut. Das war meine erste Berührung mit dem Meer. Ich war gerade fünf. Dieses Bad war ein fester Punkt in meiner Vergangenheit, und ich kam jedes Mal darauf zurück, wenn Traurigkeit mich übermannte. So wie man versucht, sich an sein erstes Glück zu erinnern.

An diesem Abend war ich traurig. Ugos Tod lastete mir schwer auf der Seele. Ich war bedrückt. Und allein, mehr denn je. Jedes Jahr strich ich einen Kumpel, der eine rassistische Bemerkung gemacht hatte, aus meinem Adressbuch. Diejenigen, die nur noch von neuen Autos und Ferien im *Club Méd* träumten, ließ ich links liegen. Ich vergaß alle, die Lotto spielten. Ich liebte das Fischen und die Stille. Spaziergänge in den Hügeln. Spät nachts gut gekühlten Cassis, Lagavulin oder Oban zu trinken. Ich sprach wenig. Zu allem hatte ich eine Meinung. Zu Leben und Tod, Gut und Böse. Ich war verrückt nach Kino. Hörte leidenschaftlich gern Musik. Zeitgenössische Romane las ich nicht mehr. Und mehr als alles andere verabscheute ich Schlappschwänze und Weicheier.

Mit dieser Haltung hatte ich nicht wenige Frauen verführt. Halten konnte ich keine. Es war jedes Mal die gleiche Geschichte. Kaum fühlten sie sich wohl in den neuen Leintüchern und hatten sich im Leben zu zweit eingerichtet, meinten sie, ändern zu müssen, was ihnen an mir nicht gefiel. »Dich kriege ich nicht wieder hin«, hatte Rosa gesagt, als sie vor sechs Jahren ging. Zwei Jahre lang hatte sie es versucht. Ich hatte ihr widerstanden. Besser noch als Muriel, Carmen und Alice. Irgendwann kam immer wieder die Nacht, in der ich mich vor einem leeren Glas und einem vollen Aschenbecher wiederfand.

Ich trank den Wein direkt aus der Flasche. Wieder eine von diesen Nächten, in denen ich nicht mehr wusste, warum ich Polizist war. Vor fünf Jahren hatte man mich der Brigade zur Überwachung sicherheitsgefährdeter Gebiete zugeteilt. Einer Einheit von Polizisten ohne Spezialausbildung, die den Auftrag hatte, in den Vororten für Ordnung zu sorgen. Ich hatte Erfahrung, war kaltblütig und schwer aus der Ruhe zu bringen. Genau der Typ, den man nach einigen Aufsehen erregenden Übergriffen an die Front schicken konnte. Der siebzehnjährige Lahaouri Ben Mohamed war bei einer banalen Ausweiskontrolle niedergeschossen worden. Die antirassistischen Vereine hatten laut geschrien, die linken Parteien aufgemuckt. Das ganze Theater halt. Aber er war ja nur ein Araber. Kein Grund, die Fahne der Menschenrechte zu hissen. Wirklich nicht. Aber als es im Februar 1988 Charles Dovero, den Sohn eines Taxifahrers, erwischte, war die ganze Stadt in Aufruhr. Scheiße, ein Franzose. Das war ein grober Schnitzer. Es mussten Maßnahmen getroffen werden. Die Maßnahme war ich.

Ich übernahm meine Aufgabe voller Illusionen. Ich wollte erklären und überzeugen. Antworten geben, am liebsten gute. Helfen. An jenem Tag hatte ich begonnen abzugleiten, wie meine Kollegen sagten. Ich wurde immer weniger Polizist, immer mehr Sozialarbeiter, Pädagoge, etwas in der Richtung. Seither hatte ich das Vertrauen meiner Vorgesetzten verloren und mir viele Feinde gemacht. Zwar hatte es keine Ausrutscher mehr gegeben, und die Kleinkriminalität war nicht angestiegen. Aber meine Erfolgsbilanz war wenig eindrucksvoll: keine spektakulären Verhaftungen, kein medienträchtiger Super-Coup. Nur gut verwaltete Routine.

Die zahlreichen Reformen verstärkten meine Isolation. Es gab keine neuen Aufgabengebiete für die Brigade mehr. Eines Morgens hatte ich überhaupt keinen Einfluss mehr. Die Anti-Kriminalitäts-Brigade, die Anti-Drogen-Brigade, die Anti-Prostitutions-Brigade und die Anti-Immigrations-Brigade hatten mich überflüssig gemacht. Ganz zu schweigen von der Brigade zur Bekämpfung der Bandenkriminalität, die Argue virtuos dirigierte. Ich war zum Vorstadtpolizisten geworden, dem alle Untersuchungen aus der Hand genommen wurden. Aber seit meiner Zeit bei der Kolonialarmee hatte ich nichts anderes gelernt, als Polizist zu sein. Niemand hatte je etwas anderes von mir erwartet. Dennoch wusste ich, dass meine Kollegen Recht hatten. Ich glitt ab. Ich wurde ein gefährlicher Polizist. Keiner, der einem Strolch in den Rücken schießen könnte, um einem Kumpel die Haut zu retten.

Der Anrufbeantworter blinkte. Es war spät. Alles konnte warten. Ich hatte geduscht. Ich schenkte mir ein Glas Lagavulin ein, legte eine Platte von Thelonius Monk auf und mich mit den Geschichten der Unrast von Conrad ins Bett. Die Augen fielen mir zu. Monk machte allein weiter.

KAPITEL 2

In dem auch die aussichtsloseste Wette noch Hoffnung macht

Ich stellte meinen Renault 5 auf dem Parkplatz in Paternelle ab. Ein maghrebinisches Viertel. Es gab üblere. Es gab weniger schlimme. Obwohl gerade erst zehn, war es schon sehr heiß. Hier hatte die Sonne freie Bahn. Kein Baum, nichts. Die Vorstadt schlechthin. Der Parkplatz. Unbebautes Gelände. In einiger Entfernung das Meer. L'Estaque mit seinem Hafen. Wie ein fremder Erdteil. Mir fiel ein Chanson von Aznavour ein. In der Sonne ist das Elend nicht so schlimm. Zweifellos war er nicht bis hierher gekommen. Zu diesen Haufen aus Scheiße und Beton.

In den Vorstädten hatte ich es vom ersten Tag an mit jugendlichen Ganoven, Süchtigen und mit den Hängern zu tun. Die Ausgespienen, die anderen Furcht und Schrecken einjagen. Nicht nur denen aus dem Stadtzentrum, sondern auch den Einwohnern dieses Viertels. Die kleinen Ganoven sind bereits weit fortgeschritten in ihrer kriminellen Laufbahn: Einbrecher, Dealer, Erpresser. Einige haben mit knapp siebzehn schon zwei Jahre Gefängnis auf dem Buckel und obendrein ein ganzes Sortiment von langjährigen »Strafaussetzungen zur Bewährung«. Hartgesottene, denen das Messer locker sitzt. Bürgerschrecks. Die Süchtigen ihrerseits suchen keinen Streit. Außer dass sie häufig Kleingeld brauchen und dafür alle erdenklichen Dummheiten anstellen. Das ist ihnen an der Nasenspitze anzusehen. Wie sie ausschauen, ist schon ein Geständnis.

Die Hänger sind coole Typen. Keine Dummheiten. Kein Strafregister. Sie sind an der Berufsschule eingeschrieben, gehen aber nicht hin, wovon alle Beteiligten profitieren: Die Klassen werden entlastet, und zusätzliche Lehrer kann man leichter bekommen. Sie verbringen den Nachmittag in der Fnac oder bei Virgin. Schnorren hier eine Kippe, dort hundert Piepen. Alles recht harmlos, bis sie eines Tages anfangen, von einem BMW zu träumen, weil sie den Bus leid sind. Oder der großen »Erleuchtung« der Droge unterliegen. Und sich an die Nadel hängen.

Dann sind da noch all die anderen, die ich erst später entdeckt habe. Scharen von Kindern, deren Leben dadurch bestimmt ist, dass sie hier geboren wurden. Und Araber. Oder Schwarze, Zigeuner, Komorer. Schüler aller Klassen, Zeitarbeiter, Arbeitslose, Störenfriede, Sportler. Ihre Jugend ist ein Gang auf dem Hochseil. Mit dem Unterschied, dass alle Chancen gegen sie stehen. Wohin würden sie fallen? Das war die reinste Lotterie. Niemand konnte es sagen. Ganoven, Hänger, Süchtige. Früher oder später würden sie es erfahren. Für mich war es immer zu früh, für sie zu spät. In der Zwischenzeit ließen sie sich wegen Bagatellen schnappen. Schwarzfahren, eine Schlägerei auf dem Schulweg, kleine Ladendiebstähle.

Darüber diskutierten sie in Radio Galère, dem schmutzigen Radio, das die Köpfe wusch. Ein Sender, in dem man viel »tchatchte«, wie man in Marseille für »quatschen« sagte, und den ich regelmäßig im Auto hörte. Ich wartete das Ende des Programms bei offener Tür ab.

»Scheiße, Alter, uns ist nicht mehr zu helfen. Nimm mich zum Beispiel. Ich komm auf achtzehn Piepen, siehst du. Nun brauch ich aber fünfzig oder hundert, am Freitagabend. Ist doch normal, oder? Wir sind fünf bei uns zu Hause. Alter, wo soll ich fünfhundert Piepen hernehmen, kannst du mir das sagen? Also, mehr oder weniger, ich will ja nichts sagen, aber … der Junge, der müsste …«

»Taschendieb werden! Ja!«

»Red keinen Quatsch!«

»Klar doch. Und der Typ, der sich die Kohle aus der Tasche ziehen lässt, der merkt, das is 'n Araber. Und schwupp, im Handumdrehen ist er beim Front National.«

»Dabei braucht er gar kein Rassist zu sein, Mann.«

»Hätte alles sein können, was weiß ich, Portugiese, Franzose, Zigeuner.«

»Oder ein Schweizer! Idiot! Diebe gibt's überall.«

»Du musst zugeben, in Marseille ist es öfter ein Araber als ein Schweizer. So ein Pech auch.«

Seit ich in dem Bereich arbeitete, hatte ich einige schwere Jungs und nicht wenige Dealer und Einbrecher geschnappt. Auf frischer Tat oder nach einer Verfolgungsjagd durch die Viertel und ihre Randgebiete. Sie kamen nach Baumettes, in den großen Knast von Marseille. Ich empfand weder Mitleid noch Hass dabei. Aber Zweifel überkamen mich jedes Mal. Das Gefängnis macht einem Achtzehnjährigen das Leben kaputt, egal wie er drauf ist. Als ich mit Manu und Ugo auf Raubzug gegangen bin, hatten wir nicht nach dem Risiko gefragt. Wir kannten die Regeln. Es war ein Spiel. Gewinnst du, umso besser. Verlierst du, Pech. Sonst bleib zu Haus.

Es galt noch immer die gleiche Regel. Aber die Risiken waren ums Hundertfache gewachsen. Die Gefängnisse liefen vor Minderjährigen über. Sechs auf einen, das wusste ich. Die Zahl ließ bei mir alle Alarmglocken klingeln.

Eine Handvoll Kids rannte hintereinander her und bewarf sich mit faustgroßen Steinen. »Jetzt machen sie wenigstens keine Dummheiten«, hatte mir eine ihrer Mütter gesagt. Eine Dummheit war es, wenn die Bullen anrücken mussten. Das hier war nur eine Kinderversion von OK Corral. Vor Haus Nummer C 12 diskutierten sechs Zwölf- bis Siebzehnjährige lebhaft miteinander. In dem einen Meter fünfzig schmalen Schattenstreifen, den das Gebäude spendierte. Sie sahen mich auf sie zukommen. Rachid, der Älteste, begann mit dem Kopf zu wackeln und zu pfeifen, überzeugt, dass mein Auftauchen nur Ärger verhieß. Ich hatte nicht vor, ihn zu enttäuschen.

Ich wandte mich an die ganze Bande: »Was ist, habt ihr Unterricht an der frischen Luft?«

»Nee, heut ist Lehrerkonferenz. Unterrichten sich gegenseitig«, sagte der Jüngste.

»Jaaa. Die checken, ob se fit genug sind, uns das Hirn vollzustopfen«, doppelte ein anderer nach.

»Super. Und ihr macht grad Handarbeit, nehme ich an.«

»Was denn! Was denn! Wir machen nichts Böses!«, protestierte Rachid.

Für ihn war die Schule schon lange aus. Rausgeflogen, nachdem er einen Lehrer bedroht hatte, der ihn wie einen Schwachsinnigen behandelt hatte. Dennoch ein guter Junge. Er hoffte auf eine Lehrstelle. Wie viele in den Vorstadtsiedlungen. Das war die Zukunft: warten auf eine Stelle, irgendeine. Und das war immer noch besser, als auf gar nichts zu warten.

»Ich sag nichts. Ich informiere mich.« Er trug einen blau-weißen Trainingsanzug, in den Farben von Olympique Marseille. Ich befühlte den Stoff. »Sieh mal an, der ist ja ganz neu.«

»Was denn! Ich hab ihn bezahlt. Ist von meiner Mutter.«

Ich legte meinen Arm um seine Schultern und zog ihn von der Gruppe weg. Seine Kumpel stierten mich an, als hätte ich gerade das Gesetz übertreten. Bereit, Lärm zu schlagen.

»Sag mal, Rachid, ich geh zu Nummer B 7, da drüben, siehst du. Im fünften Stock. Zu Mouloud. Mouloud Laarbi. Kennst du den?«

»Jaa. Na und?«

»Ich werde, eh, eine Stunde oder so bleiben.«

»Was geht mich das an?«

Ich führte ihn noch ein paar Schritt näher zu meinem Wagen. »Da vor dir ist mein Flitzer. Das ist kein toller Schlitten, wirst du sagen. Schon richtig. Aber ich hänge dran. Ich möchte nicht, dass er was abkriegt. Nicht mal einen Kratzer. Also, du passt auf ihn auf. Und wenn es dich juckt, pissen zu gehen, arrangierst du dich mit deinen Kumpels. Okay?«

»Bin doch kein Wachmann, M'sieur!«

»Nun, üb ein bisschen. Wird vielleicht ’ne Stelle frei.« Ich drückte seine Schulter etwas kräftiger. »Keinen Kratzer, klar, Rachid, sonst …«

»Was! Ich mach nichts. Können mir nichts vorwerfen.«

»Ich kann alles, Rachid. Ich bin Bulle. Das hast du doch nicht vergessen, oder?« Ich ließ meine Hand an seinem Rücken heruntergleiten. »Wenn ich meine Hand auf deinen Hintern lege, da in der Hosentasche, was finde ich?«

Er machte sich heftig los. Genervt. Ich wusste, dass er nichts hatte. Ich wollte nur sichergehen.

»Ich hab nichts. Ich rühr das Zeug nicht an.«

»Ich weiß. Bist ein armer kleiner Araber, dem so ein Idiot von Bulle die Scheiße in die Schuhe schiebt. Stimmt’s?«

»Hab ich nicht gesagt.«

»Denkst du trotzdem. Pass gut auf meinen Flitzer auf, Rachid.«

Block B 7 sah aus wie alle anderen. Der Eingang war total heruntergekommen und versifft. Er starrte vor Schmutz. Die Glühbirne war mit Steinen zerschmissen. Es stank nach Pisse. Der Fahrstuhl funktionierte nicht. Fünf Etagen zu Fuß und sicher kein Aufstieg ins Paradies. Mouloud hatte gestern Abend auf den Anrufbeantworter gesprochen. Verunsichert von der Tonbandstimme, hatte er nach einigen »Hallo! Hallo!« und einer längeren Pause schließlich eine Nachricht hinterlassen. »Bitte, du musst kommen, M’sieur Montale. Wegen Leila.«

Leila war das älteste von drei Kindern. Er hatte nur drei. Leila, Kader und Driss. Vielleicht hätte er noch mehr gehabt, wenn seine Frau Fatima nicht bei Driss’ Geburt gestorben wäre. Mouloud lebte seinen Einwanderertraum ganz allein. Ende 1970 wurde er als einer der Ersten auf der Baustelle in Fos-sur-Mer eingestellt.

Fos war das Eldorado Südfrankreichs. Es gab Arbeit ohne Ende. Dort entstanden ein Hafen für gewaltige Gastanker und Stahlgießereien für den gesamten europäischen Markt. Mouloud war stolz, bei diesem Unternehmen dabei zu sein. Er mochte das, bauen und gestalten. Sein ganzes Leben und sogar seine Familie hatte er auf dieses Ziel ausgerichtet. Er zwang seine Kinder nie, sich von den anderen abzusondern, den Franzosen aus dem Weg zu gehen. Nur schlechten Umgang sollten sie meiden. Den Respekt vor sich selber nicht verlieren. Gute Manieren lernen. Und es möglichst weit bringen. Sich in die Gesellschaft integrieren, ohne sich selber zu verleugnen. Weder die eigene Rasse, noch die Vergangenheit.

»Als wir noch klein waren«, vertraute Leila mir einmal an, »mussten wir ihm nachsagen: Allah Akbar, La ilah, illa Allah, Mohamed rasas Allah, Ayya illa Salat, Ayya illa el Fallah. Wir verstanden kein Wort. Aber es hörte sich gut an. Es klang so wie das, was er aus Algerien erzählte.« Damals war Mouloud glücklich. Er hatte seine Familie in Port-de-Bouc untergebracht, zwischen Martigues und Fos. Auf dem Wohnungsamt waren sie »nett zu ihm gewesen«, und er hatte schnell eine schöne Sozialwohnung in der Avenue Maurice Thorez bekommen. Die Arbeit war hart, und je mehr Araber dabei waren, desto besser. So dachten jedenfalls die ehemaligen Werftarbeiter aus Italien, meist aus Sardinien, aus Griechenland, Portugal und Spanien, die jetzt in Fos arbeiteten.

Mouloud war Mitglied der CGT, des kommunistischen Gewerkschaftsbunds. Er war Arbeiter und brauchte eine Familie, die ihn verstand, ihm half, ihn verteidigte. »Die CGT ist die größte«, hatte der Gewerkschaftsvertreter Guttierez beteuert und hinzugefügt: »Wenn die Baustelle fertig ist, werden wir Schritt für Schritt in die Eisenindustrie einsteigen. Mit uns hast du dir schon einen Platz in der Fabrik gesichert.«

Das gefiel Mouloud. Er war felsenfest davon überzeugt. Auch Guttierez glaubte daran. Die CGT ebenfalls. Ganz Marseille glaubte es. Alle Städte der Umgebung glaubten es und stampften billige Wohnungen, Schulen und Straßen aus dem Boden, um die vielen Arbeiter mit offenen Armen im neuen Eldorado in Empfang zu nehmen. Frankreich selbst glaubte es. Als der erste Stahlklumpen schmolz, war Fos nur noch eine Fata Morgana. Der letzte große

Traum der Siebzigerjahre. Und die brutalste Enttäuschung. Tausende von Arbeitern landeten auf der Straße. Mouloud war einer von ihnen. Aber er ließ sich nicht entmutigen.

Er streikte mit der CGT, besetzte die Baustelle und schlug sich mit der Bereitschaftspolizei, die sie vertrieben hatte. Natürlich verloren sie. Gegen die unternehmerische Willkür der Männer in Nadelstreifen gewinnt man nicht. Driss war gerade zur Welt gekommen. Fatima war tot. Und Mouloud, als Agitator gebrandmarkt, fand keine feste Arbeit mehr. Nur Gelegenheitsjobs. Zur Zeit war er Lagerarbeiter bei Carrefour. Nach vielen Jahren Arbeitslosigkeit. Ein Glücksfall, sagte er. So war Mouloud, er glaubte an Frankreich.

Es war im Büro auf dem Polizeikommissariat seines Viertels, als Mouloud mir eines Abends seine Lebensgeschichte erzählte. Damit ich verstünde. Leila war bei ihm. Zwei Jahre war das her, ich hatte soeben Driss und Kader verhört. Ein paar Stunden zuvor hatte Mouloud Batterien für ein Transistorradio gekauft, das seine Kinder ihm geschenkt hatten. Einzelne Batterien. Die Batterien funktionierten nicht. Kader lief zur Drogerie am Boulevard, um sie umzutauschen. Driss hinterher.

»Ihr wisst bloß nicht, wie das geht. Das ist alles.«

»Doch, weiß ich«, antwortete Kader. »Ist ja nicht das erste Mal.«

»Ihr Araber wisst immer alles.«

»Das ist unhöflich, M'dame, so was zu sagen.«

»Ich bin höflich, wenn ich will. Aber nicht zu dreckigem Gesindel wie euch. Ihr stehlt mir meine Zeit. Steck deine Batterien wieder ein. Wahrscheinlich sind es alte, die du gar nicht bei mir gekauft hast.«

»Mein Vater war's. Eben gerade.«

Ihr Mann tauchte mit einem Jagdgewehr aus dem Hinterzimmer auf. »Bring ihn nur her, deinen Lügner von einem Vater. Ich werd ihm die Batterien ins Maul stopfen.« Er hatte die Batterien auf den Boden geschmissen. »Haut ab! Lumpengesindel!«

Kader stieß Driss aus dem Laden. Dann ging alles sehr schnell. Driss, der bisher noch nichts gesagt hatte, hob einen Stein auf und schmiss ihn ins Schaufenster. Er rannte davon, Kader auf seinen Fersen. Der Typ war aus dem Laden getreten und schoss hinter ihnen her. Daneben. Zehn Minuten später belagerten an die hundert Straßenjungen den Drogisten. Es brauchte zwei Stunden und einen Wagen der Bereitschaftspolizei, um die Ruhe wieder herzustellen. Keine Toten, keine Verletzten. Aber ich schäumte vor Wut. Meine Aufgabe war es gerade, den Ruf nach der Polizei zu vermeiden. Kein Aufruhr, keine Provokation und vor allem keine polizeilichen Übergriffe.

Ich hatte den Drogisten verhört.

»Die Araberschweine, davon gibt es einfach zu viele. Das ist das Problem.«

»Sie sind nun mal da. Sie haben sie nicht eingeladen. Ich auch nicht. Aber sie sind da. Und wir müssen mit ihnen leben.«

»Und Sie, sind Sie auf ihrer Seite?«

»Machen Sie sich nicht ins Hemd, Varounian. Es sind Araber. Sie sind Armenier.«

»Und stolz drauf. Was haben Sie gegen die Armenier?«

»Nichts. So wenig wie gegen die Araber.«

»Und worauf läuft das hinaus? Man kommt sich vor wie mitten in Algier oder Oran. Warn Sie da mal, da unten? Ich schon. Verdammt, hier stinkt's jetzt genauso.« Ich ließ ihn reden. »Früher hast du einen Bimbo auf der Straße angerempelt, und der hat sich entschuldigt. Jetzt sagt er dir: Kannst du dich nicht entschuldigen! Arrogant sind die, das ist es. Denken, sie sind hier zu Haus, Scheiße!«

Dann hatte ich keine Lust mehr zuzuhören. Nicht mal zu diskutieren. Mir wurde übel davon. Und so war es immer. Ihn anzuhören, war wie den *Méridional* lesen. Das Blatt der extremen Rechten schürte den Hass täglich. Früher oder später, hatte es vor kurzem geschrieben, werden wir mit der Bereitschaftspolizei, mobilen Wachtruppen und Polizeihunden gegen die Kasbahs in Marseille vorgehen müssen ... Wenn wir nichts unternahmen, würde es eines Tages knallen. Das war sicher. Ich hatte keine Lösung. Niemand hatte eine. Wir mussten warten. Nicht aufgeben. Alle Hoffnung darauf setzen, dass Marseille dieses neue Völkergemisch überleben würde. Wieder auferstehen würde. Marseille hatte schon ganz anderes erlebt.

Ich hatte jeden in sein Lager zurückgeschickt. Mit einer Geldstrafe wegen »Erregung öffentlichen Ärgernisses«, verbunden mit einer kleinen Moralpredigt.

Varounian ging als Erster. »Bullen wie Ihnen werden wir zeigen, wo's langgeht«, sagte er schon halb in der Tür. »Bald. Wenn wir an der Macht sind.«

»Auf Wiedersehen, Monsieur Varounian«, antwortete Leila von oben herab.

Wenn Blicke töten könnten, wäre sie auf der Stelle umgefallen. Ich war mir nicht sicher, aber ich meinte, ihn zwischen den Zähnen »Schlampe« zischen zu hören. Ich hatte Leila zugelächelt. Wenige Tage später rief sie mich auf dem Polizeirevier an, um mir zu danken und mich für Sonntag zum Tee einzuladen. Ich hatte angenommen. Mouloud hatte mir gefallen.

Jetzt war Driss Lehrling in einer Autowerkstatt in der Rue Roger Salengro. Kader arbeitete bei einem Onkel in Paris, der dort einen Lebensmittelladen in der Rue de Charonne betrieb. Leila war an der Uni in Aix-en-Provence. Dieses Jahr machte sie einen Abschluss in zeitgenössischer Literatur. Mouloud war wieder glücklich. Seine Kinder hatten ihren Platz gefunden. Er war stolz auf sie, besonders auf seine Tochter. Ich konnte ihn verstehen. Leila war intelligent und schön, sie fühlte sich wohl in ihrer Haut. Das Ebenbild ihrer Mutter, hatte Mouloud erzählt. Und mir ein Foto von Fatima gezeigt, von Fatima und ihm im Alten Hafen. Am Tag ihrer Wiederbegegnung nach Jahren. Er hatte sie dort unten abgeholt, um sie ins Paradies zu führen.

Mouloud öffnete die Tür. Seine Augen waren rot gerändert.

»Sie ist verschwunden. Leila ist verschwunden.«

Mouloud machte Tee. Er hatte seit drei Tagen nichts von Leila gehört. Das war ungewöhnlich, das wusste ich. Leila hatte Respekt vor ihrem Vater. Er mochte es nicht, wenn sie Jeans trug, rauchte oder einen Aperitif trank. Das sagte er ihr auch. Sie diskutierten darüber, manchmal schrien sie sich an. Aber er hatte nie versucht, ihr seine Ideen aufzuzwingen. Er vertraute Leila. Deshalb hatte er ihr erlaubt, ein Zimmer auf dem Universitätsgelände in Aix zu nehmen, unabhängig zu leben. Sie rief jeden Tag an und kam sonntags zu Besuch. Oft blieb sie über Nacht. Driss überließ ihr dann das Sofa im Wohnzimmer und schlief bei seinem Vater.

Leilas Schweigen war besonders beunruhigend, weil sie nicht einmal angerufen hatte, um zu sagen, ob sie ihre Magisterprüfung bestanden hatte.

»Vielleicht ist sie durchgefallen. Sie schämt sich … Sie hockt in ihrer Ecke und weint. Sie traut sich nicht, zu kommen.«

»Vielleicht.«

»Du solltest sie suchen gehen, M'sieur Montale. Ihr sagen, dass es nicht schlimm ist.«

Mouloud glaubte selber nicht, was er sagte. Ich auch nicht. Wenn sie durchgefallen wäre, hätte sie geweint, ja. Aber sich in ihrem Zimmer vergraben, nein, das konnte ich nicht glauben. Außerdem war ich überzeugt, dass sie bestanden hatte. Die Poesie und die Pflicht zur Identität. Ich hatte die Arbeit vor vierzehn Tagen gelesen und fand sie bemerkenswert. Aber ich war nicht die Prüfungskommission, und Leila war Araberin.

Sie hatte sich von dem libanesischen Schriftsteller Salah Stétié inspirieren lassen und einige seiner Argumente weiterentwickelt. Sie baute Brücken zwischen Morgen- und Abendland. Quer übers Mittelmeer. Sie machte darauf aufmerksam, dass unter den Zügen von Sindbad dem Seefahrer aus Tausendundeiner Nacht die eine oder andere Episode der Odyssee und der sprichwörtliche Scharfsinn des listigen Odysseus durchschienen.

Vor allem ihre Schlussfolgerung gefiel mir. Für sie, Kind des Orients, wurde die französische Sprache zu jenem Hafen, in dem der Einwanderer schließlich festen Boden unter die Füße bekam, auf dem er seine Koffer abstellen konnte. Die Sprachen Rimbauds, Valérys und Chars konnten miteinander verschmelzen, versicherte sie. Der Traum einer ganzen Generation von jungen beurs. In Marseille war jetzt schon ein eigenartiges Französisch entstanden, eine Mischung aus Provenzalisch, Italienisch, Spanisch und Arabisch, mit einer Prise Argot und einem Hauch Verlan versetzt. Die Kids auf der Straße verstanden sich bestens darin. In der Schule und zu Hause war das ein anderes Paar Stiefel.

Als ich sie zum ersten Mal von der Uni abholte, sprangen mir die rassistischen Graffiti an den Wänden ins Auge. Verletzend und obszön. Vor dem kürzesten blieb ich stehen: »Araber und Schwarze raus!«

Ich hatte immer gedacht, die Rechtsfakultät, fünf Meter weiter, sei die faschistische. Jetzt griff der menschliche Wahnsinn schon auf die zeitgenössische Literatur über! Irgendjemand hatte hinzugefügt, damit wir es auch alle verstanden: »Die Juden auch.«

»Das motiviert nicht gerade zur Arbeit«, meinte ich.

»Ich sehe nicht mehr hin.«

»Schon, aber sie gehen dir nicht aus dem Kopf, oder?«

Sie zuckte die Schultern, steckte sich eine Camel an und zog mich fort. »Eines Tages werden wir unsere Rechte geltend machen. Darum gehe ich wählen. Und ich bin nicht mehr die Einzige.«

»Eure Rechte. Ja, vielleicht. Aber an deinem Aussehen wird das nichts ändern.«

»Ach nee. Was ist denn mit meinem Aussehen. Gefalle ich dir etwa nicht?«

»Sehr hübsch«, stotterte ich.

Sie hatte ein Gesicht wie Maria Schneider im Letzten Tango in Paris. Genauso rund, umrahmt von den gleichen langen, lockigen Haaren. Nur waren ihre schwarz. Wie ihre Augen, die fest in meine sahen. Ich war rot angelaufen. In den letzten zwei Jahren hatte ich Leila oft gesehen. Ich wusste mehr über sie als ihr Vater. Wir hatten uns angewöhnt, einmal in der Woche zusammen zu Mittag zu essen. Sie erzählte von ihrer Mutter, die sie kaum gekannt hatte und vermisste. Die Zeit heilt gar nichts. Im Gegenteil. Driss' Geburtstag war jedes Jahr aufs Neue ein schwerer Moment. Für alle vier.

»Deshalb ist Driss so geworden, nicht böse, aber gewalttätig, verstehst du. Wegen dem Fluch, der auf ihm lastet. Er hasst. Mein Vater hat mir mal gesagt: ›Hätte ich damals wählen können, hätte ich mich für deine Mutter entschieden.‹ Er hat es mir erzählt, weil ich ihn als Einzige verstehen konnte.«

»Das hat meiner auch gesagt, weißt du. Aber meine Mutter ist noch mal davongekommen. Und ich bin da. Der einzige Sohn. Und allein.«

»*Der Tod ist ein einsames Geschäft.*« Sie lächelte. »Das ist der Titel eines Romans. Hast du den nicht gelesen?« Ich schüttelte den Kopf. »Er ist von Ray Bradbury. Ein Krimi. Ich leihe ihn dir. Du solltest mehr zeitgenössische Romane lesen.«

»Sie interessieren mich nicht. Sie haben keinen Stil.«

»Bradbury! Fabio!«

»Bradbury vielleicht.«

Und wir schweiften ab in große Diskussionen über die Literatur. Sie, die zukünftige Literaturprofessorin, und ich, der autodidaktische Polizist. Die einzigen Bücher, die ich je gelesen hatte, waren die vom alten Antonin. Abenteuer- und Reisebücher. Und etwas Poesie: Marseiller Dichter, die heute in Vergessenheit geraten sind. Émile Sicard, Toursky, Gérald Neveu, Gabriel Audisio und Louis Brauquier, mein Lieblingsdichter.

Dann reichten unsere wöchentlichen Mittagessen nicht mehr aus. Wir trafen uns an ein oder zwei Abenden in der Woche. Wenn ich keinen Dienst hatte und sie kein Babysitting machte. Ich holte sie in Aix ab, und wir gingen ins Kino und danach irgendwo essen.

Wir stürzten uns auf alle fremdländischen Küchen zwischen Aix und Marseille, was uns monatelang beschäftigte. Wir verteilten Sterne hier, Minuspunkte dort. Ganz oben auf unserer Liste stand das *Mille et une Nuits* am Boulevard d'Athènes. Dort wurde auf orientalischen Sitzkissen von einer großen kupfernen Platte gegessen, dazu hörte man algerischen Raï. Marokkanische Küche, die raffinierteste des Maghreb. Nie wieder habe ich so gute Taubenpastete gegessen.

An jenem Abend hatte ich das *Tamaris* vorgeschlagen, ein kleines griechisches Restaurant in der Bucht von Samena nicht weit von meiner Wohnung. Es war heiß. Eine schwere, trockene Hitze wie oft Ende August. Wir hatten einfache Gerichte bestellt: Gurkensalat mit Joghurt, gefüllte Weinblätter, Tarama, Spießchen mit hundert Gewürzen, gegrillt auf Weinranken mit einer Idee Olivenöl, Ziegenkäse. Zum Befeuchten ein weißer Retsina.

Wir waren am steinigen Strand entlanggegangen und hatten uns dann auf die Felsen gesetzt. Es war eine großartige Nacht. In der Ferne zeigte der Leuchtturm von Planier das Kap an. Leila legte ihren Kopf an meine Schulter. Ihre Haare dufteten nach Honig und Kräutern. Sie ließ ihre Hand in die meine gleiten. Bei ihrer Berührung erschauerte ich. Mir blieb keine Zeit, mich loszumachen. Sie begann ein Gedicht von Brauquier zu rezitieren, auf Arabisch:

Wir sind heute ohne Schatten und Geheimnis,
arm und vom Geist verlassen.
Gib uns den Geschmack nach Sünde und Erde wieder,
der uns erregt und dem wir uns zitternd hingeben.

»Ich habe es für dich übersetzt. Damit du es in meiner Sprache hörst.« Ihre Sprache war wie ihre Stimme. Weich wie türkischer Honig.

Ich war bewegt. Ich drehte ihr mein Gesicht zu. Langsam, um ihren Kopf an meiner Schulter zu behalten und mich von ihrem Duft betören zu lassen. Im schwachen Licht des Mondes über dem Wasser sah ich ihre Augen leuchten. Ich wollte sie in die Arme nehmen und an mich drücken. Sie küssen.

Uns war beiden bewusst, dass unsere immer häufigeren Treffen dahin führen würden. Vor diesem Moment hatte ich Angst. Ich kannte meine Lust nur zu gut. Ich wusste, wie das alles enden würde. In einem Bett, dann in Tränen. Ich hatte eine Niederlage nach der anderen erlebt. Die Frau, die ich brauchte, musste ich noch finden. Wenn es sie gab. Aber Leila war es nicht. Für sie, jung wie sie war, empfand ich nur Lust. Ich hatte kein Recht, mit ihr zu spielen. Nicht mit ihren Gefühlen. Dafür war sie zu gut. Ich küsste sie auf die Stirn.

Ihre Hand streichelte meinen Oberschenkel. »Nimmst du mich mit zu dir?«

»Ich bringe dich wieder nach Aix. Es ist besser für uns beide. Ich bin nur ein alter Trottel.«

»Ich mag alte Trottel auch.«

»Vergiss es, Leila. Finde jemanden, der gescheiter ist. Und jünger.«

Ich sah starr auf die Straße vor uns. Wir tauschten nicht einen Blick. Leila rauchte. Ich hatte eine Kassette von Calvin Russel eingelegt. Er war in Ordnung. Genau das Richtige zum Fahren. Ich wäre quer durch ganz Europa gerollt, nur um die Abzweigung nach Aix nicht nehmen zu müssen. Russel sang *Rockin' the Republicans.* Leila stoppte die Kassette ohne ein Wort, bevor er *Baby I Love You* in Angriff nehmen konnte.

Sie schob eine andere rein, die ich nicht kannte. Arabische Musik. Ein marokkanisches Mandolinensolo. Die Musik, von der sie für diese Nacht mit mir geträumt hatte. Die Mandoline breitete sich im Wagen aus wie ein Geruch. Der friedliche Geruch der Oasen. Datteln, getrocknete Feigen, Mandeln. Ich riskierte einen Blick auf sie. Ihr Rock war weit hochgerutscht. Sie war schön, schön für mich. Ja, ich begehrte sie.

»Das hättest du nicht dürfen«, sagte sie, bevor sie ausstieg.

»Was nicht dürfen?«

»Zulassen, dass ich dich liebe.«

Sie schlug die Tür zu. Aber nicht heftig. Nur traurig. Und gleichzeitig wütend. Das war jetzt ein Jahr her. Wir hatten uns nicht wiedergesehen. Sie hatte nicht mehr angerufen. Ihre Abwesenheit machte mir immer wieder zu schaffen. Vor vierzehn Tagen erinnerte sie mich per Post an ihre Prüfung. Nur eine Karte mit den Worten: »Für dich. Bis bald.«

»Ich werde sie suchen, Mouloud. Mach dir keine Sorgen.«

Ich schenkte ihm mein schönstes Lächeln. Das vom guten Polizisten, dem man trauen kann. Ich erinnerte mich, dass Leila einmal über ihre Brüder gesagt hatte: »Wenn es spät ist, und einer ist noch nicht zurückgekehrt, machen wir uns Sorgen. Hier kann alles Mögliche passieren.« Ich machte mir Sorgen.

Vor Block C 12 saß Rachid allein auf einem Skateboard. Als er mich aus dem Haus kommen sah, stand er auf und verschwand mit seinem Skateboard im Eingang. Zweifellos verfluchte er mich im Stillen. Aber das war mir wurscht. Mein Wagen auf dem Parkplatz hatte nicht einen einzigen Kratzer bekommen.

KAPITEL 3

In dem die Ehre der Überlebenden im Überleben liegt

Marseille lag unter einer Hitzeglocke. Ich fuhr mit offenen Fenstern die Autobahn entlang. Ich hatte eine Kassette von B.B. King eingelegt. Volle Lautstärke. Nur Musik. Ich wollte nicht denken. Noch nicht. Nur meinen Kopf freikriegen, die Fragen, die auf mich einstürzten, verdrängen. Ich war auf dem Rückweg von Aix, und alle meine Befürchtungen hatten sich bestätigt. Leila war wirklich verschwunden.

Auf der Suche nach dem Sekretariat war ich durch eine verlassene Fakultät geirrt. Bevor ich zum Studentenwohnheim ging, musste ich wissen, ob Leila ihre Prüfung bestanden hatte. Die Antwort war ja. Mit Auszeichnung. Danach war sie verschwunden. Ihr alter roter Fiat Panda stand auf dem Parkplatz. Ich hatte einen Blick hineingeworfen, aber es lag nichts darin herum. Entweder hatte sie eine Panne, was ich nicht überprüft hatte, und war mit dem Bus losgefahren, oder jemand hatte sie abgeholt. Der Hausmeister, ein kleiner, rundlicher, gutmütiger Mann mit einer Baseballkappe auf dem Kopf, öffnete mir die Tür zu Leilas Zimmer. Er erinnerte sich, sie kommen gesehen zu haben, aber nicht wieder gehen. Aber gegen 18 Uhr war er kurz weg gewesen.

»Sie hat doch nichts Schlimmes getan?«

»Nein, nichts, sie ist verschwunden.«

»Scheiße«, hatte er gesagt und sich am Kopf gekratzt. »Ein nettes Mädchen, die Kleine. Und höflich. Nicht wie gewisse Französinnen.«

»Sie ist Französin.«

»Das wollte ich damit nicht sagen, M'sieur.«

Er verstummte. Ich hatte ihn verärgert. Er blieb vor der Tür stehen, während ich das Schlafzimmer durchsuchte. Es gab nichts zu suchen. Nur die Überzeugung zu bestätigen, dass Leila nicht einfach für einen Tapetenwechsel nach Acapulco geflogen war. Das Bett war gemacht. Über dem Waschbecken: Zahnbürste, Zahnpasta, Schminkutensilien. Ihre Sachen hingen ordentlich im Schrank. Ein Sack mit schmutziger Wäsche. Auf einem Tisch einige Blätter Papier, Hefte, Bücher.

Ich fand, was ich suchte. *Die Hafenbar* von Louis Brauquier. Die Erstausgabe von 1926 auf reinem Büttenpapier mit Wasserzeichen, herausgegeben von der Zeitschrift *Das Feuer*. Nummer 36. Ich hatte es ihr geschenkt. Es war das erste Mal, dass ich mich von einem der Bücher aus meiner Fischerhütte getrennt hatte. Sie gehörten Manu und Ugo genauso wie mir. Sie symbolisierten die Erinnerung an unsere Jugend. Ich hatte oft davon geträumt, dass sie uns eines Tages alle drei wieder zusammenführen würden. Wenn Manu und Ugo mir verziehen hätten, dass ich Polizist geworden war. Wenn ich zugegeben hätte, dass es einfacher ist, Polizist zu sein als Verbrecher, und wenn ich sie wie wiedergefundene Brüder mit Tränen in den Augen hätte umarmen können. Ich wusste, dass ich an jenem Tag das Gedicht von Brauquier lesen würde, das mit den Zeilen endet:

Lange habe ich dich gesucht,
Nacht der verlorenen Nächte.

Wir hatten die Gedichte von Brauquier bei Antonin entdeckt. *Süßwasser fürs Schiff, Jenseits von Suez, Freiheit der Meere.* Wir waren siebzehn. Der alte Buchhändler erholte sich nur schlecht von einem Herzleiden. Abwechselnd schmissen wir den Laden. Während dieser Zeit warfen wir unsere Kohle nicht dem Flipper in den Rachen. Obendrein tauchten wir ein in unsere große Leidenschaft: die alten Bücher. Die Romane, Reiseberichte und Gedichte, die ich damals gelesen habe, hatten einen eigenen Geruch: nach Höhle, nach Kellergewölbe. Sie strömten einen fast würzigen Geruch aus, eine Mischung aus Staub und Feuchtigkeit. Grau-grün. Heute riechen Bücher nicht mehr. Nicht mal nach Druckerschwärze.

Die Erstausgabe von *Die Hafenbar* fand ich beim Stöbern in einem Karton, den Antonin nie geöffnet hatte. Ich hatte das Buch mitgenommen. Ich blätterte die vergilbten Seiten durch, schloss es und steckte es in die Tasche. Ich sah den Hausmeister an.

»Entschuldigen Sie wegen eben. Ich bin nervös.«

Er zuckte mit den Schultern. Einer von denen, die es gewohnt waren, angeschnauzt zu werden.

»Kannten Sie sie?«

Statt einer Antwort gab ich ihm meine Karte. Für den Fall, dass …

Ich hatte das Fenster geöffnet und das Rollo heruntergezogen. Ich war erschöpft. Ich träumte von einem kalten Bier. Aber erst musste ich einen Bericht über Leilas Verschwinden schreiben und ihn an die Abteilung für vermisste Personen weiterleiten. Mouloud musste dann die Vermisstenmeldung unterschreiben. Ich hatte ihn angerufen. Er klang niedergeschlagen. Das ganze Elend dieser Welt hatte ihn in einer Sekunde eingeholt, um ihn nicht mehr loszulassen. »Wir werden sie finden.« Ich konnte nichts anderes sagen. Worte über dem Abgrund. Ich stellte ihn mir vor, wie er völlig weggetreten und bewegungslos am Tisch saß.

Honorines Bild legte sich über das von Mouloud. Heute Morgen in ihrer Küche. Ich war um sieben hingegangen, um es ihr zu sagen, das mit Ugo. Ich wollte nicht, dass sie es aus der Zeitung erfuhr. Argues Leute hatten sich zurückgehalten. Ein kurzer Zwischenbericht auf der Seite für vermischte Nachrichten. Ein gefährlicher, international gesuchter Verbrecher wurde gestern niedergeschossen, als er das Feuer auf die Polizei eröffnen wollte. Es folgte ein kurzer Nachruf, aber nirgends wurde erwähnt, warum Ugo gefährlich war und welche Verbrechen er begangen haben könnte.

Zuccas Tod hingegen machte Schlagzeilen. Die Journalisten hielten sich alle an dieselbe Version. Zucca war kein großer Fisch wie Mémé Guérini oder, kürzlich, Gaëtan Zampa, Jacky Le Mat oder Francis le Belge. Er hatte vielleicht gar nie jemanden getötet, es sei denn ein- oder zweimal, um sich zu beweisen. Als Rechtsanwalt und Sohn eines Rechtsanwalts war er in erster Linie Verwalter. Seit Zampas Selbstmord im Gefängnis verwaltete er das Reich der Mafia in Marseille. In die Streitereien der Clans oder einzelner Leute mischte er sich nicht ein.

Auf einen Schlag war Zuccas Hinrichtung Gesprächsthema Nummer eins. Sie konnte einen neuen Bandenkrieg auslösen, den Marseille zur Zeit wahrhaftig nicht gebrauchen konnte. Die Wirtschaftskrise lastete schon schwer genug auf der Stadt. Die Gesellschaft für die Fährverbindungen nach Korsika drohte, ihre Schiffe zu verlegen. Es war die Rede von Toulon oder La Ciotat, einer alten Werft 40 Kilometer von Marseille. Seit Monaten stand die Gesellschaft im Konflikt mit den Hafenarbeitern. Die Docker hatten seit 1947 das Einstellungsmonopol an den Kais. Diese Bestimmungen wurden nun infrage gestellt.

Die Stadt verhielt sich angesichts dieser eisernen Unnachgiebigkeit unentschlossen. In allen anderen Häfen wurde nachgegeben. Aber für die Marseiller Hafenarbeiter ging es um die Ehre, auf die Gefahr hin, dass die Stadt verhungerte. Die Ehre steht hier an erster Stelle. »Du hast keine Ehre«, war hier die schwerste Beleidigung. Für die Ehre konnte man töten. Den Liebhaber der Ehefrau, den Schänder der Schwester oder den, der den Ruf der Mutter besudelt hatte.

Deshalb war Ugo zurückgekommen. Wegen der Ehre. Manus Ehre und Loles Ehre. Zu Ehren unserer Jugend und gemeinsamen Freundschaft und der Erinnerungen.

»Er hätte nicht zurückkommen sollen.«

Honorine schaute von ihrer Kaffeetasse auf. Ich sah ihrem Blick an, dass sie noch etwas anderes quälte. Die Falle, die über mir zuschnappte. Hatte ich Ehre? Ich war der letzte Erbe aller Erinnerungen.

Konnte ein Polizist um der Gerechtigkeit willen das Gesetz übertreten? Und wer scherte sich um Gerechtigkeit, wenn es um einen Kriminellen ging? Niemand. Das sagten Honorines Augen. Sie versuchte, sich Zuversicht einzureden, glaubte aber letztendlich selber nicht daran. Und sie sah mich in der Gosse liegen. Fünf Kugeln im Rücken, wie Manu. Oder drei, wie Ugo. Drei oder fünf, was machte das schon aus. Eine reichte, um jämmerlich im Rinnstein zu krepieren. Honorine wollte das nicht. Ich war der Letzte. Die Ehre der Überlebenden liegt im Überleben. Aufrecht bleiben. Leben hieß der Stärkere sein.

Ich hatte sie vor ihrem Kaffee sitzen lassen. Das Gesicht hätte meiner Mutter gehören können. Mit den Falten einer Frau, die zwei ihrer Söhne in einem Krieg verloren hat, der ihr nichts bedeutete. Sie hatte weggeschaut. Auf das Meer.

»Er hätte mich besuchen sollen«, hatte sie gesagt.

Seit ihrer Eröffnung war ich keine zehn Mal mit der Metro der Linie 1 gefahren. Castelanne–La Rose. Aus den Schickimicki-Vierteln, in die sich das Stadtzentrum mit seinen Bars, Restaurants und Kinos verlagert hatte, in die nördlichen Viertel, in die man sich besser nicht verirrte, wenn es nicht unbedingt sein musste.

Seit einigen Tagen machte eine Bande jugendlicher beurs Unfug auf der Strecke. Die Sicherheitsbeamten der Metro neigten zu drastischen Maßnahmen. »Die Araber verstehen nichts anderes.« Den Spruch kannte ich. Er hatte sich nur nicht bewährt. Weder in der Metro noch in der Eisenbahn. Harte Eingriffe der Beamten wurden vergolten. Ein blockiertes Gleis auf der Linie Marseille–Aix, gleich hinter dem Bahnhof Septêmes-les-Vallons, vor einem Jahr. Steinwürfe auf die Bahn in der Station Frais-Vallon vor sechs Monaten.

Ich hatte daher einen anderen Weg vorgeschlagen: die Verständigung mit der Bande. Nach meiner Methode. Die Metro-Sheriffs hatten mich ausgelacht. Aber die Direktion gab ihnen ausnahmsweise nicht nach, und ich hatte freie Bahn.

Pérol und Cerutti begleiteten mich. Es war 18 Uhr. Die Vorstellung konnte beginnen. Vor einer Stunde hatte ich auf einen Sprung in Driss' Garage vorbeigeschaut. Ich wollte über Leila sprechen.

Driss machte gerade Feierabend. Während ich auf ihn wartete, redete ich mit seinem Chef. Ein begeisterter Befürworter der Lehrlingsverträge. Vor allem, wenn die Lehrlinge wie die Arbeiter schuften. Und Driss ließ sich auf der Arbeit nichts nachsagen. Er rauchte Haschisch. Jeden Abend nahm er seine Dosis. Es war nicht so ungesund wie Crack oder Heroin. Hieß es. Ich glaubte das auch. Aber den Kopf benebelte es trotzdem. Driss musste sich dauernd beweisen. Und nicht vergessen: ja, Monsieur, nein, Monsieur. Und immer schön die Klappe halten, denn, Scheiße, letztendlich war er doch nur ein Araber. Noch hielt er sich gut.

Ich hatte ihn in die nächste Eckkneipe geschleppt. *Le Disque Bleu*. Eine schmierige Kneipe, ganz wie der Wirt. Seiner Fresse nach zu urteilen, hatten Araber hier allenfalls das Recht, Lotto zu spielen, Pferdewetten abzuschließen und im Stehen zu trinken. Mit einer vagen Geringschätzung à la Gary Cooper gab er mir schließlich doch noch zwei Kleine mit an den Tisch, fast hätte ich meine Polizeimarke zücken müssen. Für manche war sogar ich zu braun gebrannt.

»Hast du mit dem Training aufgehört?«, fragte ich, als ich mit dem Bier zurückkam.

Auf mein Anraten hin hatte er sich in einem Boxstudio in Saint-Louis eingeschrieben. Bei Georges Mavros, einem alten Kumpel. Mavros war nach einigen Siegen auf dem Weg zum Champion gewesen. Dann musste er sich zwischen der Frau, die er liebte, und dem Boxen entscheiden. Er heiratete. Er wurde Lastwagenfahrer. Als er mitkriegte, dass seine Frau querbeet vögelte, sobald er auf der Straße war, konnte er kein Champion mehr werden. Er warf Frau und Arbeit hin, verkaufte, was er hatte, und eröffnete dieses Studio.

Driss hatte alles, was der Sport verlangte. Intelligenz und Leidenschaft. Er konnte ebenso gut werden wie seine Idole Stéphane

Haccoun oder Akim Tafer. Mavros würde einen Champion aus ihm machen. Daran glaubte ich. Vorausgesetzt er hielt durch, auch hier.

»Zu viel Stress. Stundenlang mussten wir uns prügeln! Und der Inhaber ist 'ne echte Null. Klebt mir die ganze Zeit am Arsch.«

»Du hast nicht angerufen. Mavros hat auf dich gewartet.«

»Was Neues über Leila?«

»Deshalb wollte ich mit dir reden. Weißt du, ob sie einen Freund hatte?«

Er guckte mich an, als wollte ich ihn verarschen. »Sind Sie nicht ihr Typ?«

»Ich bin ihr Freund. Wie deiner.«

»Ich dachte, Sie ficken sie.«

Fast hätte ich ihm eine runtergehauen. Es gibt Wörter, von denen mir übel wird. Dieses besonders. Vergnügen hat etwas mit Respekt zu tun. Das fängt bei den Wörtern an. So habe ich immer gedacht.

»Ich ficke keine Frauen. Ich liebe sie ... Jedenfalls versuche ich es ...«

»Und Leila?«

»Was hast du denn gedacht?«

»Ich hätte nichts dagegen gehabt.«

»Vergiss es. Gute Jungen in deinem Alter gibt's genug.«

»Was meinen Sie damit?«

»Dass ich nicht weiß, wo sie ist, Driss. Hör mal! Nur weil ich nicht mit ihr geschlafen habe, heißt das nicht, dass ich sie nicht liebe!«

»Wir werden sie wiederfinden.«

»Das habe ich deinem Vater auch gesagt. Siehst du, das hat mich zu dir geführt.«

»Sie hat keinen Freund. Nur uns. Mich, Kader und Vater. Die Uni. Ihre Freundinnen. Und Sie. Sie redet ständig von Ihnen. Finden Sie sie. Das ist Ihr Job!«

Er war gegangen, nachdem er mir die Telefonnummer von zwei ihrer Freundinnen gegeben hatte, Jasmine und Karine, denen ich einmal begegnet war, und von Kader in Paris. Aber es gab keinen Grund, warum sie ohne ein Wort nach Paris gefahren sein sollte. Selbst wenn Kader Probleme hatte, hätte sie etwas gesagt. Außerdem war Kader clever. Er schmiss den Lebensmittelladen praktisch allein.

Sie waren zu acht. Sechzehn bis siebzehn Jahre alt. Sie kamen vom Alten Hafen herauf. Wir warteten in der Metrostation des Bahnhofs Saint-Charles auf sie. Sie hatten sich im vorderen Teil eines Wagens breitgemacht. Auf den Sitzen stehend, schlugen sie zum Rhythmus aus dem Kassettenrekorder gegen Wände und Scheiben, als seien es Trommeln. Die Musik im Blut. Rap, natürlich. IAM erkannte ich. Eine Top-Band aus Marseille. Sie war oft auf *Radio Grenouille* zu hören, dem Gegenstück zu *Nova* in Paris. Es brachte alle Rap- und Ragga-Gruppen aus Marseille und dem Süden. IAM, Fabulous Trobadors, Bouducon, Hypnotic, Black Lions. Und Massilia Sound System, die im Milieu des Fanclubs der Ultras in der Südkurve des Fußballstadions geboren wurde. Das Ragga- und Hip-Hop-Fieber hatte von der Gruppe auf Anhänger von Olympique Marseille und schließlich auf die ganze Stadt übergegriffen.

In Marseille wird getchatcht, wie man hier sagt. Der Rap ist nichts anderes. Tchatchen und mehr. Die Cousins aus Jamaika hatten hier ihre Brüder gefunden. Und sie diskutierten wie in der Kneipe. Über Paris, über den zentralistischen Staat, die heruntergekommenen Vororte, die Nachtbusse. Das Leben, ihre Probleme. Die Welt aus der Sicht von Marseille.

Wir überleben im Rhythmus des Rap.
Deshalb schlagen wir, tap, tap, tap!
Sie wollen die Macht und den Kies in Paris.
Ich bin 22 und hab viel zu tun.
Gegen Verrat meiner Brüder bin ich immun.
Bevor ich geh, sag ich's euch ins Gesicht:

Der Staat behandelt mich nicht
wie einen erbärmlichen Wicht.

Und es schlug und schlug im Zug. Tam, tam, tam aus Afrika, der Bronx und vom Mars. Rap war nicht mein Fall. Aber die Texte von IAM, das musste ich zugeben, kamen gut. Schön und gut. Außerdem hatten sie Groove, wie man sagt. Ich brauchte nur den beiden Jungen zusehen, die vor meiner Nase tanzten.

Die Passagiere hatten sich in den hinteren Teil des Wagens zurückgezogen. Sie senkten die Köpfe, als hörten und sähen sie nichts. Sie dachten sich trotzdem ihren Teil. Aber wozu das Maul aufreißen? Um einen Messerstich zu kassieren? An der Station zögerten die Leute einzusteigen. Sie drängten sich im hinteren Teil zusammen. Seufzend und zähneknirschend, im Kopf den Traum einer Tracht Prügel. Und von Mordgelüsten.

Cerutti mischte sich unter sie. Er überprüfte die Funkverbindung mit dem Hauptquartier, für den Ernstfall. Pérol pflanzte sich im leeren Teil auf. Ich setzte mich mitten unter die Bande und schlug eine Zeitung auf.

»Geht's nicht mit 'n bisschen weniger Zirkus?«

Einen Moment zögerten sie.

»Was scheißt du hier rum, Alter!«, dröhnte einer und ließ sich auf den Sitz fallen.

»Störn wir dich vielleicht?«, meinte ein anderer und setzte sich neben mich.

»Genau. Wie bist du darauf gekommen?« Ich sah meinem Nachbarn in die Augen.

Die anderen hörten auf, die Wände zu bearbeiten. Es wurde ernst. Sie drängten sich um mich.

»Ey, Alter, was hast du gegen uns? Magst du keinen Rap? Gefallen dir unsere Fressen nicht?«

»Ich mag es nicht, wenn ihr mich anmacht.«

»Hast du gesehen, wie viele wir sind? Du kriegst Ärger, Alter.«

»Ja, das hab ich gesehen. Zu acht reißt ihr ’s Maul auf. Alleine habt ihr keinen Mumm.«

»Und du, hast du welchen?«

»Wenn ich nicht hier wäre, könntest du mich nicht fragen.«

Hinten guckten sie hoch. Na, der hat Recht. Wir werden die doch nicht auf unseren Köpfen herumtanzen lassen. Der Mut, etwas zu sagen. Die Station Réformés-Canebière. Der Wagen füllte sich weiter. Ich spürte Leute hinter mir. Cerutti und Pérol mussten herangekommen sein.

Die Jungen kamen leicht aus der Fassung. Offenbar hatten sie keinen Chef. Sie drehten einfach so ab. Nur um Ärger zu machen, reine Provokation. Nur zum Spaß. Aber das konnte sie teuer zu stehen kommen. Eine Tausend-Francs-Strafe war schnell verhängt. Ich schlug die Zeitung wieder auf. Der mit dem Kassettenrekorder drehte wieder ein bisschen auf. Ein anderer klopfte ans Fenster. Aber leise, nur probeweise. Die anderen warteten erst mal ab. Sie zwinkerten sich zu, lächelten mit Kennermiene, knufften sich mit dem Ellenbogen. Echte Kinder. Der mir gegenüber legte fast seine Turnschuhe auf meine Zeitung.

»Wo steigst du aus?«

»Was geht dich das an?«

»Es wär besser, wenn du nicht hier wärst.«

Hundert Augen auf meinen Rücken geheftet, so kam ich mir vor. Wie ein Lehrer vor einer Klasse Rabauken. Cinq-Avenue-Longchamp. Les Chartreux. Saint-Just. Eine Station folgte der anderen. Die Gören mupften nicht mehr auf. Sie sannen auf Rache. Der Wagen begann sich zu leeren. Malpassé. Hinter mir Leere.

»Wenn wir dir die Fresse polieren, rührt sich keiner«, sagte einer und stand auf.

»Sind nicht mal zehn. Darunter eine Tussi und zwei alte Knacker.«

»Du wirst es nicht tun.«

»Ach ja? Woher weißt du das?«

»Du hast nur eine große Schnauze.«

Frais-Vallon. Sozialbauwohnungen. Kein Horizont.

»Ai-o-li!«, rief einer von ihnen.

Sie stiegen im Laufschritt aus. Ich sprang auf und erwischte den Letzten am Arm. Fest, aber ohne Gewalt. Er wehrte sich. Die Fahrgäste beeilten sich, den Bahnsteig zu verlassen.

»Jetzt bist du allein.«

»Lass mich los, du Arschloch.« Er nahm Cerutti und Pérol, die langsam weggingen, als Zeugen. »Der spinnt, der Alte. Will mir die Fresse einschlagen.«

Cerutti und Pérol sahen nicht hin. Der Bahnsteig lag verlassen da. Ich spürte, wie die Wut in ihm aufstieg. Und auch die Angst.

»Keiner wird dich verteidigen. Du bist Araber. Ich könnte dir hier auf dem Bahnsteig die Haut abziehen. Keiner wird sich rühren. Verstehst du? Also, hört auf, Dummheiten zu machen, du und deine Kumpel. Sonst stoßt ihr eines Tages auf Typen, die euch nicht davonkommen lassen. Verstanden?«

»Ja, alles klar. Eh, du Arsch, das tut weh!«

»Gib die Botschaft weiter. Wenn ich dich noch mal erwische, breche ich dir den Arm!«

Als ich wieder an der Oberfläche auftauchte, war es schon dunkel. Fast zehn. Ich war fix und fertig. Zu ausgepumpt, um nach Hause zu gehen. Ich musste mich noch ein wenig herumtreiben. Mir war nach Gesellschaft. Nach so etwas wie pulsierendem Leben.

Ich ging zum *O'Stop*. Einem Nachtlokal am Opernplatz. Musikbegeisterte und Prostituierte saßen dort friedlich beieinander. Ich wusste, zu wem ich wollte. Und sie war da. Marie-Lou, eine junge Nutte von den Antillen. Sie war vor drei Monaten im Viertel angekommen. Sie war großartig. Der Typ Diana Ross, mit gerade mal zweiundzwanzig. Heute Abend trug sie schwarze Jeans und einen grauen, tief ausgeschnittenen Pulli. Ihre Haare hatte sie mit einem schwarzen Band zu einem Pferdeschwanz gebunden. Es war nichts Vulgäres an ihr, nicht einmal ihre Art zu sitzen. Sie war fast unnahbar.

Nur wenige Männer wagten es, sie anzusprechen ohne einen einladenden Blick von ihr.

Marie-Lou war nicht auf Kundenfang. Sie organisierte sich ihre Freier übers Minitel, und da sie wählerisch war, fühlte sie ihnen hier auf den Zahn. Überprüfte ihr Äußeres. Marie-Lou erregte mich wirklich. Ich hatte sie schon ein paar Mal besucht. Wir trafen uns gern wieder. Für sie war ich ein idealer Kunde. Für mich war es einfacher, als mich zu verlieben. Und im Augenblick tat es mir gut.

Das *O'Stop* war gerammelt voll, wie immer. Viele Prostituierte, die eine Whisky-Cola-Pinkelpause machten. Verdi war bei einigen der Älteren allgemein bekannt, und Pavarotti sowieso. Ich zwinkerte hier, lächelte dort und setzte mich auf einen Barhocker an die Theke. Neben Marie-Lou. Sie starrte nachdenklich in ihr leeres Glas.

»Läuft das Geschäft?«

»Ach, hallo. Gibst du mir einen aus?«

Margarita für sie, Whisky für mich. Die Nacht fing gut an.

»Ich hatte einen Plan. Aber er hat mich nicht inspiriert.«

»Wie sah er aus?«

»Wie ein Bulle!«

Sie brach in schallendes Gelächter aus und küsste mich auf die Wange. Eine elektrische Spannung durchfuhr meinen Körper bis unter den Slip.

Als ich Molines bemerkte, waren wir bei der dritten Runde. Wir hatten sechs oder sieben Sätze gewechselt. So kurz wie nichtssagend. Wir tranken mit Hingabe. So war es uns am liebsten. Molines gehörte zu Argues Mannschaft. Er stand sich vor dem *O'Stop* die Beine in den Bauch und schien sich tödlich zu langweilen. Ich bestellte eine neue Runde und stand auf.

Meine Erscheinung schlug ein wie der Blitz. Er fuhr auf. Offensichtlich störte ihn meine Anwesenheit.

»Was hast du hier zu suchen?«

»Eins, ich trinke, zwei, ich trinke, drei, ich trinke, vier, ich esse. Ab fünf habe ich noch nichts entschieden. Und du?«

»Dienst.«

Nicht gerade gesprächig, der Cowboy. Er entfernte sich ein paar Schritte. Meine Gesellschaft war wohl unter seiner Würde. Als ich ihm mit den Augen folgte, sah ich sie. Den Rest der Mannschaft, an verschiedenen Straßenecken. Besquet und Paoli an der Ecke der Rue Saint-Saëns und Rue Molière. Sandoz und Mériel, zu denen Molines sich wieder gesellt hatte, Rue Beauvau. Cayrol spazierte vor der Oper hin und her. Die anderen konnte ich nicht sehen. Zweifellos waren sie in Autos rund um den Platz verteilt.

Aus der Rue Paradis bog ein metallic-grauer Jaguar in die Rue Saint-Saëns ein. Besquet führte sein Walkie-Talkie an den Mund. Paoli und er verließen ihren Posten. Sie überquerten den Platz, ohne sich um Cayrol zu kümmern, und gingen langsam die Rue Corneille hinauf.

Aus einem der Autos stieg Morvan. Er kreuzte den Platz und die Rue Corneille, als wolle er in die *Commanderie* gehen, ein Nachtlokal, in dem sich Journalisten, Polizisten, Rechtsanwälte und Ganoven tummelten. Er ging an einem Taxi vorbei, das direkt vor der *Commanderie* in der zweiten Reihe parkte. Ein weißer Renault 21. Das Schild stand auf »besetzt«. Im Vorbeigehen schlug Morvan mit der Hand gegen die Tür. Nachlässig. Dann setzte er seinen Weg fort, blieb vor einem Sexshop stehen und zündete sich eine Zigarette an. Da braute sich etwas zusammen. Ich wusste nicht, was. Aber ich sah es als Einziger.

Der Jaguar wendete und parkte hinter dem Taxi. Ich sah Sandoz und Mériel näher kommen. Dann Cayrol. Die Lage spitzte sich zu. Ein Mann stieg aus dem Jaguar. Ein Araber, vierschrötig, in Anzug und Krawatte mit offener Jacke. Ein Leibwächter. Er vergewisserte sich nach beiden Seiten, bevor er die hintere Wagentür öffnete. Ein Mann stieg aus. Al Dakhil. Scheiße! Der Immigrant. Der Chef der arabischen Unterwelt. Ich hatte ihn nur ein einziges Mal gesehen. Bei einer Gegenüberstellung. Aber Argue hatte nichts gegen ihn in der Hand. Sein Leibwächter schloss die Tür und ging auf die *Commanderie* zu.

Al Dakhil knöpfte seine Jacke zu und beugte sich auf ein Wort zum Fahrer hinunter. Zwei Männer stiegen aus dem Taxi. Der eine war etwa zwanzig, klein, in Jeans und Leinenjacke. Der andere war mittelgroß mit fast polierter Glatze und kein Jahr älter. Hose, schwarze Leinenjacke. Ich merkte mir die Nummer des Taxis in dem Moment, in dem es abfuhr: 675 JLT 13. Ein Reflex. Die Schießerei begann. Der Kleinste feuerte als Erster. Auf den Leibwächter. Dann drehte er sich um und schoss auf den Fahrer, der aus dem Auto stieg. Der andere leerte sein Magazin auf Al Dakhil.

Es hatte keine Vorwarnung gegeben. Morvan mit seinem rasierten Schädel warf sich zu Boden, ohne sich umzudrehen. Der andere duckte sich, die Waffe in der Hand, zwischen zwei Wagen. Nach einem kurzen Blick hinter sich – zu kurz – wich er zurück. Sandoz und Mériel schossen gleichzeitig. Schreie ertönten. Plötzlich gab es einen Menschenauflauf. Argues Männer. Neugierige.

Ich hörte Polizeisirenen. Das Taxi war links über die Rue Francis Davso hinter der Oper verschwunden. Argue kam aus der *Commanderie,* die Hände in den Jackentaschen. In meinem Rücken spürte ich Marie-Lous warme Brüste.

»Was ist los?«

»Nichts Schönes.«

Ich untertrieb. Das war eine Kriegserklärung. Aber Ugo hatte Zucca getötet. Was ich gerade gesehen hatte, haute mich um. Alles schien inszeniert gewesen zu sein. Bis ins kleinste Detail.

»Eine Abrechnung.«

»Scheiße. Das wird mein Geschäft nicht gerade beflügeln!«

Ich brauchte dringend eine Stärkung. Um mich nicht in Fragen zu verheddern. Nicht jetzt. Am liebsten hätte ich alles ausgespien. Vergessen. Die Bullen, die Ganoven. Manu, Ugo, Lole. Leila. Und vor allem mich selbst. Mich in nichts aufgelöst. Ich brauchte Alkohol und Marie-Lou. Schnell.

»Stell dein Taxameter auf ›besetzt‹. Ich lade dich zum Essen ein.«

KAPITEL 4

In dem ein Cognac auch nicht mehr schaden kann

Ich fuhr hoch. Da war ein dumpfes Geräusch gewesen. Dann hörte ich ein Kind schreien. Im Stock über mir. Für einen kurzen Moment wusste ich nicht, wo ich war. Ich hatte einen schlechten Geschmack im Mund und einen schweren Kopf. Ich lag vollständig angezogen auf dem Bett, Loles Bett. Jetzt erinnerte ich mich. Als ich Marie-Lou am frühen Morgen verlassen hatte, war ich hierher gekommen. Ich hatte die Tür aufgebrochen.

Es hatte keinen Grund gegeben, länger am Opernplatz herumzuhängen. Das Viertel war abgesperrt. Bald würde es von Bullen aller Art wimmeln. Zu viele Leute, die ich nicht treffen wollte. Ich hatte Marie-Lou untergehakt und sie auf die andere Seite des Cours Jean Ballard, zur Place Thiars, geführt. Zu Mario. Ein Teller mit Mozzarella, Tomaten, Kapern, Anchovis und schwarzen Oliven. Eine Portion Spaghetti mit Muscheln. Ein Tiramisu. Das Ganze begossen mit einem Bandol aus dem Anbaugebiet Pibarnon.

Wir sprachen über alles und nichts. Sie mehr als ich. Wehmütig. Sie zog ihre Worte in die Länge, als würde sie einen Pfirsich schälen. Ich hörte ihr zu, aber nur mit den Augen. Ich ließ mich von ihrem Lächeln, dem Schwung ihrer Lippen, ihren Lachgrübchen und der erstaunlichen Beweglichkeit ihres Gesichts davontragen. Sie anzusehen und ihr Knie an meinem zu spüren, erlaubte kein Nachdenken.

»Welches Konzert?«, fragte ich schließlich.

»Aber wo lebst du denn! Das Konzert. In der *Friche*. Mit Massilia.«

Die *Friche* ist die ehemalige Tabakfabrik. Ein Gelände von hundertzwanzigtausend Quadratmetern hinter dem Bahnhof Saint-Charles.

Es erinnert an die von Künstlern besetzten Häuser in Berlin oder an das Kulturzentrum PS1 in New York. In der *Friche* waren Ateliers, Studios, die Zeitung *Taktik, Radio Grenouille,* ein Restaurant und ein Konzertsaal eingerichtet worden.

»Fünftausend waren wir. Genial! Die Typen verstehen, dir einzuheizen.«

»Verstehst du denn provenzalisch?«

Die Hälfte von Massilias Chansons war in ihrer Mundart. Dem maritimen Provenzalischen. Dem Marseiller Französisch, wie sie in Paris sagen. »Parlam de realitat dei cavas dau quotidian«, sang Massilia.

»Was geht dich das an. Verstehen oder nicht verstehen. Wir sind Galeerensträflinge, keine Schwachsinnigen. Es reicht, wenn du das verstehst.«

Sie sah mich neugierig an. Vielleicht war ich wirklich schwachsinnig. Ich verlor immer mehr den Bezug zur Realität. Ich kreuzte blind durch Marseille. Ich sah nur noch stumpfe Brutalität und schwelenden Rassismus. Ich vergaß, dass es auch noch anderes im Leben gab. Dass man in dieser Stadt trotz allem gern lebte und feierte. Dass das Glück jeden Tag neugeboren wurde, auch wenn es mitten in der Nacht bei einer willkürlichen Ausweiskontrolle verteidigt werden musste.

Wir hatten fertig gegessen, die Flasche Bandol ausgetrunken und zwei Tassen Kaffee gekippt.

»Gehen wir 'n bisschen bummeln?«

Das war das Stichwort. Ein bisschen bummeln hieß, den richtigen Plan für diese Nacht zu machen. Ich hatte mich von ihr führen lassen. Wir hatten mit dem *Trolleybus* am Quai de Rive-Neuve angefangen. Ein Tempel, von dem ich zum ersten Mal hörte. Darüber musste Marie-Lou lächeln.

»Aber was fängst du mit deinen Nächten an?«

»Ich fange Goldbrassen.«

Sie lachte. In Marseille ist eine Goldbrasse auch ein schönes Mädchen. Das frühere Galeerenarsenal mündete in einen Gang voller Fernsehschirme. Am Ende, unter den Bögen, wurde in verschiedenen Sälen Rap, Techno, Rock und Reggae gespielt. Es gab Tequila für den Anfang und Reggae gegen den Durst. Wie lange hatte ich nicht mehr getanzt? Ein Jahrhundert. Tausend Jahre. Wir wechselten stündlich die Kneipe. Das *Passeport,* das *Maybe Blues,* das *Pêle-Mêle.* Schauen wir weiter, gehen wir dorthin, wie in Spanien.

Schließlich landeten wir im *Pourquoi* in der Rue Fotia. Der Wirt kam von den Antillen. Wir hatten schon schwer einen in der Krone. Ein Grund mehr, weiterzumachen. Tequila. Und Salsa! Unsere Körper fanden sich schnell in den Takt. Eng aneinandergeschmiegt.

Zina hatte mir das Salsatanzen beigebracht. Sie war sechs Monate lang meine Freundin gewesen, bis ich zur Armee ging. Später waren wir uns in Paris wiederbegegnet, meinem ersten Arbeitsplatz als Polizist. Wir gingen nachts abwechselnd ins *Chapelle* in der Rue des Lombards und ins *L'Escale* in der Rue Monsieur-le-Prince. Ich traf mich gern mit Zina. Ihr war es egal, dass ich Bulle war. Wir waren gute Freunde geworden. Sie brachte mir regelmäßig Nachrichten »von unten«, von Manu und Lole. Manchmal von Ugo, wenn er ein Lebenszeichen von sich gab.

Marie-Lou wurde immer leichter in meinen Armen. Sie schwitzte Kräuter aus: Moschus, Zimt, Pfeffer. Auch Basilikum, wie Lole. Ich mochte würzigen Körpergeruch. Je steifer mein Schwanz wurde, desto deutlicher spürte ich ihren Bauch auf meinem. Wir wussten, dass wir im Bett landen würden, und wollten es so lange wie möglich hinausschieben. Bis die Begierde unerträglich wurde. Denn danach würde uns die Realität einholen. Ich würde wieder ein Bulle sein und sie eine Prostituierte.

Gegen sechs wachte ich auf. Marie-Lous bronzefarbener Rücken erinnerte mich an Lole. Ich trank eine halbe Flasche Badoit, zog mich an und ging hinaus. Auf der Straße überkam sie mich. Die Gewissenskrise. Wieder dieses Unbefriedigtsein, das mich quälte, seit Rosa mich verlassen hatte. Ich hatte die Frauen geliebt, mit denen ich zusammengelebt hatte. Alle. Und leidenschaftlich. Sie hatten mich auch geliebt. Aber zweifellos ernsthafter. Sie hatten mir eine Zeit ihres Lebens geschenkt. Zeit spielt eine entscheidende Rolle im Leben einer Frau. Für sie ist sie wirklich, für den Mann relativ. Sie hatten mir viel gegeben. Und was hatte ich ihnen geboten? Zärtlichkeit. Lust. Spontanes Glück. Auf diesen Gebieten war ich nicht schlecht. Aber danach?

Nach der Liebe ging bei mir alles kaputt. Ich gab nichts mehr. Konnte nichts mehr nehmen. Nach der Liebe wechselte ich die Seiten. Ich kehrte ins fest abgesteckte Gebiet meiner Regeln, Gesetze und Codes zurück. In das Reich der fixen Ideen bis an die Grenze des Wahnsinns. Wo ich mich verliere. Wo ich die verliere, die sich hineintrauen. Leila hätte ich bis dahin mitnehmen können. In diese Wüstenei aus Trauer, Wut, Schreien, Tränen und Verachtung. All das, was am Ende des Weges steht. Und ich bin nicht da. Abgehauen. Feige. Aus Angst, zurückzukommen und zu sehen, wie es auf der anderen Seite der Grenze ist. Vielleicht mochte ich das Leben nicht, Rosa hatte das eines Abends gesagt.

Die Nacht mit Marie-Lou, mit Küssen gegen Bezahlung, hatte mich zumindest eines gelehrt: In der Liebe war ich ein Verlierer. Die geliebten Frauen hätten die Frauen meines Lebens sein können. Von der Ersten bis zur Letzten. Aber ich hatte nicht gewollt. Plötzlich war ich wütend. Wütend auf Marie-Lou, auf mich, auf die Frauen und die ganze Welt.

Marie-Lou wohnte in einem kleinen Appartement oben an der Rue d'Aubagne, gleich oberhalb der kleinen Metallbrücke, die über den Cours Lieutaud zum Cours Julien führt, in einem der neuen Viertel von Marseille, die in waren. Dort hatten wir schwankend noch ein letztes Glas getrunken, im *Dégust' Mars C' et Yé,* einem weiteren Raï-, Ragga- und Reggae-Schuppen. Bra, der Wirt, war ein ehemaliger Junkie, erzählte mir Marie-Lou. Er hatte im Knast gesessen. Dieser Nachtclub war sein Traum. »Hier seid ihr zu Haus«, stand in großen Buchstaben inmitten Hunderter von Graffiti. Das *Dégust'* sah sich gern als ein Ort, wo das Leben strömte. Was strömte, war der Tequila. Ein letztes Glas auf den Weg. Kurz vor der Liebe. Die Augen ineinander versunken und die Körper unter Hochspannung.

Die Rue d'Aubagne hinunterzugehen, war zu jeder Tageszeit eine Weltreise. Eine nicht abbrechende Kette von Läden und so viele Restaurants, wie es Anlegeplätze gab. Italien, Griechenland, Türkei, Libanon, Madagaskar, Réunion, Thailand, Vietnam, Afrika, Marokko, Tunesien, Algerien. An der Spitze das *Arax,* die beste orientalische Zuckerbäckerei. Ich hatte nicht den Mut, meinen Wagen vom Revier zu holen und nach Hause zu fahren. Nicht einmal zum Fischen hatte ich Lust. An der Rue Longue-des-Capucins war Markt. Koriander-, Kümmel- und Currydünste mischten sich mit frischer Minze. Die Gerüche des Orients. Ich hielt mich rechts entlang der Halle Delacroix. Schließlich kehrte ich in ein Bistro ein und bestellte einen doppelten Mokka und belegte Brote.

Die Schießerei auf dem Opernplatz war in den Schlagzeilen. Seit Zuccas Hinrichtung, so die Journalisten, verfolgte die Polizei Al Dakhils Spur. Alle erwarteten eine Abrechnung. 1:0, dabei konnte es offensichtlich nicht bleiben. Gestern Abend hatte Argues Mannschaft durch schnelles, überlegtes Handeln verhindern können, dass der Opernplatz sich in eine wahre Kampfarena verwandelte. Keine verletzten Passanten, nicht einmal ein zerbrochenes Fenster. Fünf Ganoven tot. Volltreffer. Und jeder wartete auf die Fortsetzung.

Im Geiste sah ich Morvan wieder den Platz überqueren und mit der flachen Hand gegen das geparkte Taxi schlagen. Ich sah Argue aus der *Commanderie* kommen, ein Lächeln auf den Lippen und die Hände in den Taschen. Das Lächeln hatte ich vielleicht erfunden. Ich wusste es nicht mehr.

Die beiden Ganoven, Jean-Luc Trani und Pierre Bogho, die das Feuer eröffnet hatten, standen auf der Fahndungsliste. Aber es waren nur zwei erbärmliche Schläger: ein bisschen Zuhälterei, ein bisschen Einbruch, ein paar Diebstähle. Aber nichts, was sie an die Spitze der Hitparade des Ganoventums gebracht haben könnte. Dass sie sich an so ein großes Ding herangewagt hatten, war verblüffend. Wer steckte dahinter? Das war die zentrale Frage. Aber Argue gab keinen Kommentar ab. Es war seine Art, so wenig wie möglich zu sagen.

Nach einem zweiten doppelten Mokka fühlte ich mich kein Stück besser. Ich hatte einen fürchterlichen Kater. Aber ich zwang mich weiter. Ich kreuzte die Canebière, ging den Cours Belsunce, dann die Rue Colbert hinauf. An der Avenue de la République nahm ich die Montée des Folies-Bergères und die Abkürzung durch das Panier-Viertel. Rue de Lorette, Rue du Panier, Rue des Pistoles. Kurze Zeit später fummelte ich mit meinem Dietrich in Loles Türschloss herum. Ein schlechtes Schloss. Es hielt nicht lange stand. Ich auch nicht. Im Schlafzimmer ließ ich mich aufs Bett fallen. Erschöpft. Den Kopf voller düsterer Gedanken. Nur nicht denken. Schlafen.

Ich war wieder eingeschlafen. Ich war schweißgebadet. Hinter den Fensterläden spürte ich die Hitze, schwer und drückend. Zwanzig nach zwei schon. Es war Samstag. Pérol hatte bis morgen Abend Bereitschaftsdienst. Ein freies Wochenende hatte ich nur einmal im Monat. Wenn Pérol Dienst hatte, konnte ich mir das Kissen über beide Ohren ziehen. Er war ein besonnener Polizist. Und wenn es ernst wurde, fand er mich, egal wo in Marseille. Wenn Cerutti mich vertrat, war ich unruhiger. Er war jung. Er träumte davon, sich zu prügeln. Er musste noch alles lernen. Es wurde Zeit, mich zu rühren. Morgen würde Honorine wie jeden freien Sonntag zum Essen kommen. Auf der Speisekarte stand immer Fisch. Und der Fisch, das war die Regel, musste gefangen werden.

Die kalte Dusche brachte mich nicht auf neue Gedanken. Ich irrte nackt in der Wohnung umher. Loles Wohnung. Ich wusste immer noch nicht, warum ich eigentlich hergekommen war. Lole war der gemeinsame Anziehungspunkt für Ugo, Manu und mich. Nicht nur wegen ihrer Schönheit. Sie wurde erst spät zu einer wirklichen Schönheit. Als Jugendliche war sie mager und kaum entwickelt. Im Gegensatz zu Zina und Kali, deren erotische Ausstrahlung von Anfang an nicht zu übersehen war.

Unser Begehren machte Lole schön. Dieses Begehren, das sie in unseren Augen sah. Wir wurden von der geheimnisvollen Tiefe ihres Blicks angezogen. Diesem weit entfernten Nirgendwo, aus dem sie kam und in das sie zu gehen schien. Eine Roma. Eine Reisende. Sie durchquerte den Raum, ohne dass die Zeit sie zu berühren schien. Sie war es, die gab. Ihre Liebhaber suchte sie selber aus. Sie wählte zwischen Ugo und Manu. Wie ein Mann. Auf dem Gebiet war sie unerreichbar. Eine Hand nach ihr auszustrecken, glich dem Versuch, ein Phantom umarmen zu wollen. Es blieb nur der Staub der Ewigkeit an den Fingerspitzen hängen, dieser Straßenstaub einer endlosen Reise. Das wusste ich. Weil ich ihren Weg einmal gekreuzt hatte. Wie zufällig.

Ich hatte sie am Flughafen abgeholt und zum Leichenschauhaus gefahren. Um ihn noch ein letztes Mal zu sehen. Manu hatte nur noch uns als Begleiter. Ich meine, die ihn liebten. Drei seiner Brüder kamen zum Friedhof. Ohne Frau und Kinder. Manus Tod war eine Erleichterung für sie. Sie schämten sich. Wir hatten kein Wort miteinander gesprochen. Nachdem sie gegangen waren, blieben Lole und ich vor dem Grab stehen. Ohne Tränen. Aber mit zugeschnürter Kehle. Manu war gegangen, und mit ihm ein Teil unserer Jugend. Als wir vom Friedhof kamen, hatten wir uns ein Glas genehmigt. Cognac. Zwei, drei, wortlos. Im Zigarettenqualm.

»Willst du was essen?«

Ich wollte das Schweigen brechen. Sie zuckte mit den Schultern und gab dem Kellner ein Zeichen, uns noch mal das Gleiche zu bringen. »Danach gehen wir«, sagte sie und suchte Zustimmung in meinen Augen.

Es war dunkel. Nach dem Regen der letzten Tage blies ein eisiger Mistral. Ich hatte sie bis zu dem kleinen Haus begleitet, das Manu in L'Estaque gemietet hatte. Ich war nur einmal dort gewesen. Vor fast drei Jahren. Manu und ich hatten eine stürmische Diskussion geführt. Er war in eine Schieberei mit gestohlenen Wagen nach Algerien verwickelt. Das Netz würde zusammenbrechen, und er würde in den

Maschen hängen bleiben. Ich war gekommen, um ihn zu warnen. Er sollte aussteigen. Wir tranken Pastis in dem kleinen Garten. Er hatte gelacht.

»Du machst dir in die Hosen, Fabio! Misch dich da nicht ein.«

»Ich bin extra hergekommen, Manu.«

Lole sah uns schweigend an. Sie trank in kleinen Schlucken und zog langsam an ihrer Zigarette.

»Trink aus und verpiss dich. Ich habe es satt, mir deinen Blödsinn anzuhören.«

Ich hatte mein Glas ausgetrunken. Ich war aufgestanden. Er lächelte sein zynisches Lächeln schlechter Tage. Ich hatte es zum ersten Mal nach unserem katastrophalen Einbruch in die Apotheke bei ihm gesehen. Und nie vergessen. Diese tief sitzende Verzweiflung, die aus seinen Augen sprach. Wie ein Wahn, der auf alles eine Antwort wusste. Ein Blick à la Artaud, dem er immer ähnlicher sah, seit er seinen Schnurrbart abgenommen hatte.

»Vor langer Zeit habe ich dich wie einen Scheißspanier behandelt. Das war ein Fehler. Du bist nur ein mieser Schuft.«

Und bevor er reagieren konnte, hatte ich ihm einen Kinnhaken verpasst. Er war in einen mickrigen Rosenstrauch geflogen. Ruhig und kühl war ich zu ihm gegangen.

»Steh auf, du Schuft.«

Kaum stand er, hatte er meine linke Faust im Magen und die rechte in der Fresse. Er landete wieder in den Rosen.

Lole hatte ihre Zigarette ausgedrückt und kam auf mich zu. »Hau ab. Und lass dich hier nie wieder blicken.«

Diese Worte hatte ich nicht vergessen. Vor ihrer Tür hatte ich den Motor laufen lassen. Lole sah mich an und stieg dann wortlos aus. Ich folgte ihr. Sie ging direkt ins Badezimmer. Ich hörte das Wasser laufen. Ich schenkte mir einen Whisky ein und machte Feuer im Kamin. Sie kam in einem gelben Bademantel wieder. Sie schnappte sich ein Glas und die Flasche Whisky, zog eine weiche Matratze vor den Kamin und setzte sich ans Feuer.

»Du solltest eine Dusche nehmen«, sagte sie, ohne sich umzudrehen. »Dir den Tod abwaschen.«

Wir waren stundenlang sitzen geblieben und hatten getrunken. Im Dunkeln. Schweigend. Ab und zu legten wir Holz nach. Oder eine neue Schallplatte auf: Paco de Lucia, Sabicas, Django. Schließlich Billie Holiday, ihr gesamtes Werk. Lole hatte sich an mich geschmiegt. Ihr Körper war heiß. Sie zitterte.

Es war fast Mitternacht. Geisterstunde. Das Feuer knisterte im Kamin. Seit Jahren hatte ich von Loles Körper geträumt. Jetzt war die Lust zum Berühren nahe. Ihre Schreie ließen mir das Blut in den Adern gefrieren. Millionen von Messern durchbohrten meinen Körper. Ich wandte mich wieder dem Feuer zu. Ich zündete zwei Zigaretten an und gab Lole eine.

»Wie geht's?«, hatte sie gefragt.

»Schlechter geht's nicht mehr. Und dir?«

Ich stand auf und stieg in meine Hose. Ich spürte ihren Blick auf mir, während ich mich anzog. Einen Augenblick sah ich sie lächeln. Ein mattes Lächeln, aber nicht traurig.

»Das ist widerlich«, sagte ich.

Sie stand auf und kam zu mir. Nackt, ohne Scham. Ihr Gang war zärtlich. Sie legte ihre Hand auf meine Brust. Ihre Finger glühten. Ich hatte das Gefühl, sie brandmarkte mich. Fürs Leben. »Was wirst du jetzt tun?«

Ich wusste keine Antwort auf ihre Frage. Ich wusste die Antwort auf ihre Frage nicht.

»Was ein Bulle halt so tun kann.«

»Ist das alles?«

»Das ist alles, was ich tun kann.«

»Du kannst mehr, wenn du willst. Zum Beispiel mit mir schlafen.«

»Hast du es deswegen gemacht?«

Ich sah die Ohrfeige nicht kommen. Sie kam aus vollem Herzen.

»Ich mache keinen Tauschhandel. Ich erpresse nicht. Ich feilsche nicht. Man kann mich weder besitzen noch einfach beiseite schieben.

Ja, du hast Recht, es ist wi-der-lich.«

Sie öffnete die Tür. Dabei sah sie mir fest in die Augen. Ich fühlte mich wie das letzte Arschloch. Ehrlich. Ich schämte mich. Ein letzter Blick auf ihren Körper, ihre Schönheit. Ich wusste, was ich alles verlieren würde, als die Tür hinter mir zuschlug.

»Verpiss dich!«

Sie hatte mich zum zweiten Mal hinausgeschmissen. Ich saß auf dem Bett. Ich blätterte in einem Buch von Christian Dotremont, das auf anderen Büchern und Broschüren gelegen hatte, die unter das Bett gerutscht waren. Grandhotel für Miet-Koffer. Den Autor kannte ich nicht.

Lole hatte Satzteile und Gedichte mit einem gelben Marker angestrichen.

Manchmal klopfe ich nicht an dein Fenster
antworte nicht auf deine Stimme
reagiere nicht auf deine Geste
um mit dem Meer allein zu sein
das uns umschließt.

Plötzlich kam ich mir wie ein Eindringling vor. Ängstlich legte ich das Buch beiseite. Ich musste gehen. Ich warf einen letzten Blick ins Schlafzimmer, dann ins Wohnzimmer. Seltsam, alles war sehr ordentlich, die Aschenbecher sauber, die Küche aufgeräumt. Alles war da, als ob Lole von einer Minute zur nächsten wiederkommen würde. Und gleichzeitig war alles, als wäre sie für immer gegangen, als hätte sie sich endlich von dem Ballast der Erinnerungen befreit, der ihr bisheriges Leben eingeengt hatte: Bücher, Fotos, Krimskrams, Schallplatten. Aber wo war Lole? Mangels Antwort goss ich das Basilikum und die Minze. Zärtlich. Aus Liebe zu den Düften. Und zu Lole.

Drei Schlüssel hingen an einem Haken. Ich probierte sie. Die Haustür- und Briefkastenschlüssel, zweifellos. Ich schloss ab und steckte sie in die Tasche.

Ich ging an der Alten Charité vorbei, dem – unvollendeten – Meisterwerk von Pierre Puget. Das alte Hospiz hatte die Pestkranken des letzten Jahrhunderts aufgenommen, die Bedürftigen Anfang dieses Jahrhunderts und schließlich alle, die nach dem Befehl zur Zerstörung des Viertels von den Deutschen vertrieben worden waren. Es war Zeuge des Elends gewesen. Jetzt funkelte es in neuer Pracht. Großartig in seinen Linien, die der rötliche Stein hervorhob. Die Gebäude beherbergten mehrere Museen, und die große Kapelle war ein Ausstellungsort geworden. Es gab eine Bücherei und sogar eine Teestube mit Restaurantbetrieb. Alles, was Marseille an Intellektuellen und Künstlern aufzubieten hatte, kam hierher, um sich sehen zu lassen, fast so regelmäßig, wie ich fischen ging.

César hatte dort eine Ausstellung, dieses Marseiller Genie, das mit seinen »compressions« von allem möglichen Zeug einen gewaltigen Reichtum angehäuft hatte. Die Marseiller machten sich darüber lustig. Mich kotzte es an. Die Touristen kamen in Strömen. Ganze Wagenladungen. Italiener, Spanier, Engländer, Deutsche. Und natürlich Japaner. So viel Kitsch und Geschmacklosigkeit an einem Ort so vieler Leidensgeschichten schien mir symbolisch für dieses Ende des Jahrhunderts.

Marseille war dem Pariser Größenwahn verfallen. Es sah sich als Hauptstadt. Hauptstadt des Südens. Und vergaß dabei, dass es nur aufgrund des Hafens eine Großstadt war. Ein Schmelztiegel. Seit Jahrhunderten. Seit Protis seinen Fuß ans Ufer gesetzt und sich mit der schönen Gyptis, einer ligurischen Prinzessin, vermählt hatte.

Djamel kam die Rue Rodillat hinauf. Er erstarrte. Überrascht, mich zu treffen. Aber es blieb ihm nichts anderes übrig, als in meiner Richtung weiterzugehen. Zweifellos hoffte er, dass ich ihn nicht erkennen würde.

»Wie geht's, Djamel?«

»Gut, M'sieur«, murmelte er mit halb geschlossenen Lippen. Er sah sich nach allen Seiten um. Ich wusste, dass es ihm peinlich war, im Gespräch mit einem Bullen gesehen zu werden.

Ich nahm ihn beim Arm.

»Komm, ich geb dir einen aus.«

Mit dem Kopf deutete ich auf die Bar *des Treize-Coins* ein Stück weiter unten. Meine Kantine. Das Polizeihauptquartier lag nur fünfhundert Meter unterhalb der Passage des Treize-Coins auf der anderen Seite der Rue Sainte-Françoise. Ich war der einzige Polizist, der hierher kam. Die anderen hatten ihre Stammlokale weiter unten, an der Rue de l'Évêché oder am Place Trois-Cantons, je nach Neigung.

Trotz der Hitze setzten wir uns hinein. Vor Blicken geschützt. Ange, der Wirt, brachte uns zwei kleine Bier.

»Und das Mofa? Hast du es gut weggestellt?«

»Ja, M'sieur. Wie Sie gesagt haben.« Er trank einen Schluck, musterte mich verstohlen. »Hörn Sie, M'sieur. Die haben mir schon 'n ganzen Haufen Fragen gestellt. Muss ich wieder von vorne anfangen?«

Jetzt war es an mir, überrascht zu sein. »Wer denn?«

»Bist du kein Bulle?«

»Ich hab dich was gefragt.«

»Die anderen.«

»Welche anderen?«

»Na, die anderen. Die geballert haben. Heiße Sache. Ham gesagt, sie können mich einkassiern wegen Beihilfe zum Mord. Wegen dem Mofa. Hat der echt einen umgelegt?«

Eine Hitzewelle durchflutete meinen Körper. Sie wussten es also. Ich trank mit geschlossenen Augen. Ich wollte nicht, dass Djamel meine Bestürzung mitbekam. Der Schweiß rann mir über die Stirn und die Wangen in den Hals. Sie wussten Bescheid. Ich bekam eine Gänsehaut bei dem Gedanken.

»Wer war der Typ?«

Ich öffnete die Augen. Ich bestellte ein neues Bier. Ich hatte einen trockenen Mund. Ich hatte Lust, Djamel zu erzählen: Manu, Ugo und ich. Die Geschichte dreier Kumpel. Aber wie ich die Geschichte auch drehen und wenden würde, er würde nur Manu und

Ugo behalten. Nicht den Bullen. Beim Bullen kriegte er das Kotzen. Die Verkörperung der Ungerechtigkeit.

Polizei-Maschinerie, Brutstätte für Tollwütige
abgesegnet durch die Justiz
auf die ich pisse …

… brüllten die NTM, die Rapper von Saint-Denis. Ein Hit bei den Jugendlichen der Vororte, trotz des Boykotts der meisten Radios. Der Bullenhass vereinigte sie. Zugegeben, man half ihnen nicht, ein anderes Bild von uns zu bekommen. Für dieses Wissen wurde ich bezahlt. Und »sympathischer Bulle« stand mir nicht auf die Stirn geschrieben. Der ich übrigens nicht war. Ich glaubte an die Justiz, an das Gesetz, an das Recht. An all das, was niemand respektierte, weil wir es selber als Erste mit den Füßen traten.

»Ein Ganove«, habe ich gesagt.

Djamel scherte sich einen Dreck um meine Antwort. Ein Bulle konnte nur so eine Antwort geben. Er hatte nicht erwartet, dass ich sagte: »Er war ein guter Kerl und außerdem mein Kamerad.« Aber vielleicht hätte ich genau das sagen sollen. Vielleicht. Aber ich wusste überhaupt nicht mehr, was ich Kids wie ihm antworten sollte, Jugendlichen, wie sie mir täglich in den Siedlungen begegneten. Einwanderersöhne ohne Arbeit, ohne Zukunft, ohne Hoffnung.

Sie brauchten nur die Nachrichten im Fernsehen einzuschalten, um mitzubekommen, dass man ihren Vater gelinkt hatte und sie selber noch mehr linken würde. Driss hatte mir erzählt, dass einer seiner Kumpel, Hassan, mit seinem ersten Gehalt zur Bank gegangen war. Er bebte vor Glück. Endlich fühlte er sich respektabel, sogar mit einem Hungerlohn. »Ich bräuchte 'n Kredit über 30 Mille, M'sieur. Um meinen Wagen zu bezahlen.« Bei der Bank hatten sie ihm ins Gesicht gelacht. An dem Tag hatte er verstanden. Djamel wusste es schon. Und ich erkannte Manu, Ugo und mich in seinen Augen. Vor dreißig Jahren.

»Kann ich das Mofa wieder rausholen?«

»Du solltest es einschmelzen, wenn du meine Meinung hören willst.«

»Die anderen ham gesagt, es wär kein Problem.« Er sah mich wieder verstohlen an. »Hab ihnen nicht gesagt, dass Sie mich drum gebeten ham.«

»Was?«

»Es zu verstecken. Und alles.«

Das Telefon klingelte. Ange gab mir von der Theke ein Zeichen. »Pérol, für dich.«

Ich nahm den Hörer. »Woher wusstest du, dass ich hier bin?«

»Vergiss es, Fabio. Man hat die Kleine gefunden.«

Ich fühlte, wie der Boden unter meinen Füßen nachgab. Ich sah Djamel aufstehen und die Kneipe verlassen, ohne sich umzusehen. Ich klammerte mich an die Theke wie ein Ertrinkender an eine Boje. Ange warf mir erschrockene Blicke zu. Ich bedeutete ihm, mir einen Cognac zu servieren. Einen einzigen, auf ex. Das konnte mir auch nicht mehr schaden.

KAPITEL 5

In dem man im Unglück bemerkt, dass man im Exil lebt

Ich hatte noch nie in meinem Leben etwas Entsetzlicheres gesehen. Und ich hatte wahrhaftig Schreckliches erlebt. Leila lag auf einem Feldweg, mit dem Gesicht zur Erde. Nackt. Sie hatte ihre Kleider unter den linken Arm geklemmt. Im Rücken: drei Kugeln. Eine davon hatte ihr Herz durchbohrt. Fette, schwarze Ameisen wanderten in Kolonien über die Einschüsse und zahlreichen Kratzer auf ihrem Rücken. Jetzt griffen auch noch die Fliegen an und machten den Ameisen ihren Anteil an getrocknetem Blut streitig.

Leilas Körper war von Insektenstichen entstellt. Immerhin schien er nicht von einem halb verhungerten Hund oder einer Maus angenagt worden zu sein. Ein schwacher Trost, sagte ich mir. Getrocknete Scheiße klebte zwischen ihren Pobacken und auf den Schenkeln. Lange, gelbliche Schlieren. Ihre Gedärme mussten sich vor Angst entleert haben. Oder bei der ersten Kugel.

Nachdem sie Leila vergewaltigt hatten, mussten sie ihr die Freiheit versprochen haben. Es muss sie erregt haben, sie nackt wegrennen zu sehen. Der Hoffnung am Ende des Weges entgegen. Am Beginn der Straße. Vor den Scheinwerfern eines entgegenkommenden Wagens. Mit wiedergefundener Stimme: Hilfe! Helft mir! Die Angst vergessen. Das Unglück, das verblasst. Der Wagen, der anhält. Die Menschheit, die zur Hilfe eilt, Rettung bringt, endlich.

Leila muss nach dem ersten Schuss weitergelaufen sein. Als hätte sie nichts gemerkt. Als wäre es nicht da gewesen, dieses Brennen im Rücken, das ihr den Atem nahm. Ein verlorenes Rennen um

Leben und Tod. Sie lief schon im Jenseits. Im Reich der Scheiße, Pisse und Tränen. Und des Staubes, zu dem sie selber werden würde. Weit weg vom Vater, von den Brüdern, den Liebhabern für einen Abend, der Liebe ihres Lebens, einer zukünftigen Familie, eigenen Kindern.

Nach der zweiten Kugel muss sie geschrien haben. Weil der Körper sich trotz allem weigert zu schweigen. Er begehrt auf. Nicht mehr gegen die brüllenden Schmerzen, darüber ist er hinaus. Sondern aus Lebenswillen. Der Geist mobilisiert seine ganze Energie und sucht ein Ventil. Sucht und sucht. Vergisst, dass du dich ins Gras legen und schlafen wolltest. Schreie, weine, aber laufe. Laufe. Jetzt werden sie dich ziehen lassen. Die dritte Kugel hatte all diesen Träumen ein Ende gemacht. Sadisten.

In bitterer Wut verscheuchte ich Fliegen und Ameisen mit dem Handrücken. Ich betrachtete den Körper, den ich begehrt hatte, ein letztes Mal. Von der Erde stieg ein heißer, betäubender Duft nach wildem Thymian auf. Ich hätte dich gern hier geliebt, Leila, an einem Sommerabend. Ja, ich hätte dich geliebt. Wir hätten Lust und Glück empfunden, immer wieder. Auch wenn sich unter unseren Fingerspitzen, unter jeder neu erfundenen Zärtlichkeit die Trennung, Tränen, Desillusion, was weiß ich noch, Traurigkeit, Angst und Verachtung abgezeichnet hätten. Es hätte nichts an der Verkommenheit der Menschen geändert, die die Welt regieren. Sicher nicht. Aber wenigstens hätten wir beide in unserer Leidenschaft der Welt getrotzt. Ja, Leila, ich hätte dich lieben sollen. Worte eines alten Trottels. Ich bitte dich um Verzeihung.

Ich bedeckte Leilas Körper wieder mit dem weißen Laken, das die Gendarmen ihr übergeworfen hatten. Über ihrem Gesicht zögerte meine Hand. Der Hals von einer Verbrennung gezeichnet, das linke Ohrläppchen von einem abgerissenen Ring zerfetzt, die Lippen erdverschmiert. Ich spürte, wie sich mir der Magen umkrempelte. Zornig zog ich das Laken darüber und stand auf. Niemand sagte ein Wort. Schweigen. Nur die Grillen zirpten weiter. Ahnungslos, gleichgültig gegenüber menschlichen Tragödien.

Als ich aufstand, sah ich, dass der Himmel blau war. Von einem klaren, reinen Blau, das die dunkelgrünen Kiefernnadeln noch heller erscheinen ließen. Wie auf Postkarten. Verfluchter Himmel. Verfluchte Grillen. Verfluchtes Land. Und verfluchtes Arschloch, das ich war. Ich ging schwankend weg. Trunken von Schmerz und Hass.

Ich ging den kleinen Pfad mitten im Gezirpe der Grillen hinunter. Wir waren nicht weit von dem Dorf Vauvenargues, wenige Kilometer von Aix-en-Provence, entfernt. Ein Wanderpaar hatte Leilas Leiche gefunden. Dies ist einer der Wege, die zum Gebirgsmassiv von Sainte-Victoire führen, diesem Berg, der Cézanne so inspiriert hat. Wie oft hatte er diesen Spaziergang gemacht? Vielleicht war er sogar hier stehen geblieben, hatte seine Staffelei aufgebaut und ein weiteres Mal versucht, das Massiv in seinem ganzen Licht einzufangen.

Ich stützte mich mit den Armen auf die Motorhaube und legte den Kopf darauf. Mit geschlossenen Augen. Leilas Lächeln. Ich spürte die Hitze nicht mehr. Kaltes Blut floss in meinen Adern. Ich war wie ausgetrocknet. So viel Gewalt. Wenn es Gott gäbe, hätte ich ihn auf der Stelle erwürgt. Ohne Zögern. Mit der Wut der Verdammten.

Eine Hand berührte meine Schulter, fast schüchtern. Und Pérols Stimme: »Willst du noch warten?«

»Worauf sollte ich warten. Niemand braucht uns. Weder hier noch sonst wo. Weißt du das, Pérol? Wir sind Bullen für nichts. Wir existieren nicht. Komm, hauen wir ab.«

Er setzte sich ans Steuer. Ich ließ mich in den Sitz sinken, zündete mir eine Zigarette an und schloss die Augen.

»Wer ist an dem Fall?«

»Loubet. Er hat gerade Bereitschaftsdienst. Das passt ganz gut.«

»Ja. Er ist ein guter Mann.«

Pérol nahm die Autobahnausfahrt Saint-Antoine. Als gewissenhafter Polizist hatte er den Polizeifunk eingestellt. Das Geknister erfüllte die Stille. Wir hatten kein Wort mehr gesprochen. Aber er hatte, ohne zu fragen, erraten, was ich vorhatte: vor den anderen zu Mouloud zu gehen. Auch wenn ich wusste, dass Loubet das mit Takt machen würde. Leila gehörte zur Familie. Pérol hatte das begriffen, und ich war gerührt. Ich hatte mich ihm nie anvertraut. Ich hatte ihn nach und nach kennengelernt, seit er bei uns arbeitete. Wir schätzten uns, aber das war auch alles. Selbst bei einem Gläschen hinderte eine übertriebene Vorsicht uns daran, darüber hinauszugehen. Freunde zu werden. Eins war sicher: Als Polizist hatte er nicht mehr Zukunft als ich.

Was er gesehen hatte, ging ihm mit ebenso viel Schmerz und Hass im Kopf herum wie mir. Und ich wusste, warum.

»Wie alt ist sie, deine Tochter?«

»Zwanzig.«

»Und … wie geht's ihr?«

»Sie hört die Doors, die Stones, Dylan. Es hätte schlimmer kommen können.« Er lächelte. »Ich meine, ich hätte sie lieber als Professorin oder Ärztin gesehen. Irgend so was, ich weiß auch nicht. Aber Kassiererin bei der Fnac, ich kann nicht behaupten, dass ich begeistert bin.«

»Und sie, glaubst du, sie ist begeistert? Weißt du, es gibt Hunderte von hochbegabten jungen Leuten, die Kassierer sind. Zukunft. Die Kinder haben keine mehr. Nehmen, was sie kriegen können, ist heute ihre einzige Chance.«

»Wolltest du nie Kinder haben?«

»Ich habe davon geträumt.«

»Hast du die Kleine geliebt?«

Er biss sich auf die Lippen, weil er es gewagt hatte, so direkt zu fragen. Seine Freundschaft lag nun offen zutage. Ich war aufs Neue gerührt. Aber ich hatte keine Lust zu antworten. Ich antworte nicht gern auf intime Fragen. Antworten sind meist ambivalent und können in alle Richtungen ausgelegt werden. Sogar von einem Nahestehenden. Er spürte das.

»Du musst nicht darüber reden.«

»Siehst du, Leila hat diese Chance gehabt, die nur eins von tausend Immigrantenkindern bekommt. Das war wohl zu viel. Das Leben hat ihr alles wieder weggenommen. Ich hätte sie heiraten sollen, Pérol.«

»Das verhindert kein Unglück.«

»Manchmal reicht eine Geste oder ein Wort, um das Leben eines Menschen zu ändern. Selbst wenn das Versprechen nicht ewig hält. Hast du an deine Tochter gedacht?«

»Ich denke jedes Mal an sie, wenn sie ausgeht. Aber Dreckskerle wie die laufen nicht jeden Tag auf der Straße herum.«

»Mag sein. Aber irgendwo laufen sie in diesem Augenblick herum.«

Pérol schlug vor, im Auto auf mich zu warten. Ich erzählte Mouloud alles. Mit Ausnahme der Ameisen und der Fliegen. Ich erklärte ihm, dass noch mehr Polizisten kommen würden, dass er die Leiche identifizieren müsste, bergeweise Formulare ausfüllen. Und wenn ich etwas für ihn tun könne, wäre ich natürlich da.

Er hatte sich hingesetzt und hörte mir regungslos zu. Er sah mir in die Augen. Die Tränen kamen nicht. Er war versteinert, wie ich. Für immer. Er begann zu zittern, ohne es zu merken. Er hörte nicht mehr zu. Er alterte dort, vor meinen Augen. Die Jahre vergingen plötzlich schneller und holten ihn ein. Selbst die glücklichen Jahre bekamen in der Erinnerung einen bitteren Nachgeschmack. In den Augenblicken des Unglücks wird man daran erinnert, dass man im Exil lebt. Mein Vater hatte mir das erklärt.

Mouloud hatte gerade die zweite Frau in seinem Leben verloren. Seinen ganzen Stolz. Die Frau, die alle seine Opfer bis zum heutigen Tag gerechtfertigt hätte. Die seiner Entwurzelung einen Sinn gegeben hätte. Algerien war nicht mehr sein Land. Frankreich hatte ihn endgültig verstoßen. Jetzt war er nur noch ein armer Araber. Keiner würde sich für sein Schicksal interessieren.

Er wartete hier auf den Tod, in dieser verkommenen Stadt. Nach Algerien würde er nicht zurückkehren. Einmal war er wieder hingefahren, nach dem Job in Fos. Mit Leila, Driss und Kader. Um zu sehen, wie es »dort unten« war. Sie waren drei Wochen geblieben. Er hatte schnell begriffen. Mit Algerien verband ihn nichts mehr. Die Geschäfte lagen leer und heruntergekommen da. Das Land war unter den alten Mudschaheddin aufgeteilt worden und lag brach. Die Dörfer waren verlassen und siechten dahin. Nichts, um Träume wahr zu machen, ein neues Leben zu beginnen. Er hatte seine Jugend in den Straßen von Oran nicht wiedergefunden. Alles war »auf der anderen Seite«. Und Marseille begann ihm zu fehlen.

An dem Abend, an dem sie in diese kleine Zweizimmerwohnung eingezogen waren, hatte Mouloud seinen Kindern statt eines Gebets erklärt: »Wir werden in diesem Land leben, in Frankreich. Mit den Franzosen. Das ist kein Zuckerschlecken. Es ist auch nicht das größte Übel. Es ist das Schicksal. Passt euch an, aber vergesst nie, wer ihr seid.«

Dann rief ich Kader in Paris an. Damit er sofort käme. Und sich darauf einstellte, einige Zeit zu bleiben. Mouloud würde ihn brauchen. Driss auch. Dann sagte Mouloud einige Worte auf Arabisch zu ihm. Schließlich rief ich Mavros im Boxstudio an. Driss trainierte dort wie jeden Samstagnachmittag. Aber ich wollte Mavros haben. Ich erzählte ihm, was passiert war. »Finde ihm einen Wettkampf, Georges. Schnell. Und lass ihn arbeiten. Jeden Abend.«

»Ich bring ihn um, du Idiot, wenn ich ihn in den Ring stelle. Auch noch in zwei Monaten. Er hat das Zeug zum Boxer. Aber der Junge ist noch nicht so weit.«

»Mir ist es lieber, er bringt sich so um, als Dummheiten zu machen. Georges, mach das für mich. Kümmer dich um ihn. Persönlich.«

»Okay, okay. Ich geb ihn dir?«

»Nein, sein Vater sagt es ihm gleich. Wenn er zurückkommt.«

Mouloud nickte. Er war der Vater. Es war seine Sache, es Driss beizubringen. Als ich auflegte, erhob sich ein alter Mann aus dem Sessel.

»Du gehst jetzt besser, M'sieur. Ich möchte allein sein.«

Das war er. Und verloren.

Die Sonne war gerade untergegangen, und ich befand mich mitten auf dem Meer. Seit über einer Stunde. Ich hatte ein paar Flaschen Bier, Brot und Wurst mitgenommen. Aber ich kam nicht zum Fischen. Dazu braucht man einen freien Kopf. Wie beim Billard. Man fixiert die Kugel und konzentriert sich auf die gewünschte Laufbahn. Dann stößt man mit genau der richtigen Kraft zu. Sicher und entschlossen.

Beim Fischen wirft man die Angel aus und konzentriert sich dann auf den Schwimmer. Man wirft die Angel nicht einfach so ins Meer. Am Wurf erkennt man den Fischer. Im Werfen liegt die Kunst des Angelns. Mit dem Köder am Haken wird man selbst Teil des Meeres. Zu wissen, dass der Fisch da unten schwimmt, reicht nicht aus. Die Angel muss federleicht im Wasser landen. Man muss die Berührung des Fisches im Voraus spüren, um ihn sofort an den Haken zu bekommen, wenn er zuschnappt.

Meine Würfe waren ohne Überzeugung. Ich hatte einen Kloß im Hals, den das Bier nicht wegspülen konnte. Ich war das reinste Nervenbündel. Weinen hätte gut getan. Aber keine Träne kam. Ich würde mit diesem schrecklichen Bild von Leila leben müssen und den Schmerz mit mir herumtragen, solange ihre Schänder und Mörder frei herumliefen. Dass Loubet den Fall bearbeitete, beruhigte mich ein wenig. Er war gründlich. Er würde kein Indiz vernachlässigen. Wenn die Chancen eins zu tausend standen, diese Dreckschweine zu fassen, würde er sie kriegen. Er hatte es bewiesen. Auf diesem Gebiet war er besser als die meisten, besser als ich.

Trotzdem hätte ich die Ermittlungen lieber selbst geführt. Nicht, weil ich eine persönliche Sache daraus machen wollte. Aber solchen

Abschaum in Freiheit zu wissen, war mir unerträglich. Nein, das war es nicht wirklich. Ich wusste, was mich quälte. Der Hass. Ich hätte diese Typen am liebsten umgebracht.

Heute lief gar nichts. Aber ich wollte auch nicht zur Langleine greifen. Damit fängt man seinen Fisch sehr schnell. Rotbrassen, Goldbrassen, Rochen, Knurrhahn. Aber es machte mir keinen Spaß. Man befestigt alle zwei Meter einen Haken und lässt die Leine im Wasser treiben. Ich hatte immer eine Langleine im Boot, für den Fall, dass ich nicht mit leeren Händen im Hafen einlaufen wollte. Aber Fischen bedeutete für mich, mit der Rute zu angeln.

Durch Leila war ich wieder auf Lole gekommen und durch Lole auf Ugo und Manu. In meinem Kopf herrschte ein heilloses Durcheinander. Zu viele Fragen und keine Antwort. Aber eine Frage drängte sich auf, und die wollte ich nicht beantworten. Was würde ich tun? Für Manu hatte ich nichts getan. Weil ich überzeugt war, ohne es mir einzugestehen, dass Manu so enden musste. Auf der Straße erschossen. Von einem kleinen Ganoven im Auftrag eines anderen, wie üblich. Oder von einem Bullen. Das war logisch nach dem Gesetz der Straße. Dass Ugo im Rinnstein krepieren sollte, war es weniger. Denn er hatte nicht diesen Hass gegen die ganze Welt in sich, den Manu tief in seinem Innern genährt hatte und der mit den Jahren nur gewachsen war.

Ich konnte mir nicht vorstellen, dass Ugo sich in diesem Punkt geändert hatte. Ich traute ihm nicht zu, eine Knarre herauszuziehen und auf einen Bullen zu schießen. Er kannte das Leben. Deshalb hatte er mit Marseille und Manu gebrochen. Und auf Lole verzichtet. Jemand, der das konnte, da war ich mir sicher, würde niemals Leben und Tod gegeneinander aufrechnen. Einmal gestellt, hätte er sich verhaften lassen. Das Gefängnis ist nur ein Stück Freiheit in Klammern. Früher oder später kommt man wieder heraus. Lebend. Wenn ich etwas für Ugo tun konnte, dann war es das: verstehen, was passiert war.

Gerade als ich den Fisch am Haken spürte, kam mir die Unterhaltung mit Djamel wieder in den Sinn. Ich schlug nicht schnell genug an. Ich zog die Schnur wieder ein und befestigte einen neuen Köder. Um zu verstehen, musste ich mir in dieser Richtung Klarheit verschaffen. Hatte Argue Ugo anhand von Zeugenaussagen von Zuccas Leibwachen identifiziert? Oder hatte er ihn beschatten lassen, seit er Loles Haus verlassen hatte? Hatte er Zucca durch Ugo töten lassen? Das war eine Hypothese, aber ich konnte sie nicht halten. Ich mochte Argue nicht, aber so machiavellistisch konnte ich ihn mir nicht vorstellen. Ich kam auf eine andere Frage zurück: Woher wusste Ugo so schnell über Zucca Bescheid? Und von wem? Eine andere Spur. Ich wusste noch nicht, wie, aber ich musste ihr folgen. Ohne in Argues Fußspuren zu stapfen.

Ich hatte das Bier ausgetrunken und trotz allem einen Seewolf gefangen. Zwei bis zweieinhalb Kilo. Für einen schlechten Tag war das besser als nichts.

Honorine wartete auf mich. Sie saß auf der Terrasse und sah durch das Fenster Fernsehen.

»Armer Kerl, als Fischer wären Sie nicht reich geworden, oje, oje«, sagte sie, als sie meinen Seewolf sah.

»Ich bin nie rausgefahren, um reich zu werden.«

»Nur ein Seewolf …« Sie sah ihn betrübt an. »Wie sollen wir ihn zubereiten?« Ich zuckte mit den Schultern. »Na ja, mit Sauce Belle Hélène wäre vielleicht nicht schlecht.«

»Dazu bräuchten wir einen Krebs, und den hab ich nicht.«

»Oh, er macht ein Gesicht wie drei Tage Regenwetter. Guter Gott, ich lass ihn lieber in Ruhe, nicht wahr? Übrigens, ich hab gestern Kabeljauzungen eingelegt. Wenn Sie wollen, bringe ich sie morgen mit?«

»Nie gegessen. Wo haben Sie die denn aufgetrieben?«

»Na, eine Nichte hat sie mir aus Sète mitgebracht. Ich hab sie nicht mehr gegessen, seit mein armer Toinou von uns gegangen ist. Nun, ich habe Ihnen Gemüsesuppe mit Basilikum aufgehoben.

Sie ist noch warm. Ruhen Sie sich aus. Sie sehen aber wirklich zerknautscht aus.«

Babette zögerte nicht eine Sekunde. »Batisti«, sagte sie.

Batisti. Zum Teufel! Warum war ich nicht früher darauf gekommen? Es war so offensichtlich, dass ich überhaupt nicht daran gedacht hatte.

Batisti war einer der Handlanger von Mémé Guérini gewesen, dem Gangsterboss im Marseille der Vierzigerjahre. Er hatte sich vor zwanzig Jahren zurückgezogen. Nach dem Blutbad im *Tanagra,* einer Kneipe im Alten Hafen, wo vier Rivalen und Verbündete Zampas hingerichtet worden waren. Hatte Batisti sich als Freund Zampas bedroht gefühlt? Babette wusste es nicht.

Er hatte eine kleine Import-Export-Firma aufgebaut und führte ein beschauliches Leben, geachtet von allen Ganoven. Er hatte sich nie in die Auseinandersetzungen zwischen den Bossen eingemischt, war weder an Macht noch großen Gewinnen interessiert. Er fungierte als Berater, Briefkastenfirma und Verbindungsmann. Bei dem Einbruch von Albert Spaggiari in Nizza war er es, der mitten in der Nacht eine Truppe auf die Beine gestellt hatte, der es gelungen war, bis zu den Tresorräumen der Société Générale vorzudringen. Die Männer mit den Schneidbrennern. Als die Beute aufgeteilt wurde, verzichtete er auf seinen Anteil. Er war behilflich gewesen, mehr nicht. Sein Ansehen wuchs. Und ein gutes Ansehen im Milieu war die beste Lebensversicherung.

Manu lief eines Tages bei ihm auf. Das war unvermeidbar, wenn er nicht ewig ein kleiner Gauner bleiben wollte. Manu hatte lange gezögert. Seit Ugo weg war, lebte Manu zurückgezogen. Er traute niemandem. Aber die kleinen Einbrüche wurden gefährlich. Außerdem gab es Konkurrenz. Für viele junge Araber waren sie zu einem beliebten Sport geworden. Ein paar gelungene Streifzüge lieferten das nötige Startkapital, um Dealer zu werden und einen Bezirk oder sogar einen ganzen Stadtteil zu beherrschen. Gaëtan Zampa, der die Marseiller Szene auf Trab gebracht hatte, hatte sich in seiner Zelle erhängt. Jacky Le Mat und Francis le Belge wollten neue Auseinandersetzungen vermeiden. Sie warben Leute an.

Manu begann für Francis le Belge zu arbeiten. Hin und wieder. Batisti und Manu mochten sich. Manu hatte in ihm den Vater gefunden, den er nie gehabt hatte. Der ideale Vater, der ihm ähnelte und keine Moralpredigten hielt. Der schlimmste aller Väter, meiner Meinung nach. Ich mochte Batisti nicht. Aber ich hatte einen Vater gehabt und konnte mich nicht wirklich beschweren.

»Batisti«, wiederholte sie. »Du hättest nur daran denken müssen, mein Schatz.« Stolz auf sich, schenkte Babette sich noch einen Marc aus Garlaban ein. »Prost«, sagte sie mit erhobenem Glas, ein Lächeln auf den Lippen. Nach dem Kaffee war Honorine zu einer kleinen Siesta nach Hause gegangen. Wir räkelten uns in Badeklamotten auf Sonnenstühlen unter einem Sonnenschirm auf der Terrasse. Die Hitze brannte uns auf der Haut. Ich hatte Babette gestern Abend angerufen und Glück gehabt. Sie war zu Hause gewesen.

»Also, du Adonis, hast du endlich beschlossen, mich zu heiraten?«

»Nur, dich einzuladen, meine Hübsche. Morgen bei mir zum Frühstück.«

»Du willst mich um einen Gefallen bitten. Immer noch das gleiche Arschloch! Wie lange haben wir uns nicht mehr gesehen? Ich wette, du weißt es nicht einmal.«

»Ehm ... sagen wir, etwa drei Monate.«

»Acht, du Penner. Wo hast du denn mit dem Schwänzchen gewedelt in all der Zeit?«

»Nur bei den Huren.«

»Puh, schäm dich. Und ich sterbe vor Ungeduld.« Sie seufzte. »Nun gut, was steht auf der Karte?«

»Kabeljauzungen, gegrillter Seewolf, frische Lasagne mit Fenchel.«

»Spinnst du, oder was? Ich frage dich, worüber du reden willst. Damit ich es mir überlegen kann.«

»Dass du mir erzählst, was zur Zeit im Milieu los ist.«

»Hat es mit deinen Kumpels zu tun? Ich hab von Ugo gelesen. Tut mir leid.«

»Da ist etwas faul.«

»Eh, was hast du gesagt? Kabeljauzungen? Sind die gut?«

»Noch nie probiert, meine Schöne. Es werden meine Ersten mit dir sein.«

»Hm. Und wenn wir uns gleich eine Vorspeise genehmigen? Ich bringe mein Nachthemd mit und die Kondome. Ich habe blaue, passend zu meinen Augen!«

»Es ist Mitternacht, verstehst du, die Laken sind schmutzig, und die frischen sind nicht gebügelt.«

»Du Miststück!«

Sie hatte lachend aufgelegt.

Ich kannte Babette seit fast fünfundzwanzig Jahren. Ich hatte sie eines Nachts im *Péano* kennengelernt. Sie war gerade als Korrektorin bei *La Marseillaise* eingestellt worden. Wir hatten eine Liaison, wie sie damals üblich war. Sie konnte eine Nacht dauern oder eine Woche. Nie länger.

Auf einer Pressekonferenz über die Reorganisation der Bereitschaftspolizei in den einzelnen Bezirken hatten wir uns wiedergetroffen. Mit mir als Gaststar. Sie war Journalistin geworden, hatte sich auf vermischte Nachrichten spezialisiert, die Zeitung dann verlassen und arbeitete jetzt freiberuflich. Sie schrieb regelmäßig für den *Canard Enchaîné* und die Tageszeitungen; die Wochenzeitschriften engagierten sie oft für Hintergrundreportagen. Sie wusste mehr als ich über die Kriminalität, die Sicherheitspolitik und das Milieu. Ein wandelndes Lexikon, reizvoll aufzuschlagen. Sie hatte etwas von der Madonna von Botticelli. Aber ihren Augen war anzusehen, dass nicht Gott, sondern das Leben sie inspirierte. Und alle Freuden, die damit verbunden waren.

Wir hatten nochmals ein Verhältnis, so kurz wie das erste. Aber wir trafen uns gern wieder. Ein Abendessen, eine Nacht, ein

Wochenende. Sie erwartete nichts. Ich verlangte nichts. Jeder ging wieder seinen Angelegenheiten nach, bis zum nächsten Mal. Bis zu dem Tag, an dem es kein nächstes Mal gab. Und beim letzten Mal wussten wir beide, sie und ich, dass es das letzte Mal war.

Ich hatte mich frühmorgens in die Küche gestellt und alten Blues von Lightnin' Hopkins gehört. Nachdem ich den Seewolf ausgenommen, mit Fenchel gefüllt und mit Olivenöl begossen hatte, bereitete ich die Sauce für die Lasagne vor. Der Rest des Fenchels hatte auf kleiner Flamme mit etwas Butter in Salzwasser gekocht. In einer gut geölten Pfanne hatte ich Zwiebelscheiben, fein gehackten Knoblauch und Paprika gedünstet. Noch einen Esslöffel Essig, dann kamen die blanchierten und in kleine Würfel geschnittenen Tomaten dazu. Als das Wasser verkocht war, hatte ich den Fenchel hinzugefügt.

Allmählich beruhigte ich mich. Kochen hatte diese Wirkung auf mich. Der Geist verlor sich nicht mehr in komplexen Gedankenwindungen. Er konzentrierte sich auf die Gerüche und den Geschmack. Die Sinnesfreuden.

Babette kam beim *Last Night Blues,* als ich mir gerade den dritten Pastis einschenkte. Sie trug hautenge, schwarze Jeans und ein blaues, zu ihren Augen passendes Polohemd. Auf den langen, lockigen Haaren eine weiße Leinenmütze. Wir waren ungefähr im gleichen Alter, aber sie schien nicht älter zu werden. Die kleinste Falte an den Augen oder im Mundwinkel machte sie nur noch verführerischer. Sie wusste das und spielte geschickt damit. Das ließ mich nie unberührt. Sie schnupperte über der Pfanne und bot mir ihre Lippen.

»Hallo, Matrose«, sagte sie. »Hmm, ich würde gern einen nehmen, einen Pastis.«

Auf der Terrasse hatte ich den Grill vorbereitet. Honorine brachte die Kabeljauzungen mit. Sie lagen in einer Marinade aus Öl, gehackter Petersilie und Pfeffer. Nach ihren Anweisungen hatte ich einen Bierteig mit zwei steif geschlagenen Eiweiß hergestellt.

»Na los, trinkt in Ruhe euren Pastis. Ich kümmere mich um den Rest.«

Kabeljauzungen waren eine Spezialität, erklärte sie beim Essen. Sie schmeckten gratiniert, in Muschelsauce, à la provençale oder in Weißwein mit Trüffel- und Champignonstückchen. Aber in Bierteig waren sie ihrer Meinung nach am besten. Babette und ich wollten die anderen Rezepte gern ausprobieren, so gut schmeckten sie.

»Bekomme ich jetzt eine Lutschstange?«, fragte Babette und leckte sich die Lippen.

»Meinst du nicht, dafür sind wir zu alt?«

»Zum Naschen ist man nie zu alt, mein Schatz!«

Ich wollte über all das nachdenken, was sie mir über das Milieu erzählt hatte. Eine verdammte Lektion. Und über Batisti. Ich brannte darauf, ihn zu besuchen. Aber das konnte bis morgen warten. Es war Sonntag, und für mich war nicht jeden Tag Sonntag. Babette musste meine Gedanken gelesen haben. »Cool, Fabio. Entspann dich, es ist Sonntag.« Sie stand auf und griff nach meiner Hand. »Gehen wir baden? Das wird deinen Eifer abkühlen!«

Wir schwammen, bis die Lungen platzten. Ich liebte das. Sie auch. Sie wollte mit dem Boot in die Baie des Singes hinausfahren. Aber ich weigerte mich. Im Boot nahm ich aus Prinzip niemanden mit. Es war meine Insel. Sie hatte getobt, mich einen Dummkopf und elenden Penner geschimpft und war ins herrlich frische Wasser gesprungen. Außer Atem und mit müden Armen machten wir den toten Mann und ließen uns treiben.

»Was willst du tun, wegen Ugo?«

»Verstehen. Dann werde ich weitersehen.«

Zum ersten Mal fasste ich die Möglichkeit ins Auge, dass verstehen nicht reichen könnte. Verstehen heißt eine Tür öffnen, aber man weiß selten, was dahinter ist.

»Pass auf, wo du hintrittst.«

Und sie tauchte. Mit Kurs auf mich.

Es war spät. Babette war geblieben. Wir hatten uns bei Louisette eine Pizza mit Tintenfisch geholt. Wir aßen sie auf der Terrasse mit einem Rosé Côtes de Provence vom Gut Negrel. Kühl, gerade richtig. Wir leerten die Flasche. Dann fing ich an, von Leila zu erzählen. Von der Vergewaltigung und allem. Langsam, eine Zigarette rauchend. Ich suchte nach Wörtern, um die treffendsten zu finden. Es war dunkel geworden. Ich schwieg. Leer. Die Stille umhüllte uns. Keine Musik, nichts. Nur das Plätschern des Wassers gegen die Steine. Und Geflüster in der Ferne.

Auf dem Damm saßen Familien im schwachen Licht der Campinggaslampen beim Abendessen. Die Angelruten hatten sie in den Felsen verkeilt. Ab und zu erklang ein Lachen. Dann ein »Pst«. Als wenn das Lachen die Fische verscheuchen würde. Ich fühlte mich weit weg. Weit entfernt vom Elend dieser Welt. Ich atmete Glück. Wellen. Die Stimmen in der Ferne. Den Salzgeruch. Und sogar Babette an meiner Seite.

Ich spürte ihre Hand in meinem Haar. Sie zog mich sanft an ihre Schulter. Sie roch nach Meer. Sie streichelte mir zärtlich die Wange, dann den Hals. Ihre Hand wanderte wieder in meinen Nacken. Ganz sachte. Endlich begann ich zu schluchzen.

Kapitel 6

In dem die Morgendämmerung die Schönheit der Welt nur vortäuscht

Kaffeeduft weckte mich. Ein vertrauter morgendlicher Geruch, schon weit vor der Zeit mit Rosa. Sie aus dem Bett zu kriegen, war keine leichte Angelegenheit. Sie aufstehen und Kaffee kochen zu sehen, grenzte an ein Wunder. Seit Carmen vielleicht? Ich wusste es nicht mehr. Ich roch den Toast und beschloss aufzustehen. Babette war nicht nach Hause gefahren. Sie hatte sich zu mir gelegt. Ich war in ihren Armen eingeschlafen, den Kopf an ihrer Schulter. Ohne ein weiteres Wort. Ich hatte alles gesagt. Von meiner Verzweiflung, meinem Hass, meiner Einsamkeit. Auf der Terrasse war das Frühstück fertig. Bob Marley sang *Stir It Up*. Das passte gut zu diesem Tag. Blauer Himmel, spiegelglattes Meer. Die Sonne begrüßte uns schon. Babette hatte meinen Bademantel übergezogen. Sie strich Butter aufs Brot, eine Zigarette im Mundwinkel, und bewegte sich fast unmerklich zum Rhythmus der Musik. Für den Bruchteil einer Sekunde existierte das Glück.

»Ich hätte dich heiraten sollen«, sagte ich.

»Hör auf mit dem Quatsch!« Und statt der Lippen hielt sie mir die Wange hin. Sie führte neue Umgangsformen zwischen uns ein. Wir waren in eine Welt eingetreten, in der die Lüge nicht mehr existierte. Ich mochte Babette gern. Ich sagte es ihr.

»Du bist vollkommen verrückt, Fabio. Du bist krank am Herzen. Ich bin's am Hintern. Unsere Wege können sich nicht kreuzen.« Sie sah mich an, als sähe sie mich zum ersten Mal. »Letztendlich ist es mir lieber so. Denn ich hab dich auch gern.«

Ihr Kaffee war hervorragend. Sie eröffnete mir, dass sie der *Libération* eine Untersuchung über Marseille vorschlagen wollte. Über die Wirtschaftskrise, die Mafia, Fußball. Es ging darum, sich ihre Informationen für mich bezahlen zu lassen. Bevor sie ging, versprach sie mir, in zwei bis drei Tagen anzurufen.

Ich blieb rauchend sitzen und sah aufs Meer. Babette hatte mich genau ins Bild gesetzt. Mit dem Marseiller Milieu war es aus. Der Bandenkrieg der Bosse hatte es geschwächt, und niemand hatte heute mehr das Format für einen capi. Marseille war nur noch ein von der neapolitanischen Camorra beherrschter Umschlagplatz für Heroin und Kokain. Das Mailänder Wochenblatt *Il Mondo* hatte den Umsatz der Camorristen Carmine Alfieri und Lorenzo Nuvoletta 1991 auf sieben und sechs Milliarden Dollar geschätzt. Zwei Organisationen stritten sich seit zehn Jahren um Marseille. Die Neue Camorra unter Raffaele Cutolo und die Nuova Famiglia der Clans Volgro und Giuliano.

Zucca hatte sich entschieden, für die Nuova Famiglia. Prostitution, Nachtbars und Glücksspiel hatte er anderen überlassen. Einen Teil der arabischen Mafia, den anderen den Marseiller Ganoven. Für Letztere verwaltete er diesen traurigen Rest des korsischen Imperiums. Seine wirklichen Geschäfte machte er mit dem Camorristen Michèle Zaza, auch O Pazzo, der Verrückte, genannt. Zaza operierte auf der Achse Neapel–Marseille–Sint Marteens, dem holländischen Teil der Insel Sankt Martin in der Karibik. Für ihn brachte er den Erlös aus dem Drogengeschäft in Supermärkten, Restaurants und Immobilien in Umlauf. Der Boulevard Longchamp, einer der schönsten der Stadt, gehörte praktisch ihnen.

Ich hatte Babette erzählt, dass Ugo Zucca niedergeschossen hatte. Um Manu zu rächen. Und dass ich mir nicht vorstellen konnte, wer ihm diese Idee in den Kopf gesetzt hatte und warum. Ich rief Batisti an.

»Fabio Montale. Sagt dir das was?«

»Der Bulle«, antwortete er nach einer kurzen Pause.

»Der Freund von Manu und Ugo.« Ein kurzes, ironisches Lachen. »Ich will dich sehen.«

»Ich bin im Moment sehr beschäftigt.«

»Ich nicht. Ich habe sogar mittags Zeit. Und ich möchte gern, dass du mich an einen ruhigen Ort einlädst. Um zu reden. Nur wir zwei.«

»Sonst?«

»Kann ich dich in die Scheiße reiten.«

»Ich dich auch.«

»Aber du hast die Öffentlichkeit nicht so gern, soviel ich weiß.«

In bester Form traf ich im Büro ein. Und entschlossen. Meine Gedanken waren klar, und ich wusste, dass ich bis zum Ende gehen wollte, für Ugo. Für Leila würde ich weiter nachforschen. Erst mal. Ich ging in den Versammlungsraum hinunter, um das wöchentliche Ritual der Einteilung der Trupps durchzuführen.

Fünfzig uniformierte Männer. Zehn Wagen. Zwei Busse. Tagschicht, Nachtschicht. Verteilt auf die verschiedenen Sektoren, Wohnsiedlungen, Supermärkte, Tankstellen, Banken, Postschalter und Schulen. Routine. Männer, die ich nicht oder kaum kannte. Es waren selten dieselben. Meine Mission fand nicht mehr so viel Zulauf. Junge, Alte. Familienväter, Jungverheiratete. Bedächtige Alte, junge Krieger. Keine Rassisten, nur solche gegen die Araber. Und gegen die Schwarzen und die Zigeuner. Ich hatte nichts zu sagen, musste nur die Mannschaften aufstellen. Ich begann mit dem Appell und suchte die Leute nach ihrer Nasenspitze aus. Die Ergebnisse waren nicht immer die besten.

Unter den Jungs war einer aus der Karibik, der Erste, den sie mir schickten. Groß, vierschrötig, rasierte Haare. Ich mochte das nicht. Die Typen halten sich für französischer als ein Franzose aus der Auvergne. Die Araber sind nicht ihr Bier. Die Zigeuner auch nicht.

Ich war ihnen in Paris auf dem Revier von Belleville begegnet. Sie ließen es die anderen schwer spüren, dass sie keine echten

Franzosen waren. Einer hatte mir anvertraut: »Beurs siehst du hier nicht bei uns. Wir wissen, zu welchem Lager wir gehören, verstehst du!« Ich hatte nicht das Gefühl, Teil eines Lagers zu sein. Einfach nur im Dienst der Justiz. Aber die Zukunft sollte ihm Recht geben. Diese Typen waren bei der Post oder den Elektrizitätswerken besser aufgehoben. Luc Reiver antwortete auf den Appell. Ich teilte ihn drei Alten zu. Und los ging's!

Schöne Tage gibt es nur frühmorgens. Das hätte ich wissen müssen. Die Morgendämmerung täuscht die Schönheit der Welt nur vor. Kaum machen wir die Augen auf, holt die Wirklichkeit uns ein. Und der ganze Mist beginnt von vorne. Das sagte ich mir, als Loubet in mein Büro kam. Ich begriff es, weil er stehen blieb, die Hände in den Taschen.

»Die Kleine ist gegen zwei Uhr am Samstagmorgen getötet worden. Bei der Hitze, den Mäusen ... Es hätte noch widerlicher sein können als das, was du gesehen hast. Was vorher passiert ist, wissen wir nicht. Das Labor sagt, sie haben sie zu mehreren vergewaltigt. Donnerstag, Freitag. Aber nicht da, wo sie gefunden wurde ... Von vorne und von hinten, wenn du es wissen willst.«

»Ich pfeif auf die Details.«

Er zog einen kleinen Plastikbeutel aus seiner rechten Jackentasche und baute nacheinander drei Kugeln vor mir auf. »Die sind aus dem Körper der Kleinen.«

Ich sah ihn an. Ich wartete. Er holte noch einen kleinen Beutel aus der linken Tasche. Er legte zwei Kugeln parallel zu den anderen. »Die stammen von Al Dakhil und seinen Leibwachen.«

Sie waren identisch. Aus den gleichen Waffen. Die beiden Killer waren die Vergewaltiger. Meine Kehle schnürte sich zu.

»Scheiße, eh!«, brachte ich mit Mühe heraus.

»Die Untersuchung ist abgeschlossen, Fabio.«

»Eine fehlt.« Ich deutete auf die dritte Kugel. Aus einer Astra-Spezial.

Er hielt meinem Blick stand. »Die haben sie Samstagabend nicht benutzt.«

»Sie waren nicht nur zu zweit. Es muss ein Dritter dabei gewesen sein.«

»Ein Dritter? Wo hast du das denn her?«

Ich hatte eine Theorie über Vergewaltigungen. Eine Vergewaltigung konnte nur von einer oder drei Personen begangen werden. Niemals von zweien. Zu zweit ist immer einer dabei, der nichts zu tun hat. Er muss warten, bis er dran ist. Allein war klassisch. Zu dritt war ein perverses Spiel. Ich hatte die Theorie auf Intuition aufgebaut. Und auf Wut. Weil ich mich weigerte zuzugeben, dass die Untersuchung abgeschlossen war. Es musste noch einer übrig sein, damit ich ihn finden konnte. Loubet sah mich bekümmert an. Er sammelte die Kugeln ein und steckte sie wieder in den Beutel. »Ich bin für alle Hypothesen offen. Aber ... Und ich hab noch vier andere Fälle am Hals.«

Er hielt die Kugel der Astra-Spezial zwischen den Fingern.

»Hat sie das Herz durchbohrt?«, fragte ich.

»Keine Ahnung«, sagte er überrascht. »Warum?«

»Ich wüsste es gern.«

Eine Stunde später rief er mich an. Er bestätigte es. Es war tatsächlich die Kugel, die Leilas Herz durchlöchert hatte. Das bewies natürlich gar nichts. Es verlieh dieser Kugel nur ein Geheimnis, das ich lüften wollte. Am Ton von Loubets Antwort meinte ich zu hören, dass der Fall für ihn doch noch nicht ganz abgehakt war.

Ich traf Batisti in der *Bar de la Marine,* seinem Stammlokal. Sie war zum Treffpunkt der Skipper geworden. An der Wand hingen immer noch Louis Audiberts Gemälde mit der Kartenpartie aus Marius sowie das Foto von Pagnol und seiner Frau am Hafen. Der Wirt Marcel erklärte zwei italienischen Touristen an einem Tisch hinter uns, ja, der Film war wirklich hier gedreht worden. Das Tagesgericht waren gebratene Tintenfische und Auberginengratin.

Dazu gab es einen kleinen Rosé Cave de Rousset, die Spezialität des Hauses.

Ich war zu Fuß gekommen. Um mit einer Portion gesalzener Erdnüsse am Hafen entlangschlendern zu können. Ich liebte diesen Spaziergang. Quai du Port, Quai des Belges, Quai de Rive-Neuve. Der Geruch des Hafens. Meer und Schmieröl.

Die Fischfrauen priesen unermüdlich aus voller Kehle den Fang des Tages an. Goldbrassen, Sardinen, Seewolf und Rotbrassen. Vor einem afrikanischen Stand feilschte eine Gruppe von Deutschen um kleine Ebenholz-Elefanten. Der Afrikaner würde sie über den Tisch ziehen. Er legte ein falsches Silberarmband mit einer falschen Eingravierung dazu. Er würde sich mit hundert Francs für alles zusammen geschlagen geben. Und gut verdient haben. Ich musste lächeln. Es war, als hätte ich sie schon immer gekannt. Mein Vater ließ meine Hand los, und ich rannte zu den Elefanten. Ich hockte mich hin, um sie mir genau anzusehen. Ich wagte nicht, sie anzufassen. Der Afrikaner schaute mich an und ließ die Augen rollen. Es war das erste Geschenk meines Vaters. Ich war vier Jahre alt.

Mit Batisti war ich beim Nachtisch angelangt.

»Warum hast du Ugo auf Zucca angesetzt? Das ist alles, was ich wissen will. Und für wen springt was dabei heraus?«

Batisti war ein alter Fuchs. Er kaute hingebungsvoll und trank seinen Wein aus. »Was weißt du?«

»Dinge, die ich nicht wissen sollte.«

Er suchte nach einem Zeichen von Bluff in meinen Augen. Ich zuckte nicht mit der Wimper.

»Meine Informanten waren eindeutig.«

»Hör auf, Batisti. Deine Informanten … dass ich nicht lache. Es gibt keine! Man hat dir gesagt, was du sagen solltest, und du hast es gesagt. Du hast Ugo losgeschickt, um zu tun, wozu niemand den Mumm hatte. Zucca stand unter Protektion. Und Ugo hat sich danach niedermetzeln lassen. Von Bullen. Gut informierten Bullen. Es war eine Falle.«

Ich kam mir vor wie beim Fischen mit der Langleine. Lauter Haken, und ich wartete darauf, dass er anbiss. Er stürzte seinen Kaffee hinunter, und ich hatte das Gefühl, meinen Kredit verspielt zu haben.

»Hör zu, Montale. Es gibt eine offizielle Version. Halte dich daran. Du bist ein Vorstadtbulle, bleib es. Du hast eine hübsche Hütte, versuch sie zu behalten.« Er stand auf. »Die Ratschläge sind gratis. Die Rechnung geht auf mich.«

»Und über Manu? Weißt du auch nichts? Das kannst du mir nicht erzählen!«

Ich sagte das aus Wut. Das war blöd. Ich hatte meine Hypothesen auf den Tisch geschmissen. Ebenso gut konnte ich Blech reden. Ich erntete nur eine kaum verhohlene Drohung. Batisti war nur gekommen, um herauszukriegen, wie viel ich wusste.

»Was für Ugo gilt, gilt auch für Manu.«

»Aber Manu mochtest du doch gern, oder nicht?«

Er warf mir einen bösen Blick zu. Ich hatte ins Schwarze getroffen. Aber er antwortete nicht. Er stand auf und ging mit der Rechnung an den Tresen.

Ich folgte ihm. »Ich sag dir was, Batisti. Du bist mir soeben ganz schön um den Bart gegangen, okay. Aber glaub ja nicht, dass ich die Sache fallen lasse. Ugo ist zu dir gekommen, weil er einen Tipp brauchte. Du hast ihn prachtvoll verarscht. Er wollte nur Manu rächen. So einfach werde ich dich nicht davonkommen lassen.« Er sammelte das Wechselgeld ein. Ich legte meine Hand auf seinen Arm und beugte mich dicht an sein Ohr. Ich murmelte: »Eins noch. Du hast solche Angst zu krepieren, dass du zu allem bereit bist. Du machst dir in die Hose. Du hast keine Ehre, Batisti. Wenn ich rauskriege, was mit Ugo passiert ist, werde ich dich nicht vergessen. Das kannst du mir glauben.«

Er machte sich los und sah mich traurig an. Mitleidig.

»Wir werden dich vorher kaltmachen.«

»Das wäre besser für dich.«

Er ging, ohne sich umzudrehen. Ich schaute ihm nach und bestellte noch einen Kaffee. Die beiden italienischen Touristen standen auf und gingen mit einem überschwänglichen »Ciao, ciao«.

Wenn Ugo noch Familie in Marseille hatte, las sie offenbar keine Zeitung. Niemand war aufgetaucht, nachdem er sich hatte niederschießen lassen, auch nicht, nachdem die Todesanzeige in den Morgenausgaben dreier Tageszeitungen erschienen war. Freitag hatte ich die Genehmigung erhalten, ihn zu bestatten. Ich musste mich entscheiden. Ich wollte ihn nicht wie einen Hund in einem Massengrab verschwinden sehen. Ich hatte mein Sparschwein geschlachtet und die Beerdigungskosten übernommen. Dieses Jahr würde ich eben nicht in Urlaub fahren. Ich fuhr sowieso nie in Urlaub. Die Typen öffneten die Gruft. Es war die meiner Eltern. Für mich war auch noch ein Platz darin. Aber ich hatte beschlossen, mir Zeit zu lassen. Ich sah nicht ein, wieso es meine Eltern stören sollte, ein bisschen Gesellschaft zu bekommen. Es war höllisch heiß. Ich betrachtete das dunkle, feuchte Loch. Das würde Ugo nicht gefallen. Niemand mochte das. Leila auch nicht. Ihre Beerdigung war morgen. Ich hatte noch nicht entschieden, ob ich hingehen würde oder nicht. Für Mouloud und seine Kinder war ich nur noch ein Fremder. Und ein Bulle, der nichts verhindern konnte.

Die Fassade bröckelte ab. Ich hatte die letzten Jahre ruhig und gleichgültig gelebt. Weltverloren. Nichts berührte mich wirklich. Die alten Kumpel, die nicht mehr anriefen. Die Frauen, die mich verließen. Meine Träume und meine Wut, die ich auf halbmast gesetzt hatte. Ich wurde wunschlos alt. Ohne Leidenschaft. Ich schlief mit Huren. Und das Glück hing am Ende einer Angelrute.

Manus Tod hatte vieles aufgerüttelt. Aber immer noch zu schwach auf meiner Richterskala. Erst der Mord an Ugo brachte alles zum Einsturz. Er riss mich aus meinem künstlichen Schlaf. Ich erwachte zum Leben. Und wurde verrückt. Was immer ich von Manu und Ugo hielt, es änderte nichts an meiner Vergangenheit. Sie hatten gelebt.

Ich hätte mich gern mit Ugo unterhalten, seinen Reiseberichten gelauscht. Nachts auf den Felsen vor der Fischerhütte hatten wir nur von Abenteuerfahrten geträumt.

»Guter Gott, warum wollen sie nur so weit wegrennen?«, hatte Toinou geschimpft. Er hatte Honorine als Zeugin genommen. »Was wollen sie denn sehen, diese Gören, he? Na, kannst du mir das sagen! Alle Länder sind hier versammelt. Vertreter aller Rassen. Eine Kostprobe aus allen Breiten.« Honorine hatte uns einen Teller Fischsuppe hingestellt.

»Unsere Väter sind von woanders gekommen. Sie sind in dieser Stadt gelandet. Na und! Sie haben gefunden, was sie gesucht haben. Und wenn nicht, mein Gott, sind sie trotzdem geblieben.«

Er hatte tief Luft geholt und uns wütend angesehen.

»Probiert das!«, hatte er geschrien und auf unsere Teller gezeigt. »Das ist Medizin gegen eure Flausen!«

»Man stirbt hier«, hatte Ugo zu sagen gewagt.

»Woanders stirbt man auch, mein Junge. Das ist schlimmer!«

Ugo war zurückgekommen, und er war tot. Ende der Reise. Ich nickte den Sargträgern zu. Der Sarg wurde von dem dunklen, feuchten Loch verschlungen. Ich schluckte meine Tränen hinunter. Der Blutgeschmack im Mund blieb.

Ich hielt bei der Taxizentrale an der Ecke Boulevard de Plombière und Boulevard de la Glacière. Ich wollte die Spur des Taxis zurückverfolgen. Sie führte vielleicht nirgendwohin, aber sie war die einzige Verbindung zwischen den beiden Mördern vom Opernplatz und Leila.

Der Typ im Büro blätterte gelangweilt in einem Pornoheft. Der perfekte Mia. Haare hinten lang, vorn hochgeföhnt. Offenes geblümtes Hemd über stark schwarz behaarter Brust, dicke Goldkette, Jesusanhänger mit Diamantenaugen, zwei gewaltige Klunker an jeder Hand, Ray-Ban-Brille auf der Nase. Der Ausdruck »Mia« kam aus Italien, von der Autofirma Lancia. Sie hatte einen Wagen auf den Markt gebracht, den Mia, mit einer Öffnung im Fenster, durch die der Fahrer den Ellenbogen heraushängen kann, ohne die Scheibe herunterzukurbeln. Das war zu hoch für das Marseiller Genie!

Die Bistros waren voll von Mias. Aufschneider, Sprücheklopfer, Schönlinge. Sie verbrachten ihren Tag mit Ricard an der Theke. Nebenbei kam es vor, dass sie ein bisschen arbeiteten.

Dieser hier fuhr bestimmt einen Renault 12, mit Scheinwerfern gespickt, dem Dédé-&-Valérie-Schriftzug auf dem Kühlergrill, Bommeln am Sitzpolster und Plüsch auf dem Lenkrad. Er blätterte um. Sein Blick blieb zwischen den Schenkeln einer üppigen Blondine hängen. Dann ließ er sich dazu herab, zu mir aufzublicken.

»Was willst du?«, fragte er mit einem starken korsischen Akzent.

Ich zeigte ihm meine Karte. Er sah kaum hin, als kenne er sie auswendig.

»Können Sie es entziffern?«, fragte ich.

Er rückte leicht an seiner Brille und sah mich desinteressiert an. Sprechen schien ihn anzustrengen. Ich erklärte ihm, dass ich wissen wolle, wer am Samstagabend den Renault 21, Zulassungsnummer 675 JLT 13, gefahren habe. Es ginge um eine überfahrene rote Ampel auf der Avenue des Aygalades.

»Nach solchen Sachen fahndet ihr?«

»Wir gehen allem nach. Sonst schreiben die Leute ans Ministerium. Wir hatten eine Beschwerde.«

»Eine Beschwerde? Wegen eines überfahrenen Rotlichts?«

Der Himmel fiel ihm auf den Kopf! In was für einer Welt lebten wir!

»Da sind überall Fußgänger«, sagte ich.

Diesmal nahm er seine Sonnenbrille ab und sah mich aufmerksam an. Bei anderer Gelegenheit hätte ich mich halb totgelacht. Ich zuckte gelangweilt mit den Schultern.

»Klar, und wir zahlen Steuern für diesen Schwachsinn. Es wär besser, ihr würdet weniger Zeit mit solchen Bagatellen verlieren. Was wir brauchen, ist Sicherheit.«

»Die Fußgänger auch.« Er begann mir auf die Nerven zu gehen. »Name, Vorname, Adresse und Telefon des Fahrers?«

»Wenn er auf dem Revier vorsprechen muss, sag ich ihm Bescheid.«

»Ich bin es, der hier vorlädt. Schriftlich.«

»Von welchem Revier sind Sie?«

»Hauptquartier.«

»Kann ich Ihren Ausweis noch mal sehen?«

Er nahm ihn und kritzelte meinen Namen auf ein Stück Papier. Mir war bewusst, dass ich übers Ziel hinausgeschossen war. Aber jetzt war es zu spät. Er gab mir die Karte zurück, als hätte er sich die Finger daran verbrannt.

»Montale, Italiener, stimmt's?«

Ich nickte. Er schien schwer nachzudenken. Dann sah er mich an: »Wegen einer roten Ampel werden wir uns bestimmt einigen. Wir sind Ihnen ja immer gern behilflich.«

Noch fünf Minuten von diesem Geschwätz, und ich würde ihn mit seiner Goldkette erwürgen oder ihm den Jesus ins Maul stopfen. Er blätterte in einem Register, fand eine Seite und ließ seinen Finger über eine Liste gleiten.

»Pascal Sanchez. Notieren Sie, oder muss ich es aufschreiben?«

Pérol brachte mich auf den aktuellen Stand des Tages. 11.30 Uhr. Minderjähriger beim Diebstahl aus der Warenauslage bei Carrefour erwischt. Eine Bagatelle, aber wir mussten trotzdem die Eltern benachrichtigen und eine Akte anlegen. 13.13 Uhr. Eine Schlägerei zwischen drei Zigeunern und einem Mädchen aus dem Milieu, im *Balto*, einer Kneipe am Chemin du Merlan. Alle waren festgenommen und mangels Kläger gleich wieder entlassen worden. 14.18 Uhr. Funkruf. Eine Mutter bringt ihren Sohn mit schweren Prellungen im Gesicht ins Bezirksrevier. Die Schläge und Verletzungen wurden ihm im Gymnasium Marcel Pagnol absichtlich zugefügt. Die angeblichen Täter und ihre Eltern wurden vorgeladen. Gegenüberstellung.

Die Geschichte dauerte den ganzen Nachmittag. Weder Drogen noch Erpressung, offenbar. Trotzdem zu verfolgen. Predigt an die Eltern in der Hoffnung, dass sie etwas nützt. Routine.

Aber die gute Nachricht war, dass wir endlich Nacer Mourrabed stellen konnten, einen jungen Dealer, der im Bassens-Viertel operierte. Er hatte sich am Vorabend beim Verlassen des *Miramar,* einer Kneipe in L'Estaque, geprügelt. Der Typ hatte eine Klage eingereicht. Besser noch: Er hatte sie aufrechterhalten und auf dem Revier vorgesprochen, um seine Aussage zu machen. Viele bekamen kalte Füße, und wir sahen sie nie wieder. Sogar bei einem Diebstahl ohne Gewaltanwendung. Aus Angst. Und mangelndem Vertrauen zur Polizei.

Mourrabed kannte ich in- und auswendig. Zweiundzwanzig Jahre alt, sieben Mal festgenommen. Das erste Mal mit fünfzehn, ein gutes Durchschnittsalter. Aber er war schlau. Wir konnten ihm nie etwas nachweisen. Vielleicht diesmal.

Er dealte seit Monaten im großen Stil, ohne sich die Finger schmutzig zu machen. Fünfzehn-, sechzehnjährige Burschen arbeiteten für ihn. Sie machten die Drecksarbeit. Der eine schleppte den Stoff an, der andere kassierte die Kohle. Sie waren acht bis zehn von der Sorte. Er führte vom Wagen aus die Aufsicht und sahnte später ab. In einer Kneipe, in Bus oder Bahn, im Supermarkt. Der Ort wechselte ständig. Niemand versuchte, ihn zu hintergehen. Einer hatte ihn mal ausgetrickst. Es passierte kein zweites Mal. Der kleine Schlaumeier fand sich mit einem Schmiss auf der Wange wieder. Und natürlich hielt er künftig die Klappe, wenn es um Mourrabed ging. Er hätte Schlimmeres riskiert.

Wir hatten uns die kleinen Ganoven schon öfter vorgenommen. Aber vergeblich, sie gingen lieber in den Knast, als den Namen Mourrabed auszuspucken. Als wir einen mit Stoff erwischten, machten wir ein Foto, legten eine Akte an und ließen ihn laufen. Sie hatten nie genug dabei, um eine Verhaftung zu rechtfertigen. Wir hatten es versucht, aber der Richter hatte uns abblitzen lassen.

Pérol schlug vor, Mourrabed frühmorgens aus dem Bett zu holen. Ich war einverstanden.

Bevor er ausnahmsweise einmal früh ging, fragte Pérol: »War's schlimm, auf dem Friedhof?«

Ich zuckte die Achseln, ohne zu antworten.

»Würd mich freuen, wenn du mal zum Essen vorbeikämst.« Er ging, ohne eine Antwort abzuwarten oder sich zu verabschieden.

Pérol war so herrlich unkompliziert. Ich übernahm die Nachtschicht mit Cerutti.

Das Telefon klingelte. Es war Pascal Sanchez. Ich hatte eine Nachricht bei seiner Frau hinterlassen.

»He! Bin nie bei Rot über die Ampel gefahren. Schon gar nicht da, wo Sie sagen. Wo ich doch nie hinfahr in die Ecken. Ist nur Gesindel da.«

Ich widersprach nicht. Ich wollte Sanchez milde stimmen. »Ich weiß, ich weiß. Aber es gibt einen Zeugen, M'sieur Sanchez. Er hat sich Ihre Nummer gemerkt. Sein Wort steht gegen Ihres.«

»Wie viel Uhr war das, sagen Sie?«, fragte er nach einer Pause.

»22.38 Uhr.«

»Kann nicht sein«, antwortete er, ohne zu zögern. »Um die Zeit hab ich Pause gemacht. Hab an der *Bar de l'Hôtel de Ville* ein Glas getrunken. Eh, hab sogar Kippen gekauft. Dafür hab ich Zeugen. Eh, ich lüg Sie nicht an. Ich hab mindestens vierzig.«

»So viele brauche ich nicht. Kommen Sie morgen gegen elf im Büro vorbei. Ich nehme Ihre Aussage auf. Und Name, Adresse und Telefonnummer von zwei Zeugen. Wir dürften uns leicht einig werden.«

Ich hatte noch eine Stunde totzuschlagen, bis Cerutti kam. Ich beschloss, ein Gläschen bei Ange im *Treize-Coins* zu trinken.

»Der Kleine sucht dich«, sagte er. »Du weißt schon, den du Samstag mitgebracht hast.«

Nach einem schnellen Bier machte ich mich auf die Suche nach Djamel. Seit meiner Anstellung in Marseille hatte ich mich nie so oft in diesem Viertel aufgehalten. Ich war erst neulich wieder hergekommen, als ich Ugo treffen wollte. All die Jahre hatte ich mich in den Randgebieten bewegt. Die Place de Lenche, die Rue Baussenque und die Rue Sainte-Françoise, die Rue François-Moisson, der Boulevard des Dames, die Grand-Rue, die Rue Caisserie. Mein einziger Schlenker war die Passage des Treize-Coins und Anges Kneipe.

Was mich jetzt überraschte, war, dass die Sanierung irgendwie unfertig schien. Ich fragte mich, ob die zahlreichen Bildergalerien, Boutiquen und anderen Läden Leute anzogen. Und wen? Keine Marseiller, da war ich sicher. Meine Eltern waren nach ihrer Vertreibung durch die Deutschen nie wieder in das Viertel zurückgekehrt. Die eisernen Rollläden waren heruntergezogen. Die Straßen verlassen. Die Restaurants fast leer. Außer bei Étienne in der Rue de Lorette. Aber Étienne Cassaro war schon seit dreiundzwanzig Jahren da. Und er hatte die beste Pizza in ganz Marseille. »Preise und Öffnungszeiten je nach Laune«, hatte ich in einer *Geo*-Reportage über Marseille gelesen. Dank Étiennes Laune hatten wir uns oft genug umsonst satt gegessen, Manu, Ugo und ich. Auch wenn er hinter uns herschimpfte: faules Pack, Taugenichtse, Gesocks!

Ich ging die Rue du Panier wieder hinunter. Meine Erinnerungen klangen lauter als die Schritte der Passanten. Das Viertel war noch nicht Montmartre. Der schlechte Ruf blieb. Der schlechte Geruch auch. Und Djamel war unauffindbar.

KAPITEL 7

In dem man besser sagt, was man empfindet

Sie warteten vor meiner Haustür auf mich. Ich war mit den Gedanken woanders und erschöpft. Ich träumte von einem Glas Lagavulin. Sie waren geräuschlos wie Katzen aus dem Schatten gekommen. Als ich sie bemerkte, war es zu spät.

Sie stülpten mir einen dicken Plastiksack über den Kopf, und zwei Arme glitten unter meine Achseln, fassten mich fest um die Brust und hoben mich hoch. Zwei Stahlarme. Der Typ hing an mir wie eine Klette. Ich wehrte mich.

Der Schlag traf mich im Bauch. Mit voller Wucht. Ich öffnete den Mund und schluckte den letzten Sauerstoff im Sack. Scheiße! Womit schlug er, der Typ? Ein zweiter Schlag. Genauso hart.

Ein Boxhandschuh. Verdammt! Ein Boxhandschuh! Ich bekam keine Luft mehr. Arschloch! Ich schlug mit beiden Beinen um mich. Ins Leere. Der Druck auf meiner Brust verstärkte sich.

Ein Schlag traf mich ins Gesicht. Ich japste nach Luft, und der nächste Hieb landete im Bauch. Ich drohte zu ersticken. Ich schwitzte wie ein Wasserfall. Ich wollte mich krümmen. Meinen Bauch schützen. Stahlarm merkte es. Er ließ mich los. Den Bruchteil einer Sekunde. Er richtete mich wieder auf, immer noch eng an meinen Körper geheftet. Ich spürte seinen Schwanz an meinem Arsch. Der Hurensohn bekam einen Ständer! Links, rechts. Zwei Schläge. Wieder in den Bauch. Mit weit aufgesperrtem Mund wand ich meinen Kopf nach allen Seiten. Ich wollte schreien, kriegte aber keinen Ton heraus. Kaum ein Röcheln.

Mein Kopf schien in einem Wasserkessel zu schwimmen. Ohne Sicherheitsventil. Der Schraubstock um meine Brust ließ nicht locker. Ich war nur noch ein Punchingball. Ich verlor das Gefühl für die Zeit und die Schläge. Meine Muskeln reagierten nicht mehr. Ich brauchte Sauerstoff. Das war alles. Luft! Ein bisschen Luft! Nur ein bisschen! Dann schlugen meine Knie hart auf die Erde. Ich rollte mich instinktiv zusammen. Ein Lufthauch drang von unten in den Plastiksack.

»Eine Warnung, du Schwein! Nächstes Mal schlachten wir dich ab!«

Ein Fußtritt traf mein Steißbein. Ich stöhnte. Ein Motorradmotor. Ich riss den Plastiksack ab und atmete so tief ein, wie ich konnte.

Das Motorrad entfernte sich. Ich blieb reglos liegen. Versuchte, wieder normal zu atmen. Ein Schauer überlief mich, dann fing ich von Kopf bis Fuß an zu zittern. Beweg dich, sagte ich mir. Aber mein Körper weigerte sich. Mit der Bewegung kam der Schmerz zurück. Zusammengekrümmt spürte ich nichts. Aber ich konnte nicht so liegen bleiben.

Salzige Tränen liefen mir über die Wangen bis zu den Lippen. Ich glaube, dass ich unter den Schlägen zu heulen angefangen und nicht aufgehört hatte. Ich leckte meine Tränen auf. Der salzige Geschmack war beinahe gut. He, Fabio, wie wär's mit einem Whisky? Geh und hol dir einen. Aber dazu musst du dich aufrichten. Vorsichtig, so. Du kannst nicht. Dann geh halt auf allen vieren. Nur bis zur Tür. Da ist sie schon, siehst du. Gut. Lehn dich mit dem Rücken an die Mauer. Tief durchatmen. Na los, such deine Schlüssel. Gut, steh langsam auf, stütz dich an der Mauer, lehn dein Gewicht gegen die Tür. Mach auf. Das obere Schloss. Na also. Jetzt das mittlere. Scheiße, du hattest gar nicht abgeschlossen!

Die Tür ging auf, und ich fand mich in Marie-Lous Armen wieder. Sie verlor vor Schreck das Gleichgewicht. Ich sah uns fallen. Marie-Lou. Ich war wohl völlig hinüber. Und versank in einem tiefen, schwarzen Ozean.

Ich hatte einen kühlen, feuchten Waschlappen auf der Stirn. Ich spürte die gleiche Frische auf meinen Augen, den Wangen, dann am Hals und auf der Brust. Ein paar Wassertropfen fielen auf meine Schultern. Ich fröstelte. Ich schlug die Augen auf. Marie-Lou lächelte mich an. Ich war nackt. Auf meinem Bett.

»Geht's?«

Ich nickte und schloss die Augen. Trotz des schwachen Lichts fiel es mir schwer, sie aufzuhalten. Sie nahm den Waschlappen von meiner Stirn. Dann legte sie ihn wieder hin. Sie hatte ihn neu in kaltes Wasser getaucht. Das tat gut.

»Wie spät ist es?«, fragte ich.

»Zwanzig nach drei.«

»Hast du eine Zigarette?«

Sie zündete eine an und steckte sie mir zwischen die Lippen. Ich inhalierte und hob die linke Hand an den Mund. Diese eine Bewegung zerriss mir den Bauch. Ich öffnete die Augen. »Was machst du hier?«

»Ich musste dich sehen. Das heißt, jemanden. Da hab ich an dich gedacht.«

»Woher hast du meine Adresse?«

»Aus dem Minitel.«

Das Minitel. Verdammt! Dank Minitel konnten fünfzig Millionen Leute einfach so bei mir hereinspazieren. Was für eine idiotische Erfindung! Ich machte die Augen wieder zu.

»Ich saß vor der Tür. Honorine, die Dame von nebenan, hatte mir vorgeschlagen, bei ihr zu warten. Wir haben geplaudert. Ich hab ihr erzählt, dass ich eine Freundin bin. Da hat sie mir bei dir aufgemacht. Es war spät. Sie dachte, es wäre besser so. Sie hat gesagt, du würdest schon verstehen.«

»Was verstehen?«

»Was ist passiert?«

Ich erzählte es ihr. In Kurzform. Mit möglichst wenig Worten. Bevor sie fragen konnte, warum, rollte ich auf die Seite und setzte mich auf.

»Hilf mir. Ich brauch eine Dusche.«

Ich legte meinen rechten Arm um ihre Schultern und hievte meine siebzig Kilo mit einer gewaltigen Anstrengung hoch. Das war schwerer als die Arbeiten des Herkules! Ich blieb zusammengekrümmt. Aus Angst vor den Schmerzen, die im Bauch lauerten.

»Stütz dich auf.«

Ich lehnte mich an die Wand. Sie drehte die Wasserhähne auf.

»Lauwarm«, sagte ich.

Sie zog ihre Jeans und ihr T-Shirt aus und stellte mich unter die Dusche. Ich fühlte mich schwach. Das Wasser wirkte Wunder. Ich hatte meine Arme um Marie-Lous Hals geschlungen und lehnte mich an sie. Mit geschlossenen Augen. Die Wirkung ließ nicht auf sich warten.

»Na, tot bist du jedenfalls noch nicht, du Schmutzfink«, bemerkte sie, als mein Geschlecht sich versteifte.

Ich musste trotz allem lächeln. Dabei fühlte ich mich immer wackeliger auf den Beinen. Ich zitterte.

»Willst du es heißer?«

»Nein. Kalt. Weg mit dir.« Ich stützte mich an die Kacheln.

Marie-Lou stieg aus der Dusche. »Ganz wie du willst!« Sie drehte den Wasserhahn voll auf. Ich schrie. Sie stellte das Wasser ab, schnappte sich ein Handtuch und rieb mich trocken. Ich ging bis zum Waschbecken. Für einen Blick in den Spiegel. Ich machte das Licht an. Was ich sah, gefiel mir nicht. Meine Visage war intakt. Aber die hinter mir nicht. Marie-Lous Gesicht. Ihr linkes Auge war geschwollen und fast blau. Ich drehte mich langsam um, die Hände am Beckenrand.

»Was ist das?«

»Mein Zuhälter.«

Ich zog sie an mich. Sie hatte zwei blaue Flecken an der Schulter und einen roten Bluterguss am Hals. Sie drückte sich an mich und fing leise an zu weinen. Ihr warmer Bauch lehnte an meinem. Das tat mir unheimlich gut.

Ich streichelte ihr Haar. »Wir sind zwei Jammerlappen, du und ich. Erzähl.«

Ich machte mich los, öffnete die Hausapotheke und fischte eine Schachtel Dolipran heraus. Die Schmerzen brannten im ganzen Körper.

»Hol zwei Gläser aus der Küche. Und die Flasche Lagavulin, die da rumsteht.«

Ich ging wieder ins Schlafzimmer, ohne mich anzuziehen. Ich ließ mich aufs Bett fallen und stellte den Wecker auf sieben Uhr.

Marie-Lou kam zurück. Sie hatte einen wunderschönen Körper. Sie war keine Prostituierte mehr. Ich war kein Bulle mehr. Wir waren zwei arme, vom Leben gebeutelte Gestalten. Ich schluckte zwei Dolipran mit ein bisschen Whisky. Ich bot ihr auch eine an. Sie wollte nicht.

»Da gibt's nichts zu erzählen. Er hat mich geschlagen, weil ich mit dir zusammen war.«

»Mit mir?«

»Du bist Bulle.«

»Woher weiß er das?«

»Im *O'Stop* weiß man alles.«

Ich sah auf die Uhr. Ich leerte mein Glas. »Bleib da. Bis ich wiederkomme. Rühr dich nicht vom Fleck. Und …« Ich glaube, ich habe den Satz nicht zu Ende gesprochen.

Mourrabed schnappten wir uns wie vorgesehen. Wir holten ihn aus dem Bett, mit vom Schlaf verquollenen Augen und wirrem Schopf. Mit ihm war eine Göre unter achtzehn. Er trug eine geblümte Unterhose und ein T-Shirt mit der Aufschrift: »Noch mehr«. Wir hatten niemandem Bescheid gesagt. Nicht den Drogenfahndern, die uns geraten hätten, die Finger davon zu lassen. Zwischenhändler festzunehmen, behinderte ihre Fahndung nach den Großen. Das brachte sie durcheinander, sagten sie. Und auch nicht der Bezirkswache, die umgehend die Nachricht in die Wohnsiedlungen weitergeleitet hätte, um uns ein Bein zu stellen. Das kam immer öfter vor.

Wir führten Mourrabed wie einen ganz normalen Verbrecher ab. Wegen Gewaltanwendung und Körperverletzung. Und jetzt Verführung einer Minderjährigen. Aber er war kein normaler Verbrecher. Wir nahmen ihn so mit, wie er war, er durfte sich nicht einmal anziehen. Eine Erniedrigung aus reiner Böswilligkeit. Er tobte. Schimpfte uns Faschisten, Nazis, Arschlöcher, Bastarde, Hurensöhne. Wir hatten unseren Spaß daran. Die Türen im Flur öffneten sich, und jeder konnte ihn in Handschellen, Unterhose und T-Shirt bewundern.

Draußen gönnten wir uns sogar die Zeit für eine Zigarette, bevor wir ihn in den Wagen verfrachteten. Damit ihn auch ja alle vom Fenster aus bestaunen konnten. Die Neuigkeit würde in den Vorstädten ihre Kreise ziehen. Mourrabed in Unterhose, ein lustiges Bild, das hängen blieb. Das war etwas anderes als eine Festnahme nach einer Verfolgungsjagd durch die Vorstädte.

Wir stiegen ohne Vorwarnung auf dem Revier in L'Estaque aus. Dort waren sie nicht begeistert. Sie sahen sich schon von Hunderten von jungen, bis an die Zähne bewaffneten Schlägern belagert. Sie wollten uns dorthin zurückschicken, wo wir herkamen. Auf unser Bezirksrevier.

»Die Beschwerde ist hier eingegangen«, sagte Pérol. »Wir werden den Fall also auch hier bearbeiten. Ist doch logisch, oder?« Er schob Mourrabed vor sich her. »Gleich kommt noch eine Kundin. Eine Minderjährige, die wir mit ihm aufgefischt haben. Sie zieht sich gerade an.«

Wir hatten Cerutti mit etwa zehn Jungs vor Ort gelassen. Ich wollte, dass sie eine erste Aussage des Mädchens aufnahmen. Dass sie die Wohnung und Mourrabeds Auto sorgfältig durchkämmten. Dann sollten sie die Eltern des Mädchens benachrichtigen und sie herbringen.

»Dann haben wir ja ein volles Haus«, sagte ich.

Mourrabed hatte sich hingesetzt und hörte uns zu. Er schien sich zu amüsieren. Ich ging zu ihm, packte ihn am Nacken und zog ihn hoch, ohne ihn loszulassen.

»Warum bist du wohl hier? Hast du eine Idee?«

»Klar. Hab gestern Abend ’ner Arabersau eine runtergehauen. Ich war voll.«

»Ach ja. Mit so was wie Rasierklingen in der Hand, ist es das?«

Dann verließen mich meine Kräfte. Mir wurde schwindlig. Meine Knie begannen zu zittern. Ich würde gleich zusammenbrechen und hatte Lust zu kotzen. Ohne zu wissen, was zuerst.

»Fabio!«, sagte Pérol.

»Bring mich aufs Klo!«

Seit dem Morgen hatte ich sechs Schmerztabletten, drei Guronsan und tonnenweise Kaffee geschluckt. Ich sprühte nicht gerade vor Energie, aber ich hielt mich auf den Beinen. Als der Wecker geklingelt hatte, hatte Marie-Lou gegrunzt und sich umgedreht. Ich hatte ihr ein Schlafmittel gegeben, damit sie in Ruhe ausschlafen konnte. Ich hatte Muskelkater in den Schultern und im Rücken. Und der Schmerz ließ mich nicht los. Kaum hatte ich die Füße auf dem Boden, riss es in alle Richtungen. Als hätte ich eine Nähmaschine im Bauch. Das nährte meinen Hass.

»Batisti«, sagte ich, sowie er abnahm. »Deine Kumpel hätten mich abmurksen sollen. Aber du bist nur ein mieses, fieses altes Oberarschloch. Dafür wirst du Scheiße fressen wie noch nie in deinem verrotteten Leben.«

»Montale!«, schrie er in den Hörer.

»Ich höre.«

»Was sagst du da?«

»Dass ich unter eine Dampfwalze geraten bin, du Idiot! Macht es dich heiß, wenn ich dir die Einzelheiten gebe?«

»Montale, ich hab nichts damit zu tun, ich schwör’s dir.«

»Schwör nicht, du Ratte! Hast du eine Erklärung?«

»Ich hab nichts damit zu tun.«

»Du wiederholst dich.«

»Ich weiß nichts.«

»Hör zu, Batisti, für mich bist du nur ein Arschloch erster Klasse. Aber ich bin bereit, dir zu glauben. Ich geb dir vierundzwanzig Stunden, um dich zu erkundigen. Ich ruf dich morgen an. Ich sag dir, wo wir uns treffen. Und ich rate dir, ein paar gute Tipps mitzubringen.«

Pérol hatte gleich gesehen, dass ich nicht ganz auf der Reihe war, als ich wieder rauskam. Er hörte nicht auf, mir besorgte Blicke zuzuwerfen. Ich hatte ein altes Magengeschwür vorgeschoben, um ihn zu beruhigen.

»Ja, das sehe ich«, hatte er gebrummt.

Er sah nur zu gut. Aber ich hatte keine Lust, ihm von der Schlägerei zu erzählen. Auch nicht den Rest über Manu und Ugo. Ich hatte irgendwo ins Schwarze getroffen. Die Warnung war unmissverständlich. Ich verstand nur Bahnhof, aber ich hatte mir die Finger verbrannt. Ich wusste, dass ich mein Leben riskierte. Aber da war nur ich, Fabio Montale. Ich hatte weder Frau noch Kinder. Niemand würde um mich weinen. Pérol wollte ich in meine Geschichten nicht mit hineinziehen. Ich kannte ihn gut genug. Aus Freundschaft würde er sich in jede Kloake stürzen. Und es war klar, dass es dort, wo ich hinging, scheußlich stank. Schlimmer als in den Latrinen auf unserer Wache.

Die Mauern schienen sich mit dem Pissegestank vollgesogen zu haben. Ich spie aus. Kaffeeschleim. In meinem Magen wechselten Flut und Ebbe alle dreißig Sekunden. Dazwischen pfiff ein Wirbelsturm. Ich würgte. Es hätte mich erleichtert, meine Gedärme auszukotzen. Aber ich hatte seit gestern Mittag nichts im Magen.

»Kaffee«, sagte Pérol hinter mir.

»Krieg ich nicht runter.«

»Versuch's.«

Er hielt einen Becher in der Hand. Ich wusch mir das Gesicht mit kaltem Wasser, grabschte ein Papiertuch und trocknete mich ab. Mein Magen beruhigte sich ein bisschen. Ich nahm den Becher und trank einen Schluck. Er ging einigermaßen runter. Ich brach sofort in Schweiß aus. Mein Hemd klebte auf der Haut. Sicher hatte ich Fieber.

»Es geht schon«, sagte ich.

Und mir wurde wieder schlecht. Als wenn ich die Schläge noch einmal kassieren würde. Hinter mir wartete Pérol auf eine Erklärung. Vorher würde er sich nicht vom Fleck rühren.

»Okay, kümmern wir uns um den Schwachkopf, und danach erzähl ich's dir.«

»Einverstanden. Aber überlass mir Mourrabed.«

Jetzt musste ich nur noch eine bessere Geschichte als die mit dem Magengeschwür erfinden.

Mourrabed sah mir spöttisch entgegen, ein Lächeln auf den Lippen. Pérol langte ihm eine und setzte sich ihm dann rittlings gegenüber. »Was erhoffen Sie sich, eh?«, grölte Mourrabed und sah mich an.

»Dich hinter Gitter zu bringen«, sagte ich.

»Klar. Super. Dann kann ich Fußball spielen.« Er hob die Schultern. »Wegen 'ner Ohrfeige, das müssen Sie dem Richter erst mal erklären. Mein Rechtsanwalt wird Ihnen was erzählen.«

»Wir haben zehn Leichen im Schrank«, sagte Pérol. »Eine können wir mit Sicherheit dir anhängen. Und damit werden wir deinem Rechtsanwalt das Maul stopfen.«

»He, ich hab nie einen umgelegt.«

»Gestern aber fast, nicht wahr? Also, ich seh nicht, warum du nicht jemanden töten könntest. Klar?«

»Ja, schon gut, schon gut. Ich war voll, das ist alles. Ich hab ihm nur eine gelangt, Scheiße!«

»Erzähl.«

»Okay. Als ich aus der Kneipe komm, seh ich sie, die Arabersau. 'Ne Tussi war das, dachte ich. Weit weg halt. Mit langen Haaren. Ich frag nach 'ner Kippe. Hat keine, blöde Kuh. Machte sich 'n Scheißdreck aus mir, irgendwie. Also sag ich, wenn du keine hast, leck mich! Die Hure, die lacht! Also lang ich zu. Das ist alles. Echt. Ist abgehauen wie 'n Angsthase. War aber nur 'n Schwuler.«

»Außer dass du nicht allein warst«, nahm Pérol den Faden wieder auf. »Du hast ihn mit deinen Kumpels gejagt. Unterbrich mich, wenn ich mich irre. Er hat im *Miramar* Zuflucht gesucht. Ihr habt ihn aus der Kneipe geholt. Und ihn übel zusammengeschlagen. Bis wir gekommen sind. Und du hast keine Chance, in L'Estaque bist du ein echter Star. Deine Fresse vergisst man nicht so leicht.«

»Diese Schwulensau, der wird seine verdammte Klage zurückziehen!«

»Das hat er aber nicht vor.« Pérol musterte Mourrabed. Sein Blick blieb an seiner Unterhose hängen. »Spitze, deine Unterhose. Aber sieht das nicht ein bisschen nach Tunte aus?«

»He, ich bin nicht schwul. Ich hab 'ne Freundin.«

»Sprechen wir von ihr. War sie das bei dir im Bett?«

Ich hörte nicht mehr zu. Pérol wusste, wo er hinwollte. Mourrabed widerte das genauso an wie mich. Er war ein hoffnungsloser Fall. Er war auf die denkbar schlechteste Bahn geraten. Bereit, zu schlagen; bereit, zu töten. Der ideale Straßenjunge für die Ganoven. In zwei oder drei Jahren würde er sich von einem Stärkeren niedermetzeln lassen. Vielleicht war eine Haftstrafe von zwanzig Jahren das Beste, was ihm passieren konnte. Aber ich wusste, dass das nicht stimmte. In Wahrheit gab es auf all das keine Antwort.

Das Telefon schreckte mich auf. Ich musste eingenickt sein. »Kannst du einen Augenblick kommen?« Cerutti war am Apparat. »Wir haben nichts Greifbares gefunden. Nichts. Nicht mal ein Gramm Marihuana.«

»Was ist mit dem Mädchen?«

»Von zu Hause abgehauen. Aus Saint-Denis in der Gegend von Paris. Ihr Vater will sie nach Algerien zurückschicken, um sie dort zu verheiraten und ...«

»Das reicht. Lass sie herbringen. Wir nehmen ihre Aussage auf. Du bleibst mit zwei Jungs da und überprüfst, ob Mourrabed der Mieter der Wohnung ist. Wenn nicht, finde heraus, wer. Bis dann.« Ich legte auf.

Mourrabed sah uns zurückkommen. Wieder sein Lächeln. »Probleme?«, fragte er.

Pérol verpasste ihm noch eine Ohrfeige, kräftiger als die erste. Mourrabed rieb sich die Wange. »Das wird meinem Rechtsanwalt gar nicht gefallen, wenn ich ihm das erzähl.«

»Also, ist sie deine Freundin?«, machte Pérol weiter, als hätte er nichts gehört.

Ich zog meine Jacke an. Ich hatte eine Verabredung mit Sanchez, dem Taxifahrer. Da musste ich hin. Ich wollte ihn nicht verpassen. Wenn die starken Arme von letzter Nacht nicht auf Batistis Konto gingen, hatten sie vielleicht mit dem Taxifahrer zu tun. Mit Leila. Das war eine andere Geschichte. Aber konnte ich Batisti Glauben schenken?

»Wir sehen uns im Büro.«

»Warte«, sagte Pérol. Er wandte sich an Mourrabed. »Du hast die Wahl, wegen deiner Freundin. Ist sie es, konfrontiere ich dich mit ihrem Vater und ihren Brüdern. In einer geschlossenen Zelle. Da du nicht Teil ihrer Familienplanung bist, wird das für dich ein wahres Fest werden. Wenn nicht, bist du wegen Verführung einer Minderjährigen dran. Überleg es dir, ich komme wieder.«

Schwere, dunkle Wolken zogen auf. Es war noch nicht zehn, und die feuchte Hitze klebte auf der Haut.

Pérol trat draußen wieder zu mir.

»Spiel nicht den Idioten, Fabio.«

»Mach dir keine Sorgen. Ich bin wegen einem Tipp verabredet. Eine Spur in Leilas Fall. Der dritte Mann.«

Er schüttelte den Kopf. Dann zeigte er mit dem Finger auf meinen Bauch. »Und das?«

»Eine Bagatelle, letzte Nacht. Wegen einem Mädchen. Mir fehlt das Training. Da hab ich mir einige eingefangen.« Ich lächelte. Das Lächeln, das den Frauen so gefiel. Der unwiderstehliche Verführer.

»Fabio, wir kennen uns inzwischen, du und ich. Hör auf mit dem Theater.« Er sah mich an, wartete auf eine Reaktion. Ich zeigte keine.

»Du hast Ärger. Das weiß ich. Warum? Mir dämmert etwas. Aber du bist zu nichts verpflichtet. Behalt deine Geschichten für dich, wenn du willst. Und schieb sie dir in den Arsch. Das ist deine Sache. Wenn du drüber reden willst, bin ich da. Okay?«

Noch nie hatte er so eine lange Rede gehalten. Seine Ernsthaftigkeit rührte mich. Wenn ich in dieser Stadt noch auf jemanden zählen konnte, dann auf ihn, auf Pérol, von dem ich fast nichts wusste. Ich konnte ihn mir nicht als Familienvater vorstellen. Ich konnte mir nicht mal seine Frau vorstellen. Ich hatte mir nie Gedanken darüber gemacht. Auch nicht, ob er glücklich war. Wir waren zwei Fremde im gleichen Boot. Wir vertrauten uns. Wir respektierten uns. Und nur das zählte. Für ihn wie für mich. Warum war es nach vierzig so schwer, Freunde zu werden? Kommt es daher, dass wir keine Träume mehr haben, nur noch Bedauern?

»Genau. Ich will nicht darüber reden.«

Er drehte sich um. Ich erwischte ihn am Arm, bevor er einen Schritt machen konnte. »Wenn ich's mir recht überlege, warum kommst du Sonntagmittag nicht zu mir? Ich koch uns was.« Wir sahen uns an. Ich ging zu meinem Auto. Die ersten Tropfen fielen. Ich sah ihn entschlossenen Schrittes ins Revier gehen. Mourrabed musste sich auf einiges gefasst machen. Ich setzte mich, legte eine Kassette von Rubén Blades ein und fuhr los.

Auf dem Rückweg fuhr ich durch das Zentrum von L'Estaque. Der Ort war bemüht, seinen alten Charakter zu erhalten. Ein kleiner Hafen, ein Dorf. Nur wenige Minuten von Marseille entfernt. Die Bewohner sagten: Ich wohne in L'Estaque. Nicht in Marseille. Aber den kleinen Hafen umschloss heute ein Gürtel von Wohnsiedlungen, vollgepfercht mit aus dem Stadtzentrum verdrängten Immigranten.

Es ist besser, zu sagen, was man empfindet. Natürlich. Ich war ein guter Zuhörer, aber ich hatte es nie verstanden, mich anzuvertrauen. Im letzten Augenblick flüchtete ich ins Schweigen. Eher bereit zu lügen, als zu sagen, was los war. Sicher hätte mein Leben anders verlaufen können. Ich hatte nicht gewagt, meinem Vater von meinen Dummheiten mit Manu und Ugo zu erzählen. In der Kolonialarmee hatte mir das schwer zu schaffen gemacht. Ich hatte nicht daraus gelernt. Die Frauen konnten mich nicht verstehen, und ich litt darunter, wenn sie gingen. Muriel, Carmen, Rosa. Wenn ich die Hand ausstreckte und endlich den Mund aufmachte, war es zu spät.

Es fehlte mir nicht an Mut. Ich hatte kein Vertrauen. Nicht genug. Nicht ausreichend, um mein Leben und meine Gefühle in irgendjemandes Hand zu legen. Und ich rieb mich mit dem Versuch auf, alles selbst zu lösen. Der Stolz eines Verlierers. Und ich musste zugeben, dass ich im Leben immer verloren hatte. Manu und Ugo, um nur damit anzufangen.

Wie oft hatte ich mir gesagt, dass ich an jenem Abend nach dem misslungenen Einbruch nicht hätte abhauen dürfen. Ich hätte mit ihnen reden und ihnen sagen sollen, was ich schon seit Monaten auf dem Herzen hatte, dass diese Einbrüche zu nichts führten, dass wir Besseres zu tun hatten. Und das stimmte, wir hatten das Leben vor uns, die Welt zu entdecken. Das hätte uns Spaß gemacht: durch die Welt reisen. Davon war ich überzeugt. Vielleicht hätten wir uns gestritten? Vielleicht hätten sie ohne mich weitergemacht? Vielleicht. Aber vielleicht wären sie heute auch hier. Am Leben.

Ich nahm die Küstenstraße, die am Hafen und am großen Damm entlangführt. Meine bevorzugte Route nach Marseille hinein. Ein Blick auf die Hafenbecken. Bassin Mirabeau, Bassin de la Pinède, Bassin National, Bassin D'Arenc. Dort lag die Zukunft von Marseille. Das wollte ich jedenfalls glauben.

Die Stimme und der Rhythmus von Rubén Blades begannen in meinem Kopf zu wirken. Sie zerstreuten meine Ängste. Linderten meine Schmerzen. Karibisches Glück. Der graue Himmel hing tief, aber durchzuckt von heftigem Leuchten. Das Meer nahm eine metallic-blaue Farbe an. Ich mochte es, wenn Marseille in den Farben von Lissabon erstrahlte.

Sanchez wartete schon auf mich. Ich war überrascht. Ich hatte mir eine Art Mia mit großer Klappe vorgestellt. Er war klein und rundlich. An seiner Art zu grüßen merkte ich, dass er nicht von der mutigen Sorte war. Schlapper Händedruck, gesenkte Augen. Der Typ, der immer ja sagt, auch wenn er nein denkt.

Er hatte Angst. »Wissen Sie, ich bin Familienvater«, sagte er, als er mir ins Büro folgte.

»Nehmen Sie Platz.«

»Und ich habe drei Kinder. Rote Ampeln, Geschwindigkeitsbegrenzungen, denken Sie doch nur, wenn ich einen Patzer mache. Ich verdiene unsere Brötchen mit meinem Taxi. Also ...«

Er reichte mir ein Blatt Papier. Namen, Adressen, Telefonnummern. Vier. Ich sah ihn an.

»Sie können es Ihnen bestätigen. Zu der Zeit, die Sie meinen, war ich mit ihnen zusammen. Bis elf Uhr dreißig. Danach bin ich wieder Taxi gefahren.«

Ich legte das Blatt vor mich hin, steckte mir eine Zigarette an und sah ihm in die Augen. Blutunterlaufene Schweinsaugen. Er senkte den Blick sehr schnell. Er hielt sich die Hände, hörte nicht auf, sie gegeneinander zu reiben. Auf seiner Stirn perlte der Schweiß.

»Schade, Monsieur Sanchez.« Er sah auf. »Wenn ich Ihre Freunde vorlade, müssen sie eine falsche Aussage machen. Sie werden ihnen Ärger bereiten.« Er sah mich aus seinen roten Augen an.

Ich öffnete eine Schublade, griff irgendeine Akte, schön dick, legte sie vor mich hin und begann darin zu blättern.

»Sie können sich sicher denken, dass wir Sie wegen einer läppischen roten Ampel nicht herbestellt hätten.« Er bekam große Augen. Jetzt schwitzte er ganz gemein. »Es ist ernster. Viel ernster, M'sieur Sanchez. Ihre Freunde werden es bereuen, Ihnen vertraut zu haben. Und Sie ...«

»Ich war da. Von neun bis elf.«

Er hatte es herausgeschrien. Die Angst. Aber er schien mir ehrlich zu sein. Das erstaunte mich. Ich beschloss, ihn nicht weiter zu überlisten.

»Nein, Monsieur«, antwortete ich fest. »Ich habe acht Zeugen. Sie wiegen mehr als Ihre. Acht Polizisten im Dienst.« Er öffnete den Mund, bekam aber keinen Laut heraus. Hinter seinen Augen konnte ich alle Katastrophen dieser Welt ablaufen sehen. »Um 22.15 Uhr war Ihr Taxi in der Rue Corneille vor der *Commanderie*. Ich kann Sie wegen Beihilfe zum Mord anklagen.«

»Das war ich nicht«, sagte er mit schwacher Stimme, »das war nicht ich. Ich werde es Ihnen erklären.«

Kapitel 8

In dem Schlaflosigkeit keine Fragen löst

Sanchez war schweißgebadet. Dicke Schweißtropfen rannen von seiner Stirn. Er wischte sie mit dem Handrücken weg. Am Hals schwitzte er genauso. Jetzt kramte er ein Taschentuch hervor, um sich abzutupfen. Ich begann seinen Schweiß zu riechen. Er rutschte unaufhörlich auf seinem Stuhl hin und her. Wahrscheinlich musste er pissen. Vielleicht war sein Slip schon nass.

Ich mochte Sanchez nicht, aber er war mir auch nicht völlig zuwider. Er war sicher ein guter Familienvater. Er arbeitete hart, jede Nacht. Wenn seine Kinder zur Schule gingen, schlief er noch. Wenn sie wiederkamen, stieg er in sein Taxi. Bestimmt sah er sie kaum. Nur an seinen seltenen freien Wochenenden. Einmal im Monat wahrscheinlich. Anfangs hatte er mit seiner Frau geschlafen, wenn er nach Hause kam. Er weckte sie auf, das mochte sie nicht. Er hatte aufgegeben und begnügte sich seitdem ein paar Mal wöchentlich mit einer Hure. Vor der Arbeit oder danach. Mit seiner Frau war es sicher nur noch einmal im Monat, wenn sein freier Tag auf einen Samstag fiel.

Meinem Vater war es genauso gegangen. Er war Schriftsetzer bei der Tageszeitung *La Marseillaise*. Gegen fünf Uhr abends ging er in die Redaktion. Ich war mit seiner Abwesenheit groß geworden. Wenn er spätnachts nach Hause kam, gab er mir einen Gutenachtkuss. Er roch nach Blei, Tinte und Zigaretten. Das weckte mich nicht auf. Wenn er es vergaß, und das kam vor, hatte ich schlechte Träume. Ich stellte mir vor, dass er uns verließ, meine Mutter und mich. Mit zwölf, dreizehn Jahren träumte ich oft, dass es eine andere Frau gab in seinem Leben. Sie sah aus wie Gélou. Er betätschelte sie. Später kam statt meines Vaters Gélou, um mich zu küssen. Das erregte mich. Ich hielt Gélou fest, um sie zu streicheln. Sie stieg in mein Bett. Dann kam mein Vater. Wütend. Er machte einen Aufstand. Meine Mutter stieß dazu, in Tränen aufgelöst. Ich habe nie erfahren, ob mein Vater jemals eine Geliebte hatte. Er hat meine Mutter geliebt, da war ich sicher. Aber ihr Leben blieb mir ein Rätsel.

Sanchez wurde hippelig auf seinem Stuhl. Mein Schweigen beunruhigte ihn.

»Wie alt sind Ihre Kinder?«

»Die Jungs, vierzehn und sechzehn. Die Kleine ist zehn. Laure. Laure, nach meiner Mutter.« Er holte seine Brieftasche hervor, öffnete sie und hielt mir ein Familienfoto hin. Was ich tat, gefiel mir selber nicht. Aber ich wollte, dass er sich entspannte, damit er mir so viel wie möglich erzählte. Ich betrachtete seine Gören. Alle ihre Züge waren weich. In ihren scheuen Augen glomm nicht ein Funken Protest. Sie waren schon verbittert zur Welt gekommen. Sie würden nur die Ärmeren hassen. Und alle, die ihnen ihr Brot wegnahmen. Araber, Schwarze, Gelbe. Nie die Reichen. Es war vorauszusehen, was sie sein würden. Wenig. Die Jungs würden bestenfalls Taxifahrer werden, wie Papa. Und das Mädchen Friseurgehilfin. Oder Verkäuferin in einem Kaufhaus. Franzosen der Mittelschicht. Bei denen die Angst regierte.

»Hübsche Kinder«, heuchelte ich. »Und jetzt erzählen Sie mal. Wer hat Ihr Taxi gefahren?«

»Ich will es Ihnen erklären. Ich habe einen Freund, Toni, das heißt, einen Kumpel. Weil, nun, wir sind nicht eng befreundet, verstehen Sie. Er arbeitet mit dem Pagen vom *Frantel* zusammen. Charly. Sie nehmen reiche Trottel aus. Geschäftsleute. Höhere Angestellte. So was. Toni stellt ihnen das Taxi für einen Abend zur Verfügung. Er fährt sie in Schickimicki-Restaurants und feine Bars, wo es keinen Ärger gibt. Und zum Schluss zu den Huren. Nur Edelhuren, versteht sich! Solche mit einem kleinen Studio …«

Ich bot ihm eine Zigarette an. Er fühlte sich wohler. Er schwitzte nicht mehr.

»Und an Spieltische, wo es um große Einsätze geht, nehme ich an?«

»Oh ja. Natürlich! Und was für welche! Eh, das ist wie bei den Huren. Wissen Sie, das mögen diese Heinis. Das Exotische. Arabe- rinnen, Negerinnen und Vietnamesinnen an Land ziehen. Alle nur vom Feinsten, natürlich. Manchmal mixen sie sich sogar einen Cocktail daraus.«

Er war nicht mehr zu bremsen. Jetzt fühlte er sich wichtig. Und seine Geschichten erregten ihn. Er sollte sich gelegentlich mit Huren bezahlen lassen.

»Also, Sie leihen ihm das Taxi.«

»Genau. Er bezahlt mich, und ich lungere rum. Ich spiele eine Partie Karten mit den Kumpels. Ich gehe zu Olympique Marseille, wenn sie spielen. Ich gebe an, was auf der Uhr steht. Alle haben was davon. Das ist ja logisch. Toni sahnt von allen ab: den reichen Gimpeln, Restaurants, Bars, Huren. Überall halt.«

»Kommt das oft vor?«

»Zwei-, dreimal im Monat.«

»Und Freitagabend.«

Er nickte. Wie eine schleimige Schnecke zog er sich wieder in sein Gehäuse zurück.

Das Thema behagte ihm nicht. Die Angst packte ihn wieder. Er wusste, dass er zu viel und doch noch nicht genug gesagt hatte.

»Ja. Er hatte mich darum gebeten.«

»Was ich nicht verstehe, Sanchez, ist, dass dein Kumpel keine reichen Trottel gefahren hat. Sondern zwei Mörder.«

Ich steckte mir noch eine Zigarette an, diesmal ohne ihm eine anzubieten. Ich stand auf. Ich fühlte, wie der Schmerz wiederkam. Ein Reißen. Mach schneller, sagte ich mir. Ich sah aus dem Fenster. Der Hafen, das Meer. Die Wolken lockerten sich auf. Der Horizont erstrahlte in einem unnatürlichen Licht. Seine Hurengeschichten brachten mich auf Marie-Lou. Auf die Schläge, die sie bekommen hatte. Auf ihren Loddel. Auf die Kunden, die sie empfing. War sie in einem dieser Ringe? Wurde sie den fetten Geldschweinen bei ihren Orgien zum Fraß vorgeworfen? »Mit oder ohne Kopfkissen?«, wurde bei der Reservierung in gewissen Hotels gefragt, die speziell für Seminare und Konferenzen eingerichtet waren.

Das Meer glitzerte silbern. Was wohl Marie-Lou in diesem Augenblick bei mir tat? Ich konnte es mir nicht vorstellen. Ich konnte mir überhaupt keine Frau mehr bei mir zu Hause vorstellen. Ein Segelboot fuhr aufs Meer hinaus. Ich wäre gern fischen gegangen. Um nicht mehr hier zu sein. Ich brauchte Ruhe. Ich hatte die Schnauze voll von wahnwitzigen Geschichten, wie ich sie mir seit heute Morgen anhören musste. Mourrabed. Sanchez und sein Kumpel, Toni. Immer die gleiche menschliche Schweinerei.

»Nun, Sanchez«, sagte ich und ging auf ihn zu. »Was hast du dazu zu sagen?«

Die vertrauliche Anrede ließ ihn zusammenzucken. Er ahnte, dass wir in die zweite Halbzeit gingen.

»Gut, nun, da gibt es nichts zu sagen. Es hat nie Ärger gegeben.«

»Hör mal«, sagte ich und setzte mich wieder hin. »Du hast eine Familie. Hübsche Kinder. Eine süße Frau, zweifellos. Du liebst sie. Du hängst an ihnen. Du würdest gern etwas mehr Kohle nach Hause bringen. Das verstehe ich. Es geht allen so. Aber jetzt bist du in eine schmutzige Sache hineingerutscht. Du sitzt in der Patsche. Viele Auswege hast du nicht. Musst schon ausspucken. Name und Adresse von deinem Kumpel Toni. Was dazugehört eben.«

Er wusste, dass es so weit kommen würde. Er fing wieder an zu schwitzen, und davon wurde mir schlecht. Er hatte Schweißringe unter den Achseln. Er wurde zum Bittsteller. Ich empfand kein Fünkchen Sympathie mehr für ihn. Er widerte mich an. Ich hätte mich sogar geschämt, ihm eine zu knallen.

»Wenn ich sie doch nicht weiß. Kann ich rauchen?«

Ich antwortete nicht. Ich öffnete die Bürotür und winkte dem Posten. »Favier, sperr mir den Typ hier ein.«

»Ich schwör es Ihnen. Ich weiß es nicht.«

»Sanchez, willst du, dass ich an deinen Toni glaube? Dann sag mir, wo ich ihn finde. Was soll ich denn sonst von der Sache denken, he? Dass du mich verscheißerst. Das denke ich.«

»Ich weiß nicht. Ich seh ihn nie. Ich hab nicht mal seine Telefonnummer. Er lässt mich arbeiten, nicht andersrum. Wenn er was von mir will, ruft er mich an.«

»Genau wie eine Hure.«

Er protestierte nicht. Das roch brenzlig, musste er sich sagen. Sein beschränkter Kopf suchte nach einem Ausweg. »Er hinterlässt mir Nachrichten. In der *Bar de l'Hôtel de Ville*. Rufen Sie Charly an, im *Frantel*. Sie können ihn fragen. Ja! Vielleicht weiß er was.«

»Um Charly kümmern wir uns später. Führ ihn ab«, sagte ich zu Favier.

Favier fasste ihn am Arm. Kräftig. Er zog ihn hoch. Sanchez fing an zu plärren. »Warten Sie. Er hat einige feste Gewohnheiten. Er nimmt den Aperitif bei Francis auf der Canebière. Manchmal isst er im *Mas* zu Abend.«

Ich machte Favier ein Zeichen, und er ließ ihn los. Sanchez plumpste auf den Stuhl wie ein Müllsack.

»So ist es gut, Sanchez. Endlich verstehen wir uns. Was machst du heute Abend?«

»Nun, ich habe das Taxi, und ...«

»Du erscheinst gegen sieben Uhr bei Francis. Du hockst dich hin. Du trinkst ein Bier. Du flirtest mit den Frauen. Und wenn dein Kumpel kommt, begrüßt du ihn. Ich werde da sein. Und keine Ausflüchte, sonst weiß ich, wo ich dich finde. Favier wird dich rausbringen.«

»Danke«, greinte er. Er stand schniefend auf und steuerte auf die Tür zu.

»Sanchez!« Er erstarrte, senkte den Kopf. »Ich werde dir sagen, was ich glaube. Dein Toni hat dein Taxi niemals gefahren. Außer Freitagabend. Täusche ich mich?«

»Nun …«

»Nun was, Sanchez? Du bist nur ein erbärmlicher Lügner. Ich hoffe für dich, dass du mir mit Toni nichts vorgemacht hast, sonst kannst du deinem Taxi auf Wiedersehen sagen.«

»Entschuldigen Sie. Ich wollte nicht …«

»Was? Sagen, dass du bei den Gaunern abkassiert hast? Wie viel hast du Freitag eingesackt?«

»Fünf. Fünftausend.«

»Wenn man bedenkt, wofür sie dein Taxi gebraucht haben, hast du dich ganz schön einwickeln lassen, wenn du meine Meinung hören willst.«

Ich ging durchs Büro, öffnete eine Schublade und holte ein Tonbandgerät heraus. Ich drückte irgendeinen Knopf. Ich zeigte es ihm.

»Da ist alles drauf. Also vergiss nicht, heute Abend.«

»Ich werde da sein.«

»Noch etwas. Für alle anderen, deine Kneipe, deine Frau, deine Kumpel … das mit der Ampel ist geregelt. Die Bullen sind nett und so weiter und so fort.«

Favier schob ihn aus dem Büro und schloss die Tür hinter ihm. Er zwinkerte mir zu. Ich hatte eine Spur. Endlich etwas zum Festklammern.

Ich lag auf dem Bett. Loles Bett. Ich war instinktiv dort hingegangen. Wie Samstagmorgen. Ich hatte Lust, bei ihr zu sein, in ihrem Bett. Als läge ich in ihren Armen. Und ich hatte nicht gezögert. Für einen Moment bildete ich mir ein, dass Lole mir die Tür öffnete und mich hereinließ. Sie kochte Kaffee. Wir würden von Manu und Ugo sprechen. Von der Vergangenheit. Vielleicht von uns.

Die Wohnung lag im Zwielicht. Sie war kühl und hatte ihren eigenen Geruch bewahrt. Nach Pfefferminz und Basilikum. Die beiden Pflanzen brauchten Wasser. Ich hatte sie gegossen. Das war das Erste, was ich tat. Ich hatte mich ausgezogen und geduscht, fast kalt. Dann hatte ich den Wecker auf zwei Uhr gestellt und mich in den blauen Laken ausgestreckt, erschöpft. Mit Loles Blick auf mir. Ihrem Blick, wenn ihr Körper über meinen glitt. Tausendjährige Irrfahrten glänzten darin wie Anthrazit. Sie war leicht wie Straßenstaub. Suche den Wind, und du findest den Staub, sagten ihre Augen.

Ich schlief nicht lange. Eine Viertelstunde. Zu viel ging mir im Kopf herum. Wir hatten eine kleine Zusammenkunft mit Pérol und Cerutti abgehalten. In meinem Büro. Das Fenster stand weit offen, aber kein Lufthauch regte sich. Der Himmel hatte sich wieder zugezogen. Aber das erlösende Gewitter ließ auf sich warten. Pérol hatte Bier und Sandwiches geholt. Mit Tomaten, Anchovis und Tunfisch. Das war nicht leicht zu essen, aber trotzdem besser als die ewigen, ekligen Schinken-Butter-Baguettes.

»Wir haben Mourrabeds Aussage aufgenommen, dann haben wir ihn hergebracht«, fasste Pérol zusammen. »Heute Nachmittag konfrontieren wir ihn mit dem Typ, den er vermöbelt hat. Wir werden ihn vierundzwanzig Stunden festhalten. Vielleicht finden wir ja etwas, um ihn wirklich festzunageln.«

»Und das Mädchen?«

»Sie ist auch hier. Wir haben ihre Familie benachrichtigt. Ihr großer Bruder holt sie ab. Er nimmt den Schnellzug um 13.30 Uhr. Pech für sie. Sie wird sich in Algerien wiederfinden, bevor sie bis drei zählen kann.«

»Du hättest sie abhauen lassen können.«

»Klar. Und in ein oder zwei Monaten hätten wir ihre Leiche aus irgendeinem Loch gefischt«, sagte Cerutti.

Das Leben dieser Kinder hatte kaum begonnen, schon saßen sie in der Falle. Andere entschieden für sie. Zwischen zwei Übeln. Wo war der bessere Weg? Cerutti beobachtete mich aus dem Augenwinkel. So viel Einsatz wegen Mourrabed erstaunte ihn. Seit er vor einem Jahr zu uns gekommen war, hatte er mich nie so erlebt.

Mourrabed verdiente nicht das geringste Mitleid. Er war immer zum Schlimmsten bereit. Seine Augen sprachen für sich. Außerdem fühlte er sich von seinen Lieferanten beschützt. Ja, ich wollte ihn fallen sehen. Und ich wollte es hier und jetzt. Vielleicht, um mir zu beweisen, dass ich noch fähig war, eine Untersuchung zu Ende zu führen. Es würde mein Vertrauen in die Möglichkeiten stärken, auch Ugos Fall zu Ende zu bringen. Und, wer weiß, vielleicht Leilas.

Es war noch etwas anderes. Ich wollte wieder an meine Arbeit als Polizist glauben. Ich brauchte einen Halt. Regeln, Codes. Und ich musste sie aussprechen, um mich daran halten zu können. Jeder Schritt würde mich weiter vom Recht entfernen. Das war mir bewusst. Ich argumentierte schon nicht mehr wie ein Polizist. Weder in Ugos noch in Leilas Fall. Ich ließ mich von meiner verlorenen Jugend davontragen. Alle meine Träume spielten auf dieser Seite meines Lebens. Wenn ich noch eine Zukunft hatte, musste ich mich dorthin zurückwenden.

Ich war wie alle Männer, die auf die fünfzig zugehen. Ich fragte mich, ob das Leben meine Hoffnungen erfüllt hatte. Ich wollte mit »ja« antworten, und mir blieb nicht viel Zeit. Wenn dieses »Ja« keine Lüge sein sollte. Ich hatte nicht die Möglichkeit, wie die meisten Männer, einer Frau, die ich nicht mehr begehrte, noch ein Kind zu machen, um diese Lüge zu verdrängen. Mich nach der allgemein üblichen Praxis selber an der Nase herumführen zu lassen. Ich war allein und musste der Wahrheit direkt ins Gesicht sehen. Kein Spiegel würde mir sagen, du bist ein guter Vater, ein guter Ehemann. Oder ein guter Polizist.

Das Zimmer schien sich aufgeheizt zu haben. Hinter den Rollos ahnte ich das noch immer drohende Unwetter. Die Luft wurde immer schwerer. Ich schloss die Augen. Vielleicht würde ich wieder einschlafen? Ugo lag auf dem anderen Bett. Wir hatten die Betten unter den Ventilator geschoben. Es war mitten am Nachmittag. Die kleinste Bewegung kostete uns literweise Schweiß. Er hatte ein kleines Zimmer an der Place Ménélik gemietet. Er war ohne Vorwarnung drei Wochen früher in Dschibuti angekommen. Ich hatte vierzehn Tage Urlaub genommen, und wir hatten uns nach Harar abgesetzt, um Rimbaud und die gefallenen Prinzessinnen Äthiopiens zu ehren.

»Na, Sergent Montale, was sagst du dazu?«

Dschibuti war ein offener Hafen. Es gab dort jede Menge Geschäfte abzuwickeln. Man konnte Boote und Jachten zu einem Drittel ihres Werts kaufen. Man überführte eins bis nach Tunesien und verkaufte es zum doppelten Preis. Noch besser füllte man es mit Fotoapparaten, Kameras und Tonbändern und verscherbelte sie unter den Touristen.

»Ich hab noch drei Monate abzureißen, dann kehre ich zurück.«

»Und dann?«

»Und dann, scheiße, ich hab noch keine Ahnung.«

»Du wirst sehen, es ist noch schlimmer geworden. Wenn ich nicht weggegangen wäre, hätte ich gemordet. Früher oder später. Um zu essen. Um zu leben. Das vorgefertigte Glück, nein danke. Das stinkt zu sehr. Am besten ist es, nicht zurückzukehren. Ich werde nicht zurückgehen.« Er zog nachdenklich an seiner Kippe und fügte hinzu: »Ich bin gegangen, ich werde nicht wiederkommen. Du hast das verstanden.«

»Ich habe gar nichts verstanden, Ugo. Überhaupt nichts. Ich habe mich geschämt. Meinetwegen. Unseretwegen. Wegen dem, was wir gemacht haben. Ich habe nur einen Dreh gefunden, um die Brücken abzubrechen. Dahin will ich nicht zurück.«

»Und was wirst du tun?«

Ich zuckte mit den Schultern.

»Erzähl mir nicht, dass du dich bei diesen Arschlöchern verpflichtest.«

»Nein. Ich hab genug gedient.«

»Na und?«

»Keine Ahnung, Ugo. Ich habe keinen Bock mehr auf feige Raubüberfälle.«

»Na gut, dann lass dich halt bei Renault anstellen! Du Trottel!«

Er war wütend aufgestanden. Er verschwand unter der Dusche. Ugo und Manu liebten sich wie Brüder. Es war mir nie gelungen, ihre Intimität zu teilen. Aber Manu war blind vor Hass gegen die ganze Welt. Er sah nichts mehr. Nicht einmal das Meer, auf dem unsere Jugendträume noch segelten. Das war zu viel für Ugo. Er hatte sich mir zugewandt. Mit den Jahren hatte sich ein grundlegendes Einverständnis zwischen uns entwickelt. Trotz unserer Meinungsverschiedenheiten hingen wir denselben Wahnvorstellungen nach.

Ugo hatte meine »Flucht« verstanden. Später. Bei einem anderen gewalttätigen Einbruch. Er hatte Marseille und Lole verlassen in der Gewissheit, dass ich ihm folgen würde. Um unsere Lektüre und unsere Träume wieder aufzunehmen. Das Rote Meer war für uns der eigentliche Ausgangspunkt für alle Abenteuer. Deshalb war Ugo bis hierher gekommen. Aber dorthin, wo er hinwollte, mochte ich ihm nicht folgen. Ich hatte weder Lust noch den Mut zu dieser Art von Abenteuer.

Ich war zurückgekehrt. Ugo war ohne ein Wort des Abschieds nach Aden aufgebrochen. Manu freute sich nicht, mich wieder zu sehen. Lole zeigte keine übertriebene Begeisterung. Manu steckte in schmutzigen Geschäften. Lole servierte im Cintra, einer Kneipe am Alten Hafen. Sie lebten in der Erwartung von Ugos Rückkehr. Beide hatten ihre Liebschaften, die sie einander entfremdeten. Manu liebte aus Verzweiflung. Jede neue Frau entfernte ihn weiter von Lole. Lole liebte, wie sie atmete. Sie ging für zwei Jahre nach Madrid, kam zurück nach Marseille, verließ es wieder, um sich bei ihren Cousins in Ariège in den Pyrenäen niederzulassen. Wann immer sie in Marseille auftauchte, war Ugo nicht da.

Vor drei Jahren war sie mit Manu nach L'Estaque gezogen, um dort gemeinsam zu leben. Für Manu kam es zu spät. Verdruss musste ihn zu dieser Entscheidung bewegt haben. Oder die Angst davor, dass Lole wieder weggehen und ihn allein zurücklassen könnte. Mit seinen gestorbenen Träumen. Und seinem Hass.

Ich hatte monatelang geschuftet. Ugo hatte Recht. Wir mussten uns anpassen. Abhauen. Oder töten. Aber ich war kein Mörder. Und ich war Polizist geworden.

Und Scheiße, sagte ich mir, wütend, weil ich nicht einschlafen konnte.

Ich stand auf, machte mir einen Kaffee und ging noch einmal unter die Dusche. Ich trank meinen Kaffee nackt. Ich legte eine Platte von Paolo Conte auf und setzte mich in den Sessel.

Guardate dai treni in corsa …

Gut, ich hatte eine Spur. Toni. Den dritten Mann. Vielleicht. Wie hatten diese Typen Leila in die Enge getrieben? Wo? Wann? Warum? Was nützte es mir, diese Fragen zu stellen? Sie hatten sie vergewaltigt und anschließend ermordet.

Das war die Antwort auf meine Fragen. Sie war tot. Warum noch Fragen stellen. Um es zu verstehen. Ich wollte immer verstehen. Manu, Ugo, Leila. Und Lole. Und all die anderen. Aber gab es heute noch etwas zu verstehen? Waren wir nicht alle dabei, mit dem Kopf gegen die Wand zu rennen? Weil es keine Antworten mehr gab. Und die Fragen nirgendwohin führten. Doch Schlaflosigkeit löste die Fragen auch nicht.

Come di come di
Die Komödie eines Tages, die Komödie des Lebens

Wohin würde Batisti mich führen? In einen Haufen Ärger. Das war klar. Gab es eine Verbindung zwischen Manus und Ugos Tod? Eine andere Verbindung als Ugos Rache für Manu? Wer hatte ein Interesse daran, Zucca töten zu lassen? Ein Marseiller Clan. Etwas anderes sah ich nicht. Aber wer? Was wusste Batisti? Auf wessen Seite stand er? Bisher hatte er nie Stellung bezogen. Warum sollte er es jetzt tun? Was sollte die Vorstellung neulich Abend? Al Dakhils

Hinrichtung durch zwei Killer und dann die der Killer durch Argues Männer. War Toni Teil des Plans? Von den Bullen gedeckt? Von Argue gehalten wegen seiner Pläne? Und wie hatten die Typen Leila entführt? Ich war wieder am Ausgangspunkt.

Ecco quello che io ti daro,
e la sensualità delle vite disperate …

Die Sinnlichkeit der am Leben Verzweifelten. So können nur Dichter reden. Aber die Poesie hat nie irgendwelche Antworten gehabt. Sie ist Zeuge, das ist alles. Zeuge der Verzweiflung. Und der verzweifelten Leben. Und wer hatte mir die Fresse eingeschlagen?

Natürlich kam ich zu spät zu Leilas Beerdigung. Ich hatte mich auf der Suche nach der Ecke für Moslems verlaufen. Das Areal war neu angebaut, weit vom alten Friedhof entfernt. Ich wusste nicht, ob in Marseille mehr gestorben wurde als woanders, aber der Tod erstreckte sich, soweit das Auge reichte. Auf dieser ganzen Fläche stand nicht ein einziger Baum. Eilig geteerte Wege. Seitenwege aus festgestampfter Erde. Reihengräber. Der Friedhof hielt sich an die Geografie der Stadt. Es war wie in den nördlichen Vierteln. Genauso desolat.

Ich war überrascht, wie viele Leute da waren. Moulouds Familie. Nachbarn. Und viele junge Leute. An die fünfzig. Größtenteils Araber. Die Gesichter waren mir nicht unbekannt. Flüchtige Begegnungen in den Vorstädten. Zwei oder drei hatte ich sogar wegen einer Bagatelle auf der Wache gesehen. Zwei Schwarze. Acht Weiße, ebenfalls jung, Mädchen und Jungen. Neben Driss und Kader erkannte ich Leilas Freundinnen Yasmine und Karine. Warum hatte ich sie nicht angerufen? Ich stürzte mich blindlings auf eine Fährte und vergaß dabei sogar, ihre besten Freundinnen zu befragen. Ich war unlogisch. Aber das war ich schon immer gewesen.

Einige Schritte hinter Driss stand Mavros. Er war wirklich ein feiner Kerl. Mit Driss meinte er es ernst. Nicht nur beim Boxen.

Auch als Freund. Boxen heißt nicht nur schlagen. Vor allem muss man lernen, Schläge zu kassieren. Sie einzustecken, so, dass sie möglichst wenig wehtun. Das Leben war nichts anderes als eine Folge von Boxrunden. Einstecken und wieder einstecken. Durchhalten, nicht schlappmachen. Und an der richtigen Stelle im richtigen Moment zuschlagen. Mavros brachte Driss das alles bei. Er fand ihn gut. Er war sogar der Beste in seinem Studio. Er würde sein Wissen an ihn weitergeben. Wie an einen Sohn. Mit den gleichen Konflikten. Weil Driss alles sein konnte, was er nie hatte sein können.

Das beruhigte mich. Mouloud würde diese Kraft und diesen Mut nicht mehr aufbringen. Wenn Driss eine Dummheit machte, würde er aufgeben. Die meisten Eltern der jugendlichen Delinquenten, die ich geschnappt hatte, hatten resigniert. Das Leben hatte sie dermaßen gebeutelt, dass sie sich weigerten, den Problemen ins Gesicht zu sehen. Sie schlossen die Augen vor allem. Schlechtem Umgang, Schule, Schlägereien, Diebstahl, Drogen. Täglich klatschten Millionen Ohrfeigen!

Ich erinnere mich, wie ich letzten Winter einen Jungen im Busserine-Viertel festgenommen hatte. Den Letzten aus einer Familie mit fünf Söhnen. Den Einzigen, der weder eingezogen worden war noch im Knast saß. Man hatte ihm kleinere Einbrüche nachgewiesen. Die Gesamtbeute betrug höchstens hunderttausend Francs. Seine Mutter öffnete uns. Sie sagte nur: »Ich habe Sie schon erwartet.« Dann brach sie in Tränen aus. Seit über einem Jahr presste er den letzten Pfennig aus ihr heraus, um seine Drogen zu bezahlen. Unter Androhung von Schlägen. Sie war im Viertel auf die Straße gegangen, um ihren Mann nicht damit zu belästigen. Er wusste alles, zog es aber vor, die Schnauze zu halten.

Der Himmel war bleiern. Die Luft stand. Von den Teerwegen stieg eine brennende Hitze auf. Niemand stand still. Keiner hätte das lange ausgehalten. Jemand musste das aufgefallen sein, denn die Zeremonie wurde beschleunigt. Eine Frau begann zu weinen. Stoßweise. Sie war die Einzige, die heulte. Driss wich meinem Blick zum zweiten Mal aus.

Dennoch beobachtete er mich von der Seite. Ohne Hass, aber voller Verachtung. Ich hatte seinen Respekt verloren. Ich war nicht auf der Höhe gewesen. Nicht als Freund seiner Schwester, dann hätte ich sie lieben müssen. Nicht als Bulle, dann hätte ich sie schützen müssen.

Als die Reihe an mir war, Mouloud zu umarmen, fühlte ich mich deplatziert. Moulouds Augen waren zwei große, rote Löcher. Ich drückte ihn. Aber ich bedeutete ihm nichts mehr. Ich war nur noch eine schlechte Erinnerung. Ein Typ, der ihm Hoffnung gemacht hatte. Der sein Herz schneller hatte schlagen lassen. Auf dem Rückweg hing Driss mit Karine, Yasmine und Mavros hinterher, um mir aus dem Weg zu gehen. Ich hatte ein paar Worte mit Mavros gewechselt, aber sie kamen nicht von Herzen. Ich war wieder allein.

Kader legte seinen Arm um meine Schultern. »Vater spricht nicht mehr. Nimm es nicht krumm. Mit uns ist er genauso. Wir müssen ihn verstehen. Driss wird Zeit brauchen.« Er drückte mir die Schulter. »Leila hat dich geliebt.«

Ich gab keine Antwort. Ich wollte kein Gespräch über Leila anfangen. Weder über Leila noch über die Liebe. Wir gingen eine Weile schweigend nebeneinander her.

Dann sagte er: »Wie konnte sie sich von diesen Typen mitnehmen lassen?«

Immer wieder dieselbe Frage. Wenn man ein Mädchen ist, noch dazu eine Araberin, und im Vorort gelebt hat, steigt man nicht in irgendein Auto. Außer man war verrückt. Aber Leila stand mit beiden Beinen auf der Erde. Und ihr Panda war nicht kaputt. Kader hatte ihn mit Leilas Sachen von der Universität geholt. Also hatte sie jemand abgeholt. Sie war mit ihm gefahren. Jemand, den sie kannte? Wer? Ich wusste es nicht. Ich hatte den Anfang. Und das Ende. Drei Vergewaltiger nach meiner Rechnung. Zwei von ihnen waren tot. War Toni der Dritte? Oder jemand anders? War er der Mann, den Leila kannte? Wer hatte sie abgeholt? Warum? Aber ich konnte Kader nicht in meine Gedanken einweihen. Die Untersuchung war abgeschlossen. Offiziell.

»Ein Zufall«, sagte ich. »Ein böser Zufall.«

»Glaubst du an den Zufall?«

Ich zuckte die Schultern. »Ich habe keine andere Antwort. Niemand hat eine. Die Typen sind tot und …«

»Was wäre dir lieber gewesen? Für sie? Der Knast und so?«

»Sie haben bekommen, was sie verdienen. Aber ihnen von Angesicht zu Angesicht gegenüberzustehen, lebend, das hätte ich mir gewünscht, ja.«

»Ich habe nie verstanden, wie du Polizist werden konntest.«

»Ich auch nicht. Es ist so gekommen.«

»Ich glaube, es ist schlimm gekommen.«

Yasmine trat zu uns. Sie hakte sich bei Kader ein und drückte sich leicht an ihn. Zärtlich. Kader lächelte ihr zu. Verliebt.

»Wie lange bleibst du noch?«, fragte ich Kader.

»Ich weiß nicht. Fünf oder sechs Tage. Vielleicht weniger. Ich weiß nicht. Da ist das Geschäft. Der Onkel kann sich nicht mehr darum kümmern. Er will es mir überlassen.«

»Das ist gut.«

»Zu Yasmines Vater muss ich auch gehen. Vielleicht fahren wir beide zusammen zurück.« Er lächelte, dann sah er sie an.

»Das wusste ich nicht.«

»Wir wussten es auch nicht«, sagte Yasmine. »Nicht vorher jedenfalls. Erst durch die Trennung ist es uns klar geworden.«

»Kommst du mit zu uns nach Hause?«, fragte Kader.

Ich schüttelte den Kopf. »Ich gehöre da nicht hin. Das weißt du, oder? Ich werde deinen Vater später besuchen.« Ich drehte mich nach Driss um, der immer noch hinter uns hertrödelte. »Und Driss werde ich nicht aus den Augen lassen, sei unbesorgt. Mavros auch nicht, er lässt ihn nicht im Stich.« Er stimmte mit einem Nicken zu. »Vergiss mich nicht, wegen der Hochzeit!«

Mir blieb nur noch, ihnen zuzulächeln. Ich lächelte, wie ich es immer so gut gekonnt hatte.

KAPITEL 9

In dem Angst den Frauen jede Sinnlichkeit raubt

Endlich regnete es. Ein heftiges, kurzes Gewitter. Ein regelrechtes Unwetter, wie es Marseille im Sommer manchmal heimsucht. Es hatte zwar keine Abkühlung gebracht, aber der Himmel war wieder klar und wolkenlos. Das Regenwasser auf den Gehwegen verdampfte in der Sonne. Ein lauer Dunst stieg auf. Ich mochte den Geruch.

Ich saß auf der Terrasse bei Francis unter den Platanen der Allée Meilhan. Es war fast sieben Uhr. Die Canebière leerte sich schon. In wenigen Augenblicken würden die Geschäfte ihre Rollgitter hinunterlassen. Und die Canebière würde wie ausgestorben daliegen. Eine verlassene Gegend, in der nur noch Gruppen junger Araber, Leute von der Bereitschaftspolizei und einige versprengte Touristen herumliefen.

Aus Angst vor den Arabern waren die Marseiller in andere Viertel weiter außerhalb geflohen, wo sie sich sicher fühlten: die Place Sébastopol, die Boulevards de la Blancarde und Chave, die Avenue Foch, die Rue Monte-Cristo. Und, weiter östlich, die Place Castelane, die Avenue Cantini, der Boulevard Baille, die Avenue du Prado, der Boulevard Périer und die Rues Paradis und Breteuil.

In der Gegend um die Place Castelane fiel ein Immigrant auf wie ein Haar in der Suppe. In gewissen Bars stank die Kundschaft – Schüler und Studenten, durchgestylt bis obenhin – dermaßen nach Kohle, dass sogar ich mir da deplatziert vorkam. Hier wurde selten an der Theke getrunken, und der Pastis wurde in großen Gläsern serviert, wie in Paris.

Die Araber hatten sich im Zentrum neu gruppiert, das man ihnen schließlich überlassen hatte. Mit Abscheu gegen den Cours Belsunce und die Rue d'Aix und all die engen, vom Schmutz zerfressenen Gassen zwischen der Belsunce, der Allée Meilhan und dem Bahnhof Saint-Charles. Die Heimat der Huren. Mit Elendsquartieren und verlausten Absteigen. Alle Einwanderer waren durch diese Straßen geschleust worden. Bis eine Sanierung sie an den Rand gedrängt hatte. Eine neue Sanierungswelle war im Anmarsch, und die Randgebiete lagen bereits an der Stadtgrenze. In Septème-les-Vallons. Bei Pennes-Mirabeau. Weiter und immer weiter. Raus aus Marseille.

Eins nach dem anderen hatten die Kinos und dann die Kneipen geschlossen. Die Canebière war nur noch eine eintönige Reihe von Klamotten- und Schuhgeschäften. Ein großer Trödelmarkt. Mit einem einzigen Kino, dem *Capitole*. Ein Gebäudekomplex mit sechs Sälen. Die Kunden: junge Araber. Muskelprotze am Eingang, Muskelprotze in den Sälen.

Ich trank meinen Pastis aus und bestellte einen neuen. Corot, ein alter Kumpel, wusste einen Pastis erst nach dem dritten zu schätzen. Den Ersten trinkst du gegen den Durst. Beim Zweiten kommst du langsam auf den Geschmack. Und der Dritte schließlich schmeckt! Vor dreißig Jahren waren wir abends nach dem Essen noch auf der Canebière spazieren gegangen. Wir waren nach Hause gegangen, hatten geduscht und gegessen. Dann hatten wir uns umgezogen und waren auf die Canebière gegangen. Bis zum Hafen. Wir gingen auf der linken Seite runter und auf der anderen wieder rauf. Am Alten Hafen folgte jeder seinen Gewohnheiten. Einige stießen bis zur Fischhalle und zum Bassin de Carénage vor. Andere gingen zum Rathaus oder zum Fort Saint-Jean. Wir aßen Pistazien-, Kokosnuss- oder Zitroneneis.

Mit Manu und Ugo war ich regelmäßig auf die Canebière gegangen. Wie alle jungen Leute gingen wir hin, um uns zu zeigen. Herausgeputzt wie die Prinzen. Espadrilles oder Tennisschuhe kamen nicht infrage. Wir trugen unsere besten Schuhe, bevorzugt italienische, die wir auf halbem Weg an der Rue des Feuillants putzen ließen. Wir gingen die Canebière mindestens zweimal rauf und runter. Dort gingen wir auf Mädchenfang.

Die Mädchen gingen oft in Gruppen von vier oder fünf. Arm in Arm. Sie gingen langsam auf ihren Bleistiftabsätzen, aber ohne mit dem Hintern zu wackeln, wie in Toulon. Ihr Gang war einfach, mit der Marseille eigenen Gelassenheit. Sie redeten und lachten laut. Um auf sich aufmerksam zu machen. Auf ihre Schönheit. Und sie waren schön.

Wir folgten ihnen in etwa zehn Schritten Abstand und machten unsere Bemerkungen laut genug, damit sie sie verstanden. An einem Punkt drehte sich eine von ihnen um und rief: »He, hast du den da gesehen! Für wen hält der sich, der Geck? Für Raf Vallone!«

Sie brachen in Gelächter aus. Drehten sich um. Strahlten uns an. Wir hatten gewonnen. An der Place de Bourse war die Unterhaltung voll in Gang. Am Quai des Belges blieb uns nichts anderes übrig, als in die Tasche zu greifen, um das Eis zu bezahlen. Jeder für sein Mädchen. So gehörte es sich. Wir erkannten uns am Blick und am Lächeln. Die kleine Romanze hielt bestenfalls bis Sonntagabend nach endlosen Slows im Halbdunkel der *Salons Michel* in der Rue Montgrand.

Araber gab es schon damals viele. Auch Schwarze. Oder Vietnamesen. Oder Armenier, Griechen, Portugiesen. Aber das war kein Problem. Zu einem Problem wurden sie erst durch die Wirtschaftskrise. Je höher die Arbeitslosigkeit anstieg, desto mehr fielen die Einwanderer auf. Es war, als würde die Anzahl der Araber parallel zur Anzahl der Arbeitslosen steigen! In den fetten Siebzigerjahren waren die Tische reichlich gedeckt gewesen. Aber ihr letztes Stück Brot wollten die Franzosen allein essen. Davon gaben sie keinen Krümel ab. Das war es, was die Araber taten: Sie klauten uns auch noch den letzten Kanten Brot vom Teller.

Die Marseiller dachten nicht wirklich so, aber man hatte ihnen Angst eingejagt. Eine Angst, so alt wie die Geschichte der Stadt, nur dass sie diesmal ein Paradox überwinden mussten: Die Angst lähmte ihr Denken. Ihr erneutes Umdenken.

Immer noch kein Sanchez in Sicht. 19.10 Uhr. Was machte er, der Idiot? Es störte mich nicht, dort tatenlos zu warten. Es entspannte mich. Ich bedauerte nur, dass die vorbeigehenden Frauen es alle eilig hatten, nach Hause zu kommen. Es war eine ungünstige Stunde, um sie zu beobachten.

Sie gingen schnell. Die Handtasche fest an den Bauch gedrückt. Den Blick gesenkt. Die Angst raubte ihnen jede Sinnlichkeit. Morgen würden sie sie wieder finden, kaum dass sie in den Bus gestiegen waren. Mit diesem offenen Blick, den ich an ihnen mochte. Hier senkt ein Mädchen nicht die Augen, wenn sie dir gefällt und du sie ansiehst. Selbst wenn du sie nicht anbaggerst, solltest du zu schätzen wissen, was sie dich sehen lässt, ohne den Blick abzuwenden. Sonst macht sie dir einen Skandal, besonders wenn viele Leute drum herum stehen.

Ein grün-weißer Golf GTI mit Schiebedach fuhr auf den Bürgersteig und hielt zwischen zwei Platanen. Musik drang aus dem Innern. Etwas so Unverdauliches wie Whitney Houston! Der Fahrer kam direkt auf mich zu. Um die fünfundzwanzig. Gut aussehend. Weiße Leinenhose, leichte, fein blau-weiß gestreifte Jacke, dunkelblaues Hemd. Halblange Haare, aber gut geschnitten.

Er setzte sich hin und sah mir direkt in die Augen. Er schlug die Beine übereinander und zog dabei leicht die Hose hoch, um die Bügelfalte nicht zu ruinieren. Ich bemerkte seinen Siegelring und die Uhrkette. Wie aus der Modezeitschrift, hätte meine Mutter gesagt. Ein echter Zuhälter in meinen Augen.

»Francis, eine Mauresque«, rief er.

Er zündete sich eine Zigarette an. Ich mir auch. Ich wartete darauf, dass er etwas sagte, aber er würde nichts sagen, bevor er nicht getrunken hatte. Ganz der coole Typ. Ich wusste, wer er war. Toni. Der dritte Mann. Einer von denen, die vermutlich Leila ermordet hatten. Die sie auch vergewaltigt hatten. Aber er wusste nicht, dass ich das dachte. Er glaubte, für mich nur der Fahrer von dem Taxi am Opernplatz zu sein. Er hatte das sichere Auftreten eines Typs, der nichts riskiert. Der Protektion hatte. Er trank einen Schluck von seinem Pastis mit Mandelgeschmack, dann grinste er mich breit an. Wie ein Raubtier.

»Du wolltest mich treffen, hat man mir gesagt.«

»Eigentlich hatte ich erwartet, dass wir uns vorstellen.«

»Versuch nicht, mich reinzulegen. Ich bin Toni. Sanchez quatscht zu viel. Und er macht sich vor jedem Bullen in die Hosen. Kein Kunststück, ihn zum Reden zu bringen.«

»Und du machst dich nicht so leicht nass?«

»Was du über mich weißt oder nicht, macht keinen Unterschied. Du taugst gerade genug, um die Scheiße vor den Türen der Araber zusammenzukehren. Und selbst da scheinst du nicht gerade zu glänzen. Du steckst deine Nase in Angelegenheiten, die dich nichts angehen. Ich hab ein paar Kumpel bei dir im Revier. Die sind der Meinung, wenn du deinen Riecher nicht in deinen eigenen Mist steckst, müssen wir dir das Nasenbein brechen. Der Rat kommt von ihnen. Ich bin voll auf ihrer Seite. Klar?«

»Du machst mir Angst.«

»Lach du nur, du Schwachkopf! Ich könnte dich plattmachen, ohne ein Staubkorn aufzuwirbeln.«

»Wenn ein Idiot sich niedermachen lässt, wirbelt das nie Staub auf. Das ist gut für mich. Und für dich auch. Wenn ich dich abknalle, machen deine Kumpels für dich weiter.«

»Aber so weit wird es nicht kommen.«

»Warum? Wirst du mir vorher in den Rücken schießen?«

Sein Blick trübte sich leicht. Ich hatte etwas Dummes gesagt. Es brannte mir auf der Zunge, ihm ins Gesicht zu sagen, dass ich mehr über ihn wusste, als er dachte. Aber ich bereute es nicht.

Ich hatte gerade die richtige Andeutung gemacht. Um mich wieder zu fangen, fügte ich hinzu: »Du hast die Visage danach, Toni.«

»Was du denkst, geht mir am Arsch vorbei! Vergiss nicht! Ich gebe dir den Rat nur ein Mal. Eine zweite Warnung gibt es nicht. Und vergiss Sanchez.«

Das zweite Mal in achtundvierzig Stunden hatte man mich bedroht. Mich unmissverständlich gewarnt. Mit Toni war es weniger schmerzhaft gewesen als letzte Nacht, aber genauso erniedrigend. Am liebsten hätte ich ihm unter dem Tisch durch eine Kugel in den Bauch gejagt. Nur um meinen Hass zu stillen. Aber ich würde meine einzige Fährte nicht zerstören. Und außerdem hatte ich keine Waffe bei mir. Ich nahm meine Dienstwaffe selten mit. Er trank seine Mauresque aus, als sei nichts gewesen, und stand auf. Er warf mir einen Furcht einflößenden Blick zu. Ich nahm seine Worte für bare Münze. Der Typ war ein echter Killer. Vielleicht sollte ich in Zukunft bewaffnet spazieren gehen.

Toni hieß eigentlich Antoine Pirelli. Er wohnte in der Rue Clovis Hugues. Im Belle-de-Mai-Viertel, hinter dem Bahnhof Saint-Charles. Im ältesten Arbeiterviertel in der Geschichte Marseilles. Einem roten Viertel. Um den Boulevard de la Révolution ist jede Straße nach einem Helden des französischen Sozialismus benannt. Das Viertel hatte Tausende von hartgesottenen Gewerkschaftlern und militanten Kommunisten hervorgebracht. Und eine stolze Reihe Ganoven. Francis le Belge war ein Kind des Viertels. Heute wurde in dem Viertel fast zu gleichen Teilen kommunistisch und Front National gewählt.

Zurück im Büro überprüfte ich als Erstes die Registrierung seines Golfs. Toni war nicht geführt. Das überraschte mich nicht. Wenn er jemals registriert gewesen war, und da war ich mir sicher, hatte jemand seine Hand im Spiel gehabt. Mein dritter Mann hatte ein Gesicht, einen Namen und eine Adresse. Alle Risiken eingerechnet, war es ein guter Tag gewesen.

Ich steckte mir eine Zigarette an. Ich kam nicht dazu, das Büro zu verlassen. Als wenn mich dort etwas festhielt. Aber ich wusste nicht, was. Ich nahm mir die Akte von Mourrabed noch einmal vor. Ich las das Verhör aufs Neue. Cerutti hatte sie fertiggestellt. Mourrabed war nicht der Mieter der Wohnung. Das Appartement lief seit einem Jahr auf den Namen Raoul Farge. Die Miete wurde jeden Monat bar bezahlt. Regelmäßig. Das war ungewöhnlich in den Vorstädten. Cerutti fand das anormal, aber er war zu spät gekommen, um dessen Akte im Büro der Wohnungsgesellschaft einzusehen. Die Büros schlossen um fünf. Er nahm sich vor, am nächsten Morgen hinzugehen.

Gute Arbeit, sagte ich mir. Was die Drogen anbelangte, war sie allerdings ein Schuss in den Ofen. Sie hatten nichts gefunden, weder in der Wohnung noch im Wagen. Dabei musste der Stoff irgendwo sein. Wegen einer Schlägerei, selbst einer blutigen, konnten wir keine Untersuchung gegen Mourrabed einleiten. Wir mussten ihn wohl laufen lassen.

Der Groschen fiel, als ich hochsah. An der Wand hing ein altes Werbeplakat. Die Weinstraße in der Bourgogne. Und darunter: Besucht unsere Weinkeller. Der Keller! Verdammt noch mal! Der Keller war natürlich das Versteck für Mourrabeds verfluchten Stoff. Ich rief über Funk im Revier an. Ich bekam Reiver aus den Antillen an den Apparat. Ich meinte, ihn für die Tagschicht eingeteilt zu haben. Das irritierte mich.

»Du hast Nachtschicht!«

»Ich spring für Loubié ein. Er hat drei Gören. Ich bin Junggeselle. Auf mich wartet nicht mal eine Mieze zu Hause. Da ist es doch gerechter so, oder nicht?«

»Okay. Nimm dir das Bassens-Viertel vor. Erkundige dich, ob die Häuser unterkellert sind. Ich rühre mich nicht vom Fleck.«

»Sie haben Keller«, antwortete er.

»Woher weißt du das?«

»Ich kenne Bassens.«

Das Telefon klingelte. Es war Ange aus dem *Treize-Coins*. Djamel hatte zweimal vorbeigeschaut. Er würde in einer Viertelstunde wiederkommen.

»Reiver«, sagte ich. »Bleib im Bezirk. Ich komme, so schnell ich kann. In spätestens einer Stunde.«

Djamel saß an der Theke. Ein Bier vor der Nase. Er trug ein rotes T-Shirt mit schwarzer Aufschrift: »Charly Pizza«.

»Du warst verschwunden«, sagte ich im Herankommen.

»Ich jobbe bei Charly. An der Place Noailles. Ich fahr Pizzas aus.« Mit dem Daumen zeigte er auf das Mofa auf dem Bürgersteig. »Ich hab ein neues Mofa! Stark, nicht?«

»Das ist gut«, sagte ich.

»Klar. Das ist cool und bringt 'n bisschen Knete.«

»Du hast mich gestern Abend gesucht?«

»Ich hab da was, das Sie interessiern wird. Der Typ, den sie in der Passage umgelegt ham, der war nicht bewaffnet. Die Knarre, die hamse ihm später untergeschoben.«

Das ließ sämtliche Alarmglocken bei mir klingeln. So laut, dass mein Magen sich zusammenzog. Tief unten im Bauch meldete sich wieder der Schmerz. Ich stürzte den Pastis hinunter, den Ange mir ausgegeben hatte.

»Woher hast du das?«

»Die Mutter von 'nem Kumpel. Die wohnen über der Passage. Sie hat gerade Wäsche aufgehängt. Hat alles gesehen. Aber sie sagt keinen Pieps, die Mutter. Deine Kumpels sind bei ihr gewesen. Papiere und der ganze Scheiß. Sie hat Schiss. Aber es gibt keinen Zweifel.«

Er sah auf die Uhr, rührte sich aber nicht. Er wartete. Ich schuldete ihm etwas, und vorher würde er nicht gehen. Nicht mal, um etwas Knete zu verdienen.

»Der Typ, weißt du, der hieß Ugo. Er war mein Freund. Ein Freund von früher. Als ich so alt war wie du.«

Djamel verdaute das. Er musste es irgendwo in seinem Kopf einordnen. »Aha. Aus der Zeit, wo Sie noch Scheiß gebaut haben, meinen Sie.«

»Genau, ja.«

Er verdaute aufs Neue und biss sich dabei auf die Lippen. Für ihn war es zum Kotzen, dass sie Ugo so abgeschlachtet hatten. Ugo verdiente Gerechtigkeit. Ich war die Gerechtigkeit. Aber in Djamels Kopf passten Gerechtigkeit und Polizei nicht so recht zusammen. Ich war vielleicht Ugos Kumpel, aber ich war außerdem ein Bulle, und das konnte er schwer vergessen. Er war mir einen Schritt entgegengekommen, nicht mehr. Von Vertrauen konnte noch keine Rede sein.

»Schien okay, dein Kumpel.« Er schaute wieder auf die Uhr, dann sah er mich an. »Da ist noch was. Gestern, als Sie mich gesucht ham, warn zwei Typen hinter Ihnen her. Keine Bullen. Meine Kumpels ham sich drangehängt.«

»Hatten sie ein Motorrad?«

Djamel schüttelte den Kopf. »Nicht die Sorte. Spaghettifresser, die Touristen spielen.«

»Spaghettifresser?«

»Mhm. Ham untereinander so gesprochen.«

Er trank sein Bier aus und ging. Ange brachte mir noch einen Pastis. Während ich ihn trank, versuchte ich an nichts zu denken.

Cerutti wartete im Büro auf mich. Wir hatten Pérol nicht erreichen können. Schade. Ich war sicher, dass wir heute Abend das große Los ziehen würden. Wir holten Mourrabed aus seinem Loch und nahmen ihn – immer noch in Unterhosen – in Handschellen mit. Er schrie ohne Unterlass, als würden wir ihn zur Schlachtbank führen. Cerutti riet ihm, die Klappe zu halten, sonst sähe er sich genötigt, ihm eine runterzuhauen.

Keiner sagte etwas während der Fahrt. Argue wusste über unsere Inszenierung Bescheid. Ich war vor ihm an Ort und Stelle.

Seine Truppe war da. Fast jedenfalls. Morvan, Cayrol, Sandoz und Mériel. Sie, ja. Eine Panne. Solche Dinge kamen vor. Eine Panne? Und wenn es keine war? Hätten sie auf jeden Fall auf Ugo geschossen, ganz gleich, ob er bewaffnet war oder nicht? Wenn sie ihm bei seiner Jagd auf Zucca gefolgt waren, hatten sie davon ausgehen müssen, dass er noch bewaffnet war.

»Verflucht«, stieß Cerutti aus. »Da ist das Empfangskomitee!«

Vor dem Hochhaus standen etwa zwanzig Jugendliche um Reivers Auto herum. Multikulturell. Reiver lehnte mit gekreuzten Armen am Wagen. Die Gören schlichen um ihn herum wie Apachen. Zum Rhythmus von Khaled. Auf voller Lautstärke. Einige klebten mit der Nase an der Scheibe, um die Visage von Reivers Partner zu erkennen, der im Wagen geblieben war, bereit, Verstärkung anzufordern. Reiver schien das nicht zu beunruhigen.

Wenn wir abends unsere Runde drehten, scherte sich keiner um uns. Aber wenn wir ins Viertel kommen, scheucht sie das auf. Besonders im Sommer. Der Bürgersteig ist der beliebteste Ort in der Ecke. Dort wird diskutiert und geflirtet. Das ist ein bisschen laut, richtet aber wenig Schaden an. Wir kamen langsam näher. Ich hoffte, dass die Jungen aus diesem Viertel waren. Mit ihnen konnten wir immerhin reden. Cerutti parkte hinter Reivers Wagen. Ein paar Jugendliche verteilten sich. Wie die Fliegen klebten sie jetzt an unserem Wagen.

Ich wandte mich an Mourrabed: »Du hetzt die Meute nicht auf! Kapiert?«

Ich stieg aus und ging zu Reiver. Mit sorgloser Miene.

»Wie geht's?«, fragte ich, ohne mich um die Gören um uns herum zu kümmern.

»Cool. So schnell verliere ich ihretwegen nicht den Kopf. Ich habe sie gewarnt. Dem Ersten, der sich an den Reifen vergreift, stopfe ich sie ins Maul. Stimmt's, Alter?«, fragte er einen großen, mageren Schwarzen mit Rastamähne, der uns beobachtete.

Er hielt es nicht für nötig zu antworten.

»Gut«, sagte ich zu Reiver. »Legen wir los.«

»Keller Nummer 488. Der Hausmeister wartet. Ich bleibe hier. Ich höre lieber Khaled. Das mag ich gern.« Reiver überraschte mich. Er schmiss meine Statistiken über Leute von den Antillen über den Haufen. Er musste meine Gedanken gelesen haben. Er zeigte auf ein Haus weiter unten. »Siehst du, da bin ich geboren. Ich bin hier zu Hause.«

Die Männer zerrten Mourrabed aus dem Wagen. Cerutti nahm seinen Arm und zog ihn vorwärts.

Der große Schwarze kam näher. »Wofür ham die Arschficker dich eingelocht?«, fragte er Mourrabed, ohne uns zu beachten.

»Wegen 'nem Schwulen.«

Sechs Jungen versperrten den Eingang ins Gebäude.

»Der Schwule ist nebensächlich«, sagte ich. »Wir kommen, um seinen Keller zu durchsuchen. Da muss genug Zeug rumliegen, um die ganze Siedlung high zu machen. Dir gefällt das vielleicht. Uns nicht. Ganz und gar nicht. Wenn wir nichts finden, ist er morgen frei.«

Der große Schwarze machte eine Kopfbewegung. Die Jungen gingen auseinander.

»Wir kommen nach«, sagte er zu Mourrabed.

Der Keller war eine riesige Rumpelkammer. Kisten, Kartons, Lumpen, Mofateile.

»Sagst du uns, wo wir suchen müssen?«

Mourrabed zuckte gelangweilt mit den Schultern. »Da ist nichts. Sie werden nichts finden.«

Er sagte es ohne Überzeugung. Er schauspielerte nicht mehr. Ausnahmsweise. Cerutti und die drei anderen begannen zu wühlen. Der Flur belebte sich. Die Gören. Auch Erwachsene. Das ganze Gebäude lief zusammen. Das Licht ging regelmäßig aus, und irgendjemand machte es wieder an. Wir wollten den verborgenen Schatz wirklich finden.

»Da ist kein Stoff«, sagte Mourrabed. Er war sehr nervös geworden. Er ließ Kopf und Schultern hängen. »Er ist nicht da.«

Die Mannschaft unterbrach ihre Suche. Ich sah Mourrabed an.

»Da ist er nicht«, sagte er und nahm wieder etwas Haltung an.

»Und wo ist er dann?«, fragte Cerutti und trat an ihn heran.

»Da oben. Die Gasleitung.«

»Gehen wir?«, fragte Cerutti.

»Sucht weiter«, sagte ich.

Mourrabed spuckte aus. »Arschloch! Wenn ich dir sage, da ist nichts. Es ist da oben. Ich zeig es Ihnen.«

»Und was ist hier?«

»Das!«, rief Béraud und hielt ein Thompson Maschinengewehr hoch.

Er hatte eine Kiste geöffnet. Ein ganzes Arsenal. Knarren aller Art. Genug Munition für eine Belagerung. Da war das große Los. Der Jackpot.

Als ich aus dem Wagen stieg, vergewisserte ich mich, dass niemand mit einem Boxhandschuh auf mich wartete. Aber ich glaubte nicht wirklich daran. Sie hatten mir eine ordentliche Lektion erteilt. Den echten Ärger hoben sie sich für später auf. Wenn ich ihren Rat nicht befolgte.

Wir hatten Mourrabed wieder ins Loch gesteckt. Ein kleines Kilo Heroin, in Säckchen. Shit ohne Ende. Und zwölftausend Francs. Genug, um ihn für einige Zeit von der Bildfläche verschwinden zu lassen. Der Besitz von Waffen wog schwer. Zumal ich mir vage denken konnte, wozu sie in Zukunft verwendet werden sollten. Mourrabed hatte die Zähne nicht mehr auseinandergekriegt. Er hatte sich darauf beschränkt, seinen Anwalt zu verlangen. Er antwortete mit einem Schulterzucken auf all unsere Fragen. Aber ohne den großen Mann zu markieren. Er saß böse in der Klemme. Er fragte sich, ob es ihnen gelingen würde, ihn da rauszuholen. Sie, das waren diejenigen, die ihre Waffen in dem Keller zwischenlagerten. Diejenigen, die ihn mit Stoff versorgten. Und die vielleicht dieselben waren.

Als ich die Tür öffnete, war das Erste, was ich hörte, Honorines Lachen. Ein glückliches Lachen. Dann ihr hübscher Akzent: »Juchu, so ein Mordsglück! Ich hab schon wieder gewonnen!«

Sie waren alle drei da. Honorine, Marie-Lou und Babette spielten auf der Terrasse Rommé. Im Hintergrund Petrucciani. *Estate*. Eine seiner ersten Platten. Es war nicht die Beste. Andere, beherrschtere waren gefolgt. Aber diese hier troff vor Gefühlsduselei im Urzustand. Ich hatte sie nicht mehr gehört, seit Rosa gegangen war.

»Ich störe euch hoffentlich nicht«, sagte ich leicht verstimmt im Hineingehen.

»Oi, verflixt! Das ist meine dritte Partie«, sagte Honorine sichtlich erregt.

Ich setzte einen Kuss auf jede Wange, schnappte mir die Flasche Lagavulin vom Tisch zwischen Marie-Lou und Babette und ging auf die Suche nach einem Glas.

»Im Schmortopf sind gefüllte Paprika«, rief Honorine. »Die können Sie sich aufwärmen, aber langsam. Gut, du gibst, Babette.«

Ich lächelte. Vor wenigen Tagen war dieses Haus noch das Haus eines Junggesellen, und jetzt spielten hier kurz vor Mitternacht drei Frauen Rommé! Alles war aufgeräumt. Die Mahlzeit fertig. Das Geschirr gespült. Auf der Terrasse trocknete Wäsche. Ich hatte den Traum aller Männer vor mir: eine Mutter, eine Schwester und eine Prostituierte!

Ich hörte sie in meinem Rücken glucksen. Sanfte Komplizinnen. Meine schlechte Laune verflog so schnell, wie sie gekommen war. Ich mochte sie gern, alle drei. Schade, dass die drei nicht in einer einzigen Frau vereint waren, die ich hätte lieben können.

»Spielst du?«, fragte Marie-Lou.

Kapitel 10

In dem ein Blick töten kann

Honorine hatte eine unvergleichliche Art, gefüllte Paprika zuzubereiten. Auf rumänische Art, sagte sie. Sie füllte die Paprikaschoten mit einer gut gewürzten Masse aus Reis, Mett und etwas Rindfleisch, legte sie in einen Tontopf und bedeckte sie mit Wasser. Dann fügte sie Tomatenmark, Thymian, Lorbeer und Pfefferkraut hinzu. Das Ganze ließ sie ohne Deckel auf kleiner Flamme köcheln. Es schmeckte hervorragend, besonders wenn man im letzten Moment einen Löffel Crème fraîche darüber gab.

Während ich aß, sah ich ihnen beim Rommé zu. Sie spielten bis 51. Wer einundfünfzig Punkte hat, in einer Dreierreihe, fünfzig, hundert oder einen Vierer, legt seine Karten auf den Tisch. Wenn ein anderer Spieler schon abgelegt hat, kann man die fehlenden Karten vorn oder hinten an seine Reihe anlegen. Man kann ihm auch seinen Joker abnehmen, den er anstelle einer fehlenden Karte ausgelegt hat. Wer seine Karten als Erster los ist, hat gewonnen.

Es ist ein einfaches Spiel. Man muss allerdings gut aufpassen, wenn man gewinnen will. Marie-Lou vertraute dem Glück und verlor. Honorine und Babette kämpften um den Sieg. Beide achteten auf die Karten der anderen. Aber Honorine hatte viele Nachmittage Erfahrung im Rommé, und auch wenn sie bei jedem gewonnenen Spiel erstaunt tat, setzte ich auf sie. Sie spielte, um zu gewinnen.

Für einen Moment glitt mein Blick über die Wäsche, die zum Trocknen aushing. Mitten unter meinen Hemden, Unterhosen und Socken ein Damenslip und ein BH, weiß. Ich betrachtete Marie-Lou. Sie hatte ein T-Shirt von mir übergezogen. Ihre Brüste zeichneten sich unter der Baumwolle ab. Meine Augen glitten an ihren Beinen, ihren Schenkeln entlang. Bis zum Hintern. Als mir klar wurde, dass sie unter dem T-Shirt nichts anhatte, bekam ich einen Steifen. Marie-Lou erhaschte meinen Blick und erriet meine Gedanken. Sie schenkte mir ein umwerfendes Lächeln, zwinkerte mir leicht betreten zu und schlug die Beine übereinander.

Es folgten vielsagende Blickwechsel. Von Babette zu Marie-Lou. Von Babette zu mir. Von mir zu Babette. Von Honorine zu Babette, dann zu Marie-Lou. Ich fühlte mich nicht wohl in meiner Haut und stand auf, um unter die Dusche zu gehen. Unter dem Wasserstrahl hatte ich immer noch eine Erektion. Honorine ging gegen halb eins. Sie hatte fünf Partien gewonnen. Babette vier. Marie-Lou eine. Während sie mich küsste, fragte sie sich wohl, was ich mit zwei Frauen bei mir anfangen wollte. Marie-Lou verkündete, dass sie ein Bad nehmen würde. Ich konnte nicht anders, als ihr mit den Augen zu folgen.

»Sie ist wirklich sehr schön«, sagte Babette mit einem leichten Lächeln.

Ich nickte. »Du auch.«

Das stimmte. Sie hatte ihre Haare zu einem Pferdeschwanz gebunden. Ihre Augen wirkten riesig und ihr Mund größer. Trotz ihrer vierzig Jahre konnte sie sich vor jeder Zwanzigjährigen sehen lassen. Sogar vor Marie-Lou. Sie war jung. Ihre Schönheit war offensichtlich, sie sprang ins Auge. Babette strahlte sie aus. Freude am Leben hält jung, dachte ich.

»Vergiss es«, sagte sie und streckte mir die Zungenspitze heraus.

»Hat sie es dir gesagt?«

»Wir hatten Zeit, uns kennenzulernen. Das ändert nichts. Das Mädchen ist schwer in Ordnung. Wirst du ihr helfen, von ihrem Zuhälter loszukommen?«

»Hat sie dir das gesagt?«

»Sie hat gar nichts gesagt. Ich stelle dir die Frage.«

»Es wird immer ein Zuhälter da sein. Außer sie will aufhören. Wenn sie den Willen aufbringt. Und den Mut. So einfach ist das nicht, weißt du. Die Mädchen werden fest an der Kandare gehalten.« Ich stotterte Banalitäten. Marie-Lou war eine Prostituierte. Sie war bei mir abgestiegen. Weil sie in der Klemme saß. Weil bei mir eine Schraube locker war. Weil ich die Sicherheit verkörperte. Weiter sah ich nicht. Nicht über morgen hinaus, und das war schon viel. »Ich muss einen Unterschlupf für sie finden. Hier kann sie nicht bleiben. Es ist nicht mehr sehr sicher bei mir.«

Die Luft war mild. Wie ein salziges Streicheln. Mein Blick verlor sich in der Ferne. Die Wellen raunten Glück. Ich versuchte, die Last der Drohungen beiseite zu schieben. Ich war mit beiden Füßen in gefährliche Gewässer geraten. Was sie noch gefährlicher machte, war, dass ich nicht wusste, woher die Strömung kam.

»Ich weiß«, sagte Babette.

»Du weißt alles«, antwortete ich leicht gereizt.

»Nein, nicht alles. Nur gerade genug, um mir Sorgen zu machen.«

»Das ist lieb. Entschuldige.«

»Wegen Marie-Lou, ist es nur deshalb?«

Diese Diskussion ging mir auf die Nerven. Ich wurde aggressiv. Gegen meinen Willen. »Was willst du wissen? Ob ich in eine Prostituierte verliebt bin? Die Wahnvorstellung aller Männer. Eine Nutte lieben. Sie von ihrem Zuhälter losreißen. Ihr Macker sein. Sie für sich allein haben. Die Frau als Gegenstand ...« Überdruss packte mich. Das Gefühl, am Ende meiner Weisheit zu sein. Ganz am Ende. Ich weiß nicht, wo sie ist, die Frau meines Lebens. Vielleicht gibt es sie nicht.

»Ich habe nur ein kleines Appartement, du kennst es.«

»Mach dir keine Gedanken. Ich finde schon was.«

Babette zog einen Umschlag aus ihrer Tasche, öffnete ihn und hielt mir ein Foto hin. »Ich bin gekommen, um dir das zu zeigen.«

Mehrere Männer an einem Tisch in einem Restaurant. Einen kannte ich. Morvan. Ich schluckte.

»Der rechts ist Joseph Poli. Ein ehrgeiziger Typ. Er hält sich für Zuccas Nachfolger. Hinter den Killern vom Opernplatz steckt mit Sicherheit er. Er ist ein Freund von Jacky Le Mat. Er war 81 beim Einbruch von Saint-Paul-de-Vence dabei.« Ich erinnerte mich. Juwelen im Wert von sieben Millionen Francs geklaut. Le Mat war nach seinem Verhör wieder auf freien Fuß gesetzt worden. Der Hauptbelastungszeuge hatte seine Aussage zurückgezogen. »Der dort steht«, fuhr Babette fort, »ist sein Bruder. Émile. Spezialisiert auf Erpressung, Spielautomaten und Diskotheken. Eine Giftkröte unter seiner gutmütigen Fassade.«

»Sie schmieren Morvan?«

»Der links ist Luc Wepler«, sprach sie weiter, ohne auf meine Frage einzugehen. »Gefährlich.«

Sein Foto verursachte mir eine Gänsehaut. In Algerien geboren, verpflichtete Wepler sich sehr jung bei den Fallschirmjägern und wurde schnell aktives Mitglied der OAS, der Geheimarmee, die gegen die Unabhängigkeit Algeriens kämpfte. 1965 taucht er im Ordnungsdienst des rechtsextremen Strafverteidigers Tixier-Vignancourt wieder auf. Nach der Wahlschlappe des Rechtsanwalts bei der Präsidentschaftskandidatur gibt er seine offizielle politische Betätigung auf. Er geht wieder zu den Fallschirmjägern. Dann als Söldner nach Rhodesien, auf die Komoren, in den Tschad. 1974 ist er in Kambodscha. Unter den amerikanischen Militärberatern gegen die Roten Khmer. Dann nacheinander: Angola, Südafrika, Benin, im Libanon bei den rechtsgerichteten christlichen Milizen von Béchir Gemayel.

»Interessant«, sagte ich und stellte mir ein Treffen von Angesicht zu Angesicht mit ihm vor.

»Seit 1990 ist er beim Front National im Einsatz. Als erfahrener Kommandant arbeitet er im Dunkeln. Nur wenige Leute in Marseille kennen ihn. Auf der einen Seite sind die Sympathisanten, mitgerissen von den radikalen Ideen des Front National. Opfer der Wirtschaftskrise. Arbeitslose. Vom Sozialismus und Kommunismus Enttäuschte.

Auf der anderen die Militanten. Um die kümmert Wepler sich. Um die entschlossensten. Die aus den rechtsextremen Kampfgruppen Œuvre Française, Groupe Union Défense oder Antikommunistische Front kommen. Er organisiert sie in schlagkräftigen Zellen. Kampfbereite Männer. Er ist bei den jungen Leuten für seinen guten Drill bekannt. Mit anderen Worten, bei ihm heißt es: Du spurst, oder du fliegst.«

Ich konnte meine Augen nicht von dem Foto losreißen. Ich war wie hypnotisiert von Weplers blauem, elektrisiertem, eisigem Blick. Typen wie ihm war ich in Dschibuti begegnet. Eiskalte Profikiller. Die Arschficker des Imperialismus. Seine verlorenen Kinder. Mit dem Hass, »die Dummen der Geschichte« gewesen zu sein, verstoßen in die weite Welt, wie Garel, mein Chef-Adjutant, einmal gesagt hat. Dann entdeckte ich noch einen, den ich kannte. Rechts im Hintergrund. An einem anderen Tisch. Toni. Der schöne Toni.

»Den da, kennst du den?«

»Nein.«

»Den habe ich vorhin kennengelernt.«

Ich erzählte ihr, wie und warum ich ihn getroffen hatte.

Sie zog eine Grimasse.

»Schlimm. Das Foto ist bei einem Essen der besonders Extremen aufgenommen worden. Die haben sich unabhängig von den Aktivisten des Front National organisiert.«

»Willst du damit sagen, dass die Brüder Poli Faschisten geworden sind?«

Sie zuckte die Schultern. »Sie essen zusammen. Sie lachen zusammen. Sie singen Nazi-Lieder. Wie bei Jenny in Paris, du weißt. Das hat nichts zu bedeuten, aber sicher ist, dass sie Geschäfte machen. Die Brüder Poli kommen auf ihre Kosten. Sonst sehe ich keinen Grund, warum sie sich mit ihnen abgeben sollten. Aber es gibt eine Verbindung. Morvan. Wepler hat ihn ausgebildet. In Algerien. Beim Ersten Fallschirmjäger-Regiment. Nach 68 ist Morvan bei der Antikommunistischen Front aktiv, wo er die

Aktionsgruppe übernimmt. Zu der Zeit trifft er Wepler wieder, und die beiden freunden sich an ...« Sie sah mich an, lächelte und fügte, wohl wissend, welche Wirkung ihre Worte auf mich haben würden, hinzu: »Und heiratet die Schwester der Brüder Poli.«

Ich pfiff durch die Zähne. »Hast du noch mehr solche Überraschungen?«

»Batisti.«

Er war ganz vorn auf dem Foto. Aber von hinten. Ich hatte nicht darauf geachtet.

»Batisti«, wiederholte ich dümmlich. »Natürlich. Er mischt da auch mit?«

»Seine Tochter, Simone, ist die Frau von Émile Poli.«

»Die ganze Familie, was?«

»Die Familie und die anderen. Es ist die Mafia. Guérini gehörte auch dazu. Zucca hatte eine Cousine von Volgo, dem Neapolitaner, geheiratet. Wer hier seine Familie verliert, kann einpacken. Zucca hatte das begriffen. Er hatte sich eine Familie zugelegt.«

»Nuova Famiglia«, sagte ich mit einem bitteren Lachen. »Neue Familie und alte Schweinereien.«

Marie-Lou kam, in ein großes, dickes Handtuch gewickelt, zurück. Wir hatten sie fast vergessen. Ihre Erscheinung war wie ein frischer Luftzug. Sie sah uns an wie Verschwörer, steckte sich dann eine Zigarette an, schenkte uns großzügig Lagavulin ein und verschwand wieder im Innern der Wohnung. Kurz darauf hörten wir die Ziehharmonika von Astor Piazzolla, dann das Saxofon von Jerry Mulligan. Eine der schönsten musikalischen Begegnungen der letzten fünfzehn Jahre. Buenos Aires, *Twenty Years After.*

Die Puzzlestücke lagen vor mir ausgestreut. Ich musste sie nur noch zusammensetzen. Ugo, Zucca mit Morvan. Al Dakhil, seine Leibwächter und die beiden Killer mit Morvan und Toni. Leila mit Toni und den beiden Killern. Aber das passte alles nicht zusammen. Und wo kam Batisti ins Spiel?

»Wer ist denn das?«, fragte ich und zeigte auf einen sehr distinguierten Mann auf dem Foto rechts von Joseph Poli.

»Ich weiß nicht.«

»Wo ist das Restaurant?«

»Die *Auberge des Restanques*. Am äußeren Ende von Aix auf dem Weg über Vauvenargues.«

Sämtliche Warnleuchten blinkten in meinem Kopf. Die Erkundungen über Ugo führten mich zu Leila.

»Leila. Ihre Leiche wurde dort in der Nähe gefunden.«

»Was hat sie damit zu tun?«

»Das frage ich mich auch.«

»Glaubst du an Zufälle?«

»Ich glaube an gar nichts.«

Ich hatte Babette bis zu ihrem Wagen begleitet, nachdem ich mich vergewissert hatte, dass keine unmittelbare Gefahr auf der Straße lauerte. Niemand war hinter ihr losgefahren. Weder Auto noch Motorrad. Ich hatte noch ein paar Minuten draußen gewartet. Dann war ich beruhigt wieder hineingegangen.

»Pass auf dich auf«, hatte sie gesagt.

Sie hatte meinen Nacken gestreichelt. Ich hatte sie an mich gedrückt.

»Ich kann nicht mehr zurück, Babette. Ich weiß nicht, wo es mich hinführt. Aber ich gehe hin. Ich habe nie im Leben ein Ziel gehabt. Jetzt habe ich eins. Was immer es wert ist, mir reicht es.«

Das Leuchten in ihren Augen hatte mir gefallen, als sie sich von mir losmachte. »Das einzige Ziel ist, zu leben.«

»Genau das meine ich.«

Jetzt musste ich Marie-Lou gegenübertreten. Ich hatte gehofft, dass Babette bleiben würde. Sie hätten in meinem Bett schlafen können, ich auf dem Sofa. Aber Babette hatte geantwortet, dass ich groß genug sei, um auf dem Sofa zu schlafen, selbst wenn sie nicht da sei.

Marie-Lou hielt das Foto in der Hand. »Wer sind die Typen?«

»Ein Haufen Scheißkerle. Heiße Sache, wenn du es wissen willst.«

»Hast du mit ihnen zu tun?«

»Schon möglich.«

Ich nahm ihr das Foto aus der Hand und betrachtete es noch einmal. Es war vor drei Monaten aufgenommen worden. Das *Restanques* war an diesem Abend, einem Sonntag, normalerweise geschlossen. Babette hatte das Foto von einem Journalisten des *Méridional,* der zu der Feier eingeladen war. Sie würde versuchen, mehr über die Teilnehmer herauszufinden und vor allem darüber, was die Brüder Poli, Morvan und Wepler zusammen auskochten.

Marie-Lou saß mit angezogenen Beinen auf dem Sofa. Sie sah zu mir auf. Der Fleck von den Schlägen verblasste allmählich.

»Du willst, dass ich gehe, ist es das?«

Ich wies auf die Flasche Lagavulin. Sie schüttelte den Kopf. Ich schenkte nach und reichte ihr ein Glas.

»Ich kann dir nicht alles erklären. Ich stecke in einer schmutzigen Sache, Marie-Lou. Du hast es ja gestern Abend mitgekriegt. Die Lage spitzt sich zu. Hier wird es gefährlich. Die schrecken vor nichts zurück«, sagte ich und dachte an die Visagen von Morvan und Wepler.

Sie sah mich ununterbrochen an. Ich begehrte sie sehr stark. Am liebsten hätte ich mich auf sie geworfen und sie genommen, gleich dort, auf dem Boden. Es war die einfachste Art, einem Gespräch auszuweichen. Ich glaubte nicht, dass sie sich wünschte, dass ich über sie herfiel. Ich rührte mich nicht.

»Das habe ich verstanden. Aber was bin ich für dich?«

»Eine Nutte ... die ich sehr gern habe.«

»Arschloch!« Sie warf ihr Glas nach mir. Ich hatte es geahnt und wich aus. Das Glas zerbrach auf den Kacheln. Marie-Lou rührte sich nicht.

»Willst du ein neues Glas?«

»Ja, bitte.«

Ich schenkte ihr nach und setzte mich neben sie. Das Schlimmste war vorüber.

»Willst du deinen Zuhälter verlassen?«

»Ich habe nichts anderes gelernt.«

»Ich wünschte, du würdest etwas anderes tun.«

»Ach ja, und was? Kassiererin im Kaufhaus, meinst du das?«

»Warum nicht? Die Tochter von meinem Partner macht das. Sie ist so alt wie du, oder kaum älter.«

»Das ist die Hölle!«

»Ist es besser, dich von wildfremden Mackern fertig machen zu lassen?«

Sie gab keine Antwort. Starrte versunken in ihr Glas. Wie neulich Abend, als wir uns im *O'Stop* getroffen hatten.

»Hast du schon mal daran gedacht?«

»Ich schaff mein Pensum nicht mehr, seit einiger Zeit. Ich kann nicht mehr. Mich von all diesen Typen bumsen lassen. Daher die Abreibung.«

»Ich dachte, das war meinetwegen.«

»Du warst nur der Vorwand.«

Wir redeten bis zum Morgengrauen. Marie-Lous Geschichte war die Geschichte aller Marie-Lous dieser Welt. Aufs Komma genau. Angefangen mit der Vergewaltigung durch Papa, arbeitslos, während Mama putzen geht, um die Familie zu ernähren. Den Brüdern, die sich einen Scheißdreck drum kümmern, weil du nur ein Mädchen bist. Außer wenn sie dich mit einem Weißen oder, noch schlimmer, mit einem Nordafrikaner erwischen. Es regnet Ohrfeigen für nichts und wieder nichts. Weil Ohrfeigen die Flüche der Armen sind.

Marie-Lou war mit siebzehn abgehauen, eines Abends, als sie aus der Schule kam. Allein. Ihr kleiner Schulfreund hatte sich dünne gemacht. Ciao, Pierrot. Und adieu, Garenne-Colombes am Stadtrand von Paris. Auf nach Süden. Der erste Lastwagenfahrer fuhr nach Rom.

»Auf der Rückfahrt habe ich begriffen, dass ich als Hure enden würde. Er hat mich in Lyon rausgeschmissen, mit fünfhundert Francs. Seine Frau und seine Gören warteten auf ihn. Er hatte mich für mehr als das gevögelt, aber was soll's, es hat mir gefallen! Er hätte mich auch ohne einen Centime auf die Straße setzen können. Er war der Erste, es hätte schlimmer kommen können. All die anderen Typen, die ich später kennengelernt habe, dachten auch nur an das eine, mich zu ficken. Keiner blieb länger als eine Woche. In ihrem beschränkten Schädel war ich zu schön für eine ehrenhafte Frau. Ich muss ihnen irgendwie Angst eingejagt haben, nachdem sie mich taxiert hatten. Ein zu gutes Schnäppchen. Oder sie haben schon die Hure in mir gesehen, die ich werden würde. Was glaubst du?«

»Ich glaube, dass der Blick der anderen eine tödliche Waffe ist.«

»Schön gesagt«, meinte sie müde. »Aber ein Mädchen wie ich wäre doch was für dich, he?«

»Die Mädchen, die ich geliebt habe, sind alle gegangen.«

»Ich könnte bleiben. Ich habe nichts zu verlieren.«

Ihre Worte wühlten mich auf. Sie meinte es ernst. Sie lieferte sich aus. Und sie gab sich hin, Marie-Lou.

»Ich könnte es nicht ertragen, von einer Frau geliebt zu werden, die nichts zu verlieren hat. Lieben heißt gerade das: die Möglichkeit, zu verlieren.«

»Du bist nicht ganz richtig im Kopf, Fabio. Du bist unglücklich, nicht wahr?«

»Ich bin nicht stolz darauf.«

Ich musste lachen. Nicht über sie. Sie sah mich an, und ich meinte, Traurigkeit in ihrem Blick zu erkennen. Ich wusste nicht, ob sie ihretwegen oder meinetwegen traurig war. Sie drückte ihre Lippen auf meine. Sie roch nach Cashewöl.

»Ich gehe ins Bett«, sagte sie. »Es ist besser so, oder nicht?«

»Das ist besser«, hörte ich mich wiederholen und stellte fest, dass es zu spät war, um über sie herzufallen. Darüber musste ich lächeln.

»Weißt du was«, meinte sie, als sie aufstand, »eine von den Gestalten auf dem Foto kenne ich.« Sie hob das Foto vom Boden auf und zeigte mit dem Finger auf einen Mann neben Toni. »Das ist mein Zuhälter. Raoul Farge.«

»Herrgott noch mal!«

Auch das beste Sofa ist unbequem. Man schläft dort nur aus Verlegenheit. Weil jemand anders in deinem Bett liegt. Ich hatte nicht mehr auf meinem geschlafen, seit Rosa das letzte Mal eine Nacht hier verbracht hatte.

In der Hoffnung, unsere Beziehung noch einmal zu retten, hatten wir bis zum Morgengrauen geredet und getrunken. Unsere Liebe stand nicht zur Debatte. Es ging um sie und um mich. Mehr um mich. Ich weigerte mich, ihren sehnlichsten Wunsch zu erfüllen: ein Kind. Ich konnte ihr keinen einzigen vernünftigen Grund nennen. Ich war nur in mir selbst gefangen.

Clara, die einzige Frau, die ich je geschwängert hatte – versehentlich, zugegeben –, hatte abgetrieben, ohne es mir zu sagen. Ich sei nicht zuverlässig, hatte sie mir vorgehalten. Hinterher, um ihre Entscheidung zu begründen. Ich war zu sehr hinter den Frauen her. Ich liebte sie zu sehr. Ich wurde schon durch einen Blick untreu. Man konnte mir nicht trauen. Ich war ein Liebhaber. Ich würde nie ein Ehemann sein. Noch weniger ein Vater. Das war natürlich das Ende unserer Beziehung. In meiner Vorstellung hatte ich den Vater getötet, obwohl er nur einen Mittagsschlaf hielt.

Rosa liebte ich. Ein Engelsgesicht, umrahmt von einer Fülle lockiger, kastanienbrauner, fast roter Haare. Sie hatte ein entwaffnendes, umwerfendes Lächeln, wenngleich fast immer mit einer Spur von Trauer. Das war es, was mich am Anfang verführt hatte: ihr Lächeln. Heute konnte ich ohne Schmerz an sie denken. Sie war mir nicht gleichgültig geworden, hatte aber etwas Unwirkliches für mich angenommen. Es hatte gedauert, bis ich von ihr losgekommen war. Von ihrem Körper. Wenn wir zusammen waren, brauchte ich nur die Augen zu schließen, um sie zu begehren. Ihr Bild verfolgte mich noch immer. Oft fragte ich mich, ob dieses Begehren wieder aufflammen würde, wenn sie einfach so ohne Ankündigung hier auftauchen würde. Ich wusste es immer noch nicht.

Doch, ich wusste es. Seit ich mit Lole geschlafen hatte. Man konnte nie vergessen, Lole geliebt zu haben. Es war keine Frage ihrer Schönheit. Rosa hatte einen Luxuskörper mit fein gezeichneten Rundungen. Alles an ihr war sinnlich. Die kleinste Geste. Lole war schmaler, geradliniger. Federleicht bis zu ihrem Gang. Sie erinnerte an die »Gradiva« auf den Fresken in Pompeji. Sie streifte den Boden beim Gehen, ohne ihn zu berühren. Sie zu lieben, hieß, sich auf Reisen zu begeben. Sie entführte einen. Und bei der Liebe hatte man nicht das Gefühl, etwas zu verlieren, sondern etwas zu finden.

Das hatte ich empfunden, auch wenn ich es wenige Augenblicke danach wieder zerstört hatte. Manu hatte eines Abends in der Fischerhütte verärgert ausgerufen: »Scheiße, wenn man liebt, warum hält es nicht an!« Wir hatten nichts zu antworten gewusst. Mit Lole gab es etwas nach der Lust.

Seitdem lebte ich in diesem Danach. Ich hatte nur einen Wunsch: sie wieder zu finden, sie wiederzusehen. Auch wenn ich mich seit drei Monaten weigerte, das zuzugeben. Auch wenn ich mich keiner Illusion hingab. Ihre Finger brannten noch auf meiner Haut. Die Scham lebte noch auf meiner Wange. Nach Lole hatte ich nur zu Marie-Lou finden können. Wir liebten uns wie zwei Verlorene. Aus Verzweiflung. Bei den Huren endet man aus Verzweiflung. Aber Marie-Lou verdiente etwas Besseres.

Ich drehte mich um. In dem Gefühl, nicht einschlafen zu können. Die unveränderte Sehnsucht nach Lole. Das verdrängte Begehren nach Marie-Lou. Was hatte ihr Macker mit der Geschichte zu tun? Leilas Tod war wie ein Stein, den man ins Wasser wirft. Die Ringe zogen weite Kreise, in denen sich Bullen, Ganoven und Faschisten tummelten. Und jetzt Raoul Farge, der genug Material in Mourrabeds Keller deponiert hatte, um die Bank von Frankreich im Sturm zu nehmen.

Verdammt! Wofür waren diese ganzen Waffen? Eine interessante Idee kam mir in den Sinn, ertrank aber im letzten Schluck Lagavulin. Es gelang mir nicht mehr, auf die Uhr zu sehen. Als der Wecker klingelte, meinte ich, kein Auge zugemacht zu haben.

Marie-Lou musste die ganze Nacht mit Ungeheuern gekämpft haben. Die Kissen waren vom vielen Hinundherwerfen zerknüllt, die Laken zerknittert. Sie schlief auf dem Bauch, die Decke unter sich, das Gesicht abgewandt. Ich konnte es nicht sehen, nur ihren Körper. Ich kam mir ziemlich blöd vor mit meinem Kaffee und den Croissants.

Ich war eine gute halbe Stunde geschwommen. Lange genug, um alle Zigaretten dieser Welt auszuhusten und meine Muskeln bis zum Bersten anzuspannen. Immer geradeaus, bis hinter den Damm. Nicht aus Spaß. Wütend. Ich hatte aufgehört, als mein Magen sich zusammenzog. Der stechende Schmerz erinnerte mich an die Schläge, die ich abbekommen hatte. Die Erinnerung an den Schmerz verwandelte sich in Angst. Panische Angst. Eine Sekunde lang glaubte ich, ich würde ertrinken.

Erst unter der warmen Dusche beruhigte ich mich. Ich hatte ein Glas Orangensaft hinuntergestürzt, dann war ich Croissants kaufen gegangen. Ich hatte auf einen Kaffee zu Fonfon hineingeschaut, um die Zeitungen zu lesen. Obwohl gewisse Kunden mächtig Druck machten, hatte er nach wie vor nur *Le Provençal* und *La Marseillaise*. Nicht den rechten *Méridional*. Fonfon verdiente meine Treue.

Letzte Nacht hatte es eine Razzia gegeben, einen Großeinsatz von mehreren Brigaden, darunter der von Argue. Eine methodische Razzia nach der BBC-Regel: Bars, Bordelle und Clubs. Alle heißen Ecken waren mitgenommen worden: Place d'Aix, Cours Belsunce, Place de l'Opéra, Cours Julien, La Plaine und sogar die Place Thiars. Über sechzig Verhaftungen, ausschließlich von illegalen Arabern. Ein paar Prostituierte. Einige Schlägertypen. Aber keine führenden Ganoven. Nicht mal ein kleiner Taschendieb. Die zuständigen Beamten hatten jeden Kommentar abgelehnt, aber der Journalist ließ anklingen, dass diese Art Operation sich wiederholen könnte. Das Marseiller Nachtleben sei außer Kontrolle geraten.

Zwischen den Zeilen war die Sache klar. Die Marseiller Unterwelt war führungslos. Zucca war tot, und Al Dakhil leistete ihm im Reich der Schweinepriester Gesellschaft. Die Polizei sondierte das Terrain, und Argues Brigade setzte ihre Duftmarke. Er wollte wissen, mit wem er es künftig zu tun hatte. »Ich wette«, sagte ich mir, »dass Joseph Poli der neue Kopf sein wird.« Das ließ mich erschauern. Seinen Aufstieg hatte er einer Gruppe von Extremisten zu verdanken. Als politisch denkender Mensch hatte er seine Zukunft auf sie gebaut. Ugo, davon war ich jetzt überzeugt, war ein Werkzeug in der Hand des Teufels gewesen.

»Ich schlafe nicht«, sagte Marie-Lou, als ich mich mit meinem Tablett gerade wieder trollen wollte.

Sie zog sich die Decke über. Sie sah müde aus, und ich nahm an, dass sie genauso schlecht geschlafen hatte wie ich. Ich setzte mich auf die Bettkante, stellte das Tablett neben sie und küsste sie auf die Stirn.

»Wie geht's?«

»Das ist lieb«, sagte sie mit einem Blick auf Kaffee und Croissants. »Mir hat noch nie einer Frühstück ans Bett gebracht.«

Ich antwortete nicht. Wir tranken schweigend unseren Kaffee. Ich sah ihr beim Essen zu. Sie hielt den Kopf gesenkt. Ich reichte ihr eine Zigarette. Unsere Blicke kreuzten sich. Sie sah traurig aus. In meinen Augen lag alle Zärtlichkeit, zu der ich fähig war.

»Du hättest mit mir schlafen sollen, letzte Nacht. Das hätte mir geholfen.«

»Ich konnte nicht.«

»Ich muss wissen, dass du mich liebst. Wenn ich da rauswill. Sonst schaffe ich es nicht.«

»Du wirst es schaffen.«

»Du liebst mich nicht, stimmt's?«

»Aber ja, ich liebe dich.«

»Warum hast du dann nicht mit mir geschlafen wie mit jeder anderen Frau?«

»Ich konnte nicht.«

»Was soll das heißen, du kannst nicht!« Mit einer schnellen Bewegung schob sie ihre Hand zwischen meine Schenkel. Sie griff mein Glied und zerrte es aus der Hose. Ihre Augen immer noch fest in meinen.

»Hör auf«, sagte ich, ohne mich zu bewegen.

»Du willst doch nicht sagen, dass du das nicht kannst?« Sie ließ meinen Schwanz los und packte mich blitzschnell an den Haaren. »Oder ist es da, wo du nicht kannst? Im Kopf?«

»Ja, es ist da. Du sollst keine Nutte mehr sein.«

»Ich hab aufgehört, Idiot!«, schrie sie. »Ich hab aufgehört. In meinem kleinen Kopf ist das sonnenklar. Seit ich zu dir gekommen bin. Zu dir! Siehst du denn nichts! Bist du blind? Wenn du schon nichts mitbekommst, wird niemand etwas merken. Ich werde immer eine Hure bleiben.« Sie hängte sich an meinen Hals und fing an zu heulen: »Liebe mich, Fabio. Liebe mich. Nur ein Mal. Aber liebe mich wie irgendjemand sonst.«

Sie schwieg. Meine Lippen auf ihrem Mund. Meine Zunge fand auf ihrer nie gesagte Worte. Das Tablett geriet ins Wanken. Ich hörte die Tassen auf der Erde zerschellen. Ich spürte, wie ihre Nägel meinen Rücken aufkratzten. Ich drang fast mit Freude in sie ein. Ihre Scheide war so heiß wie die Tränen, die ihr über die Wangen rannen.

Wir liebten uns, als wäre es das erste Mal. Behutsam. Leidenschaftlich. Und ohne Hintergedanken. Ihre Augenringe verschwanden. Ich ließ mich zur Seite fallen. Sie sah mich einen Augenblick lang an, etwas lag ihr auf der Zunge. Statt zu reden, lächelte sie mich an. Ihr Lächeln war so zärtlich, dass ich auch keine Worte fand. Wir blieben so liegen, still, den Blick abgewandt. Schon auf der Suche, jeder für sich, nach einem möglichen Glück. Als ich sie verließ, war sie keine Nutte mehr. Aber ich war immer noch ein verdammter Bulle.

Und das, was mich erwartete, kaum war ich zur Tür hinaus, daran bestand kein Zweifel, war die mieseste Geschichte der Welt.

KAPITEL 11

In dem die Dinge laufen, wie sie sollen

Nach Pérols saurer Miene zu urteilen, lag Ärger in der Luft. Aber ich war auf das Schlimmste gefasst.

»Der Chef will dich sehen.«

Eine Sensation! Mein Chef hatte mich seit zwei Jahren nicht mehr zu sich gerufen. Seit dem Tumult, den Kader und Driss ausgelöst hatten. Varounian hatte dem *Méridional* einen Brief geschickt. Er erzählte sein Leben, wie die Araber sein Geschäft beeinträchtigten, dauernd klauten, und stellte die Ereignisse aus seiner Sicht dar. »Das Gesetz«, schloss er, »ist das Gesetz der Araber. Die Justiz ist ihre Justiz. Frankreich kapituliert vor ihrer Invasion, weil die Polizei auf ihrer Seite steht.« Er endete seinen Brief mit einem Slogan der Front National: »Liebt Frankreich, oder verlasst es!«

Nun gut, der Brief löste keine Lawine aus wie Zolas »J'accuse«. Aber die Bezirkswache, die es eh schon nicht mochte, dass wir auf ihrem Territorium jagten, hatte einen niederschmetternden Bericht über meine Brigade abgeliefert. Mich hatten sie besonders im Visier. Meine Mannschaft sicherte einwandfrei den Schutz auf öffentlichen Plätzen. Das wurde anerkannt. Aber man warf mir vor, in den Wohnsiedlungen nicht streng genug zu sein. Zu oft und zu lange mit Kriminellen, vor allem Einwanderern und Zigeunern, zu verhandeln. Es folgte eine Liste aller Fälle, in denen ich in ihrem Beisein zu lax gewesen war.

Das ganze Haus wusch mir gründlich den Kopf. Zuerst mein Chef. Danach der große Boss. Meine Aufgabe war nicht, zu verstehen, sondern zu unterbinden. Ich war da, um für Ordnung zu sorgen.

Gerechtigkeit würden die Richter schon walten lassen. In der Angelegenheit, die im *Méridional* groß ausgewalzt wurde, hatte ich versagt.

Der große Boss kam dann auf den Punkt, der in aller Augen eine Majestätsbeleidigung der Polizei war: meine Zusammenkünfte mit dem Streetworker Serge. Serge hatte ich eines Abends auf dem Revier kennengelernt. Er hatte sich zusammen mit etwa fünfzehn Kids auf dem Parkplatz des Simiane schnappen lassen. Das Übliche: Musik von Kassetten im Hintergrund, Schreie, Lachen, knatternde Mofas … Er hatte sich mit ihnen ein paar Biere hinter die Binde gegossen. Nicht mal seine Papiere hatte er dabei, der Idiot!

Serge amüsierte sich. Er sah aus wie ein überalterter Teenager. In den gleichen Klamotten. »Bandenchef« hatten sie ihn genannt. Er hatte nur gefragt, wo er mit den Kids hingehen könne, um Lärm zu machen, ohne jemanden zu stören. Reine Provokation, zumal weit und breit nur Betonbauten und Parkplätze zu sehen waren. Zugegeben, die Jungs waren keine Chorknaben. Vier oder fünf hatten sich schon wegen kleineren Diebstählen und anderen Dummheiten erwischen lassen.

»Klar, und wir sind es, die deine Rente bezahlen! Also halt die Fresse!«, schrie Malik Babar an, einen der ältesten Polizisten auf dem Revier.

Ich kannte Malik. Fünfzehn Jahre alt, vier Autodiebstähle auf dem Konto. »Wir wissen nicht mehr, was wir mit ihm machen sollen«, hatte der stellvertretende Staatsanwalt erklärt. »Alle Versuche, ihn in einem geregelten Arbeitsverhältnis unterzubringen, sind gescheitert.« Als wir mit ihm fertig waren, ging er wieder in sein Viertel. Da war er zu Hause. Er hatte sich mit Serge angefreundet. Weil man mit dem verdammt noch mal reden konnte.

»Scheiße, ist doch wahr, echt, eh«, sagte er, als er mich sah. »Wir sind es, die bezahlen!«

»Halt 's Maul!«, hatte ich gesagt.

Babar war kein schlechter Kerl. Aber zu der Zeit musste er einen wahren Rekord an Verhaftungen aufweisen, um die Quoten zu erfüllen. Hundert im Monat. Schaffte er das nicht, dann adieu Budget und Mannschaftsstärke.

Ich mochte Serge. Er war ein wenig zu sehr »Priester«, als dass ich mich mit ihm hätte anfreunden können, aber ich schätzte seinen Mut und seine Liebe zu den Jungs. Serge hatte keinen Glauben. Er hatte eine Höllenmoral. Eine Großstadtmoral, wie er sagte. Danach trafen wir uns regelmäßig im *Moustiers,* einem Café in L'Estaque, nahe am Strand. Wir klönten. Er stand mit den Sozialarbeitern in Verbindung. Er half mir zu verstehen. Wenn wir einen dieser Jungs wegen irgendeiner Scheißdummheit geschnappt hatten, rief ich ihn oft noch vor den Eltern aufs Revier.

Nach dem Donnerwetter meiner Vorgesetzten wurde Serge versetzt. Aber vielleicht war auch das ein abgekartetes Spiel? Serge schickte einen offenen Brief an die Zeitungen. »Aus dem Innern eines brodelnden Vulkans.« Ein Appell an die Bevölkerung, mehr Verständnis für die Jugend in den Vorstädten aufzubringen. »Auf dieser Glut, die der kleinste Lufthauch entfachen kann«, schloss er, »liefern sich Feuerwehr und Brandstifter von nun an ein Wettrennen.« Niemand veröffentlichte den Brief. Die Journalisten wollten es sich nicht mit der Polizei verderben, die sie unter der Hand mit Informationen fütterte.

Ich hatte Serge aus den Augen verloren. Ich hatte ihn ans Messer geliefert, weil ich mit ihm kooperiert hatte. Bullen, Streetworker, Sozialarbeiter – das sind verschiedene Jobs! Das darf nicht Hand in Hand gehen! »Wir sind keine Sozialarbeiter!«, hatte der große Boss gewettert. »Prophylaktische Intervention, Abschreckung durch Präsenz und direkten Kontakt, Kontaktbereichsbeamte, all das ist Kinderkram! Begreifen Sie endlich, Montale!« Ich hatte begriffen. Man zog es vor, die Glut anzufachen. Aus politischer Sicht zahlte sich das besser aus. Mein Chef hatte klein beigegeben. Der Dienst wanderte samt Waffen und Ausrüstung in die Versenkung des

Polizeihauptquartiers. Ab sofort waren wir nur noch die Putzkolonne der nördlichen Viertel.

Mit Mourrabed hatte ich festen Boden unter meinen Füßen. Eine banale Schlägerei zwischen einem Ganoven und einem Schwulen, die niemanden hinter dem Ofen hervorlockte. Mein Bericht war noch nicht fertig, also wusste keiner im Haus von unserer Jagd gestern Abend. Die Drogen, die Waffen. Unser Kriegsschatz. Ich ahnte, wofür die Waffen waren. Eines der vielen Dienstrundschreiben war mir wieder eingefallen. Es wies auf die Bildung bewaffneter Banden in den Vororten hin. Paris, Créteil, Rueil-Malmaison, Sartrouville, Vaulx-en-Velin ... Bei jedem Wutausbruch in den Vorstädten tauchten diese Kommandos auf. Halstuch bis über die Nase, umgekrempelte Lederjacken, Waffen. Ich wusste nicht mehr, wo, aber ein Bereitschaftspolizist war getötet worden. Die Waffe, ein Colt 11.45, war auch bei der Hinrichtung eines Gastwirts in Grenoble benutzt worden.

Diese Notiz konnte meinen Kollegen nicht entgangen sein. Loubet nicht, und erst recht nicht Argue. Sobald ich unseren Fund bekannt gab, würden die anderen Brigaden auf der Bildfläche erscheinen und uns den Fall entziehen. Wie üblich. Ich hatte beschlossen, diesen Augenblick so lange wie möglich hinauszuzögern. Den Zwischenfall im Keller zu verschweigen und vor allem nichts über Raoul Farge verlauten zu lassen. Als Einziger kannte ich seine Verbindungen zu Morvan und Toni.

Cerutti kam mit Kaffee. Ich kramte einen Zettel hervor, auf den Marie-Lou die Telefonnummer von Farge und seine wahrscheinliche Adresse, Chemin de Montolivet, gekritzelt hatte. Ich reichte ihn Cerutti.

»Finde heraus, ob Telefon und Adresse zusammenpassen. Und geh mit ein paar Jungs hin. Du müsstest Farge dort antreffen. Er gehört bestimmt nicht zu den Frühaufstehern.«

Sie sahen mich verdattert an. »Wo hast du das her?«, fragte Pérol.

»Von einem meiner Informanten. Ich will Farge hier haben, noch vor Mittag«, sagte ich zu Cerutti. »Überprüfe, ob er aktenkundig ist. Wenn wir seine Aussage haben, stellen wir ihn Mourrabed gegenüber. Pérol, du quetschst den Kerl über Drogen und Waffen aus. Vor allem die Waffen. Von wem er sie hat und das ganze Tralala. Sag ihm, dass wir Farge eingebuchtet haben. Setz jemanden auf die Waffen an. Ich will eine Aufstellung haben, ebenfalls bis Mittag. Ach ja, und eine Liste aller Knarren, mit denen in den letzten drei Monaten gemordet wurde.« Sie wirkten wie vor den Kopf geschlagen. »Das ist ein Wettrennen, Freunde. Bald haben wir das ganze Haus im Büro. Also los! Nicht, dass ich mich in eurer Gesellschaft langweile, aber der Herrgott erwartet mich!«

Ich war in Form.

Gottes Gerechtigkeit ist blind, das ist allgemein bekannt. Der Chef machte kurzen Prozess. Er brüllte: »Herein!« Das war keine Einladung, sondern ein Befehl. Er erhob sich nicht, reichte mir nicht die Hand, sagte nicht einmal guten Tag. Ich stand da wie ein schlechter Schüler.

»Was ist das für eine Geschichte mit ...« Er sah auf seine Karte: »Mourrabed. Nacer Mourrabed.«

»Eine Schlägerei. Eine einfache Schlägerei unter Ganoven.«

»Und dafür buchten Sie die Leute ein?«

»Es liegt eine Beschwerde vor.«

»Das Archiv ist voll von Beschwerden. Keine Toten, soviel ich weiß.« Ich schüttelte den Kopf. »Denn ich kann mich nicht erinnern, Ihren Bericht schon gelesen zu haben.«

»Er ist in Arbeit.«

Er schaute auf die Uhr. »Ihr Verhör mit diesem Ganoven ist genau sechsundzwanzig Stunden und fünfzehn Minuten her, und Sie erzählen mir, dass Ihr Bericht immer noch nicht fertig ist? Über eine einfache Schlägerei?«

»Ich wollte gewisse Dinge überprüfen. Das ist nicht Mourrabeds erste Straftat. Er ist ein Gewohnheitsverbrecher.«

Er musterte mich von Kopf bis Fuß. Den schlechten Schüler. Den Klassenletzten. Ich ließ mich von seinem herablassenden Blick nicht beeinflussen. Das war ich seit der Grundschule gewohnt. Prügelknabe, große Klappe, frech. Ich hatte meinen Teil an Schimpftiraden und Strafpredigten abbekommen, allein und vor versammelter Mannschaft. Ich hielt seinem Blick stand, die Hände in den Taschen meiner Jeans.

»Gewohnheitsverbrecher. Ich habe eher den Eindruck, dass Sie sich in die Sache dieses …«, er sah wieder auf seine Karte, »… Nacer Mourrabed verrennen. Sein Rechtsanwalt ist auch dieser Meinung.«

Eins zu null für ihn. Ich wusste nicht, dass der Rechtsanwalt schon im Spiel war. War Pérol informiert? Zwei zu null für ihn, als er über die Sprechanlage den Herrn Rechtsanwalt Éric Brunel hereinbat. Der Name sagte mir vage etwas. Ich hatte keine Zeit, darüber nachzudenken. Den Mann, der ins Büro marschierte, hatte ich erst letzte Nacht auf dem Foto gesehen, neben den Brüdern Poli, Wepler und Morvan. Mein Herz schlug schneller. Der Kreis hatte sich geschlossen, und ich stand knietief in der Scheiße. Total Cheops, wie die Rapper von IAM sagen. Ich war in Teufels Küche. Ich konnte nicht darauf hoffen, dass Pérol und Cerutti sich beeilten. Es war an mir, Zeit zu gewinnen. Bis Mittag.

Der Chef stand auf und ging durchs Büro, um Éric Brunel zu begrüßen. Er sah genauso geschniegelt aus wie auf dem Foto, in seinem dunkelblauen Nadelstreifenanzug. Kaum zu glauben, dass draußen dreißig oder fünfunddreißig Grad waren. Offensichtlich schwitzte der Mann nie! Der Chef bot ihm einen Stuhl an. Er stellte mich nicht vor. Sie hatten also schon über meinen Fall gesprochen.

Ich stand immer noch, und da man mich nichts fragte, steckte ich eine Zigarette an und wartete. Wie er bereits am Telefon erwähnt habe, präzisierte Brunel, fand er es zumindest ungewöhnlich, dass seinem Mandanten, der gestern früh wegen einer Schlägerei verhaftet worden war, das Recht – das Wort betonte er – verweigert wurde, seinen Anwalt zu rufen.

»Das Gesetz gestattet das«, antwortete ich.

»Das Gesetz gestattet Ihnen nicht, ihn permanent zu schikanieren. Und das tun Sie. Seit mehreren Monaten.«

»Er ist einer der größten Dealer der nördlichen Viertel.«

»Was Sie nicht sagen! Es liegt nicht der geringste Beweis gegen ihn vor. Sie haben ihn schon vor den Richter geschickt. Vergeblich. Das hat Sie heiß gemacht. Sie verfolgen ihn aus gekränktem Stolz. Was Ihre so genannte Schlägerei betrifft, habe ich meine eigenen kleinen Recherchen gemacht. Mehrere Zeugen bestätigen, dass es der Kläger war, ein kleiner drogenabhängiger Homosexueller, der meinen Klienten am Ausgang einer Kneipe angegriffen hat.«

Nun würde das Plädoyer kommen. Ich wollte ihm das Wort abschneiden.

»Fahren Sie fort, Herr Rechtsanwalt«, sagte der Chef und bedeutete mir mit der Hand, zu schweigen.

Ich ließ meine Zigarettenasche auf den Boden fallen.

Wir kamen in den Genuss der unglücklichen Kindheit seines »Mandanten«. Brunel kümmerte sich schon seit knapp einem Jahr um Mourrabed. Kinder wie er verdienten eine Chance. Er verteidigte mehrere »Mandanten« in ähnlicher Lage. Araber wie Mourrabed, und einige mit ganz französischen Namen. Die Geschworenen hätten Tränen in den Augen gehabt, das war sicher.

Und nun kam das Plädoyer.

»Mit vierzehn verlässt mein Klient die Wohnung seines Vaters. Dort ist kein Platz mehr für ihn. Er lebt seitdem auf der Straße. Er lernt schnell, sich allein durchzuboxen, sich nur auf sich selbst zu verlassen. Auch zu schlagen, hart ums Überleben zu kämpfen. In diesem Teufelskreis wird er von nun an aufwachsen.«

Wenn das so weitergeht, dachte ich, brennen meine Sicherungen durch. Ich werde mich auf Brunel stürzen und ihm seinen Mitgliedsausweis vom Front National ins Maul stopfen! Aber die Uhr tickte, und mit seinem Gelaber gewann ich Zeit. Brunel machte weiter. Jetzt ging es um Zukunft. Arbeit, Familie, Vaterland.

»Sie heißt Jocelyne. Auch sie stammt aus einer Vorortssiedlung. La Bricarde. Aber sie hat eine richtige Familie. Ihr Vater ist Arbeiter in der Zementfabrik Lafarge. Ihre Mutter Stationshilfe im Krankenhaus Nord. Jocelyne war eine fleißige, brave Schülerin. Sie will Friseuse werden. Sie ist seine Freundin. Sie liebt ihn, und sie hilft ihm. Sie wird die Mutter sein, die er nicht gekannt hat. Die Frau seiner Träume. Sie werden zusammen eine Wohnung nehmen. Sie werden gemeinsam einen kleinen Zipfel vom Paradies aufbauen. Ja, Monsieur!«, sagte er, als er mich grinsen sah.

Ich hatte es mir nicht verkneifen können. Das ging zu weit. Mourrabed in Pantoffeln. Vor der Glotze. Mit drei Gören auf dem Schoß. Mourrabed als glücklicher Mindestlohnempfänger!

»Wissen Sie«, sagte Brunel und wandte sich an meinen Chef, »was dieser junge Mann, dieser angebliche Kriminelle, mir einmal erzählt hat? Siehst du, hat er gesagt, später, mit meiner Frau, werden wir in einem Haus wohnen mit einem vergoldeten ›R‹ auf einer Marmorplatte am Eingang. ›R‹ für Residenz, wie es sie in Saint-Tronc, Saint-Marcel und La Gavotte gibt. Das ist sein Traum.«

Aus den Vierteln im Norden in die Viertel im Osten. Ein fabelhafter sozialer Aufstieg!

»Ich werde Ihnen sagen, wovon Mourrabed träumt«, unterbrach ich ihn. Denn jetzt hatte ich die Schnauze voll. »Er träumt von Einbruch und Zaster. Von einem dicken Schlitten, schicken Klamotten und goldenen Ringen. Er träumt von dem, was Sie repräsentieren. Aber er hat keine großen Sprüche zu verkaufen wie Sie. Nur Stoff. Bezogen von Typen, die genauso daherkommen wie Sie.«

»Montale!«, brüllte der Chef.

»Was denn!«, schrie ich nun. »Ich weiß nicht, wo seine kleine Braut gestern Abend war. Aber ich kann Ihnen sagen, dass er eine Sechzehnjährige gevögelt hat, die von zu Hause abgehauen ist! Nachdem er einem Typ den Schädel eingeschlagen hatte, nur weil der etwas zu lange Haare hatte. Und um die Sache perfekt zu machen, sind sie zu dritt über ihn hergefallen. Manchmal ... der Homosexuelle, wie Sie ihn nennen, weiß sich zu wehren. Nichts gegen Mourrabed, aber ich hätte es ihm gegönnt, sich von einem Schwulen eine blutige Nase zu holen!«

Und ich trat meine Zigarette auf dem Boden aus.

Brunel blieb unerschütterlich. Ein diskretes Lächeln um den Mund. Er taxierte mich. Er sah schon, wie seine Kumpel mir ein Licht aufsetzten. Mir das Maul stopften. Mir den Schädel einschlugen. Er richtete seine makellose Krawatte und stand pikiert auf.

»Wenn das so ist, Monsieur ...« Mein Chef stand ebenfalls auf. Auch er war schockiert von meinen Worten. »... verlange ich die sofortige Freilassung meines Klienten.«

»Sie gestatten«, sagte ich und nahm den Telefonhörer im Büro ab. »Eine letzte Überprüfung.«

Es war sieben Minuten nach zwölf. Pérol nahm ab.

»Alles klar«, sagte er und berichtete kurz.

Ich wandte mich an Brunel. »Ihr Klient wird angeklagt: wegen vorsätzlicher Körperverletzung. Verführung einer Minderjährigen. Drogenhandel und Waffenbesitz, von denen eine bei der Ermordung des jungen Mädchens Leila Laarbi benutzt wurde. Ein Fall von Kommissar Loubet. Ein Komplize wird in diesem Moment verhört. Raoul Farge. Ein Zuhälter. Ich hoffe, er ist nicht auch Ihr Klient, Herr Rechtsanwalt.«

Es gelang mir, nicht zu lächeln.

Ich rief Marie-Lou an. Sie sonnte sich auf der Terrasse. Ich stellte mir ihren Körper vor. Ich habe mich schon immer gewundert, dass Schwarze sich braun brennen lassen. Für mich machte es keinen Unterschied. Für sie offenbar schon. Ich verkündete ihr die gute Nachricht. Farge war in meinem Büro und würde es so bald nicht verlassen. Sie konnte ein Taxi nehmen und ihre Koffer packen.

»Ich bin in anderthalb Stunden da«, sagte ich.

Heute Morgen hatten wir ihre Abreise beschlossen, nachdem wir lachend die zerbrochenen Tassen aufgesammelt und auf der Terrasse mit Honorine einen weiteren Kaffee getrunken hatten. Sie fuhr nur bei sich zu Hause vorbei, um ihr Gepäck zu holen. Dann würde sie eine Weile auf dem Land verbringen. Honorine hatte eine Schwester in Saint-Cannat, einem kleinen Dorf zwanzig Kilometer von Aix an der Straße nach Avignon. Sie bewirtschaftete mit ihrem Mann ein kleines Stück Land. Wein, Kirsch- und Aprikosenbäume. Die Jüngsten waren sie nicht mehr, aber gern bereit, Marie-Lou über den Sommer aufzunehmen.

Honorine war überglücklich, uns diesen Dienst erweisen zu können. Es ging ihr wie mir, sie mochte Marie-Lou gern. Sie hatte mir zugezwinkert: »Nun! Sie werden sich doch ein bisschen Zeit nehmen und sie besuchen, oder? Es ist schließlich nicht am Ende der Welt!«

»Mit Ihnen, Honorine.«

»Ach, mein Junge, für ein Kindermädchen bin ich zu alt!«

Wir hatten gelacht. Ich würde mir die Zeit nehmen müssen, ihr zu erklären, dass ich jemand anders liebte. Ich fragte mich, ob Honorine Lole mögen würde. Aber sie war ganz wie meine Mutter, unmöglich, mit ihr über Mädchen zu reden. Mit vierzehn hatte ich es ein einziges Mal gewagt. Ich hatte ihr gesagt, dass ich Gélou liebe und dass sie unglaublich schön sei. Ich hatte eine Ohrfeige kassiert. Die erste meines Lebens. Honorine hätte vielleicht genauso reagiert. Mit Cousinen spaßte man nicht.

Farges Festnahme verringerte das Risiko für Marie-Lou. In der Nähe ihrer Wohnung war bestimmt ein Kumpel von Farge postiert. Ohne ihn würde er zwar nichts unternehmen, aber ich wollte lieber dabei sein. Farge stritt alles ab. Bis auf das, was wir beweisen konnten. Er gab zu, Mieter des Zweizimmerappartements zu sein, in dem Mourrabed hauste. Er hatte es nicht mehr ausgehalten, dort zu wohnen. Nur Araber und Neger. Er hatte der Hausverwaltung seine Kündigung geschickt. Natürlich fanden wir keine Spur eines Einschreibebriefes. Aber so konnte er jede Bekanntschaft mit Mourrabed abstreiten.

»Einer dieser Hausbesetzer«, sagte er immer wieder. »Kommen da hin, um zu kiffen. Was anderes können sie nicht. Und unsere Frauen vergewaltigen.«

Da hätte ich ihm fast eine runtergehauen. Weil ich an Leila dachte. Und an die beiden Mörder. Und an Toni.

»Sag das noch mal«, sagte ich, »und ich stopf dir deine Hoden ins Maul.«

In der Kartei war nichts über ihn. Farge hatte eine schneeweiße Weste. Wie schon bei Toni hatte jemand aufgeräumt. Aber wir würden etwas finden. Dann musste er auspacken, wo die Waffen herkamen. Vielleicht nicht bei mir, aber bei Loubet. Ich war bereit, ihm Farge zu überlassen. Ich ging zu ihm, die Astra-Spezial in der Tasche. Ich erzählte ihm von meinem Fund bei Mourrabed. Er prüfte die Knarre, die ich auf seinen Schreibtisch gelegt hatte.

»Der dritte Mann läuft immer noch da draußen herum. Also, wenn du Zeit hast …«

»Du lässt nicht locker«, stellte er mit einem kleinen Lächeln fest.

»Das ist unsere Chance.«

Indem ich Farge an Loubet weitergab, war ich aus der Schusslinie. Keinen Argue am Hals. Auch keinen Morvan. Loubet wurde besser respektiert als ich. Er duldete keine Einmischungen von anderen in seine Untersuchungen. Er würde seine Arbeit machen.

Toni erwähnte ich ihm gegenüber nicht. Er hatte das Taxi gefahren. Das machte ihn weder zum Mörder noch zum Vergewaltiger. Bestenfalls musste er über seine Verbindung zu den beiden Killern Auskunft geben. Da sie tot waren, konnte Toni erzählen, was er wollte. Da ich nur eine Hypothese, aber keinen Beweis hatte, zog ich es vor, den anderen einen Schritt voraus zu sein.

»Araber in eurem Poesiealbum zu haben, macht Spaß, was?«, warf der »Hausbesetzer« Mourrabed mir in einem Wutanfall an den Kopf.

»Die Araber sind nicht das Problem. Du bist es.« Ich erzählte ihm, dass ich seinen Rechtsanwalt getroffen hatte und dass dieser jetzt leider nichts für ihn tun könne. Aus reiner Bosheit fügte ich hinzu, wenn er wolle, könnte ich seine kleine Verlobte anrufen. »Dein Rechtsanwalt hat ganz schön von der kleinen Jocelyne geschwärmt. Aber aus der Hochzeit wird wohl nichts, fürchte ich!«

Seine Augen trübten sich hinter einem Schleier unterdrückter Tränen. Er war nur noch Verzweiflung und Niedergeschlagenheit. Der Hass war verschwunden. Aber er würde wiederkommen. Nach den Jahren im Knast. Und noch gewaltiger.

Schließlich brach er zusammen. Durch Drohungen und falsche Informationen. Und Ohrfeigen. Farge versorgte ihn mit Stoff und lieferte ihm regelmäßig Schießeisen. Das Waffengeschäft lief seit einem halben Jahr. Sein Job war es, sie an Kumpel zu verscheuern, die echt Mumm hatten. Er selber rührte sie nicht an. Er fand Kunden, das war alles. Und er kassierte eine kleine Kommission. Farge war der Chef des Ladens. Zusammen mit einem anderen Typen: großer, stämmiger Kerl, sehr kurze Haare, blaue Augen, wie Eis. Das war Wepler.

»Kann ich vernünftige Klamotten kriegen?«

Er konnte einem fast leid tun. Sein T-Shirt hatte große Schweißringe unter den Achseln, und die Unterhose war voller gelber Pissflecken. Aber ich hatte kein Mitleid mit ihm. Er hatte die Toleranzschwelle vor langer Zeit überschritten. Und seine persönliche Geschichte erklärte nicht alles. Jocelyne brauchten wir nicht vorzuladen. Sie hatte gerade irgendeinen bescheuerten Postbeamten geheiratet. Sie war nur eine Schlampe. Der Schwule war nur ihr Bruder.

Auf Marie-Lou wartete kein Empfangskomitee. Das Appartement war so, wie sie es verlassen hatte. Sie packte schnell ihre Sachen und hatte es eilig zu verschwinden. Wie bei einer Urlaubsreise.

Ich trug die Koffer bis zu ihrem Wagen, einem weißen Fiesta, oben an der Rue Estelle. Marie-Lou schloss eine letzte Tasche mit

Dingen, an denen sie hing. Das waren keine Ferien, das war ein wirklicher Abschied.

Ich ging die Straße wieder hoch. Ein Motorrad, eine Yamaha 1100, parkte vor der Brücke über dem Cours Lieutaud. Marie-Lou wohnte hinter der Brücke. Das Haus war in die Treppen gehauen, die zum Cours Julien hinaufführten. Sie waren zu zweit. Der Beifahrer stieg ab, ein großer Blonder, ganz Muskelpaket. Er ließ seine Bizepse spielen, bis die Nähte seines T-Shirts krachten. Der Typ war Monsieur Muskel. Ich folgte ihm.

Marie-Lou kam aus dem Haus. Monsieur Muskel ging direkt auf sie zu und packte sie am Arm. Sie wehrte sich, dann sah sie mich.

»Gibt's ein Problem?«

Monsieur Muskel drehte sich um. Auf dem Sprung, mir eine zu knallen. Er schreckte zurück. Körperlich konnte ich ihn nicht beeindrucken. Es musste etwas anderes sein. Und ich verstand. Es war mein Freund, der Boxer.

»Ich hab dich was gefragt.«

»Wer bist du?«

»Stimmt, neulich in der Nacht hat man uns nicht vorgestellt.«

Ich öffnete meine Jacke. Er konnte das Holster und meine Knarre sehen. Bevor ich das Büro verlassen hatte, hatte ich die Waffe überprüft, geladen und eingesteckt. Unter Pérols beunruhigtem Blick.

»Wir müssen reden, du und ich.«

»Später.«

»Heute Abend.«

»Versprochen. Ich hab da nur gleich ein dringendes Treffen. Mit einem Mädchen von Farge. Sie hat den Tipp gegeben.«

Er gab keinen Kommentar ab. Ein Bulle wie ich überstieg seine Fassungskraft. Übergeschnappt. Dass wir redeten, er und ich, wurde unvermeidlich. Mit Mourrabed hatten wir den Deckel von einem großen Topf Scheiße geöffnet.

»Hände an die Wand und Beine auseinander«, sagte ich.

Ich hörte das Motorrad abfahren. Ich näherte mich Monsieur Muskel und erleichterte ihn um seine Brieftasche, die aus der hinteren Jeanstasche herausguckte. Ich konnte mir nicht vorstellen, dass sie mich wegen Marie-Lou so durchgemöbelt hatten.

»Dein Kumpel Farge sitzt im Knast. Was wolltest du neulich Abend?«

Er zuckte mit den Schultern und spielte mit den Muskeln. Ich wich einen Schritt zurück. Der Typ konnte mich mit einem Fingerschnippen flachlegen.

»Frag ihn doch selbst!«

Er glaubte mir nicht richtig. Ich beeindruckte ihn kein bisschen. Allein würde es mir nicht gelingen, ihn festzunehmen. Nicht mal mit dem Schießeisen. Er wartete nur auf eine gute Gelegenheit. Ich legte den Lauf meiner Waffe an seinen Schädel. Aus den Augenwinkeln beobachtete ich die wenigen Passanten. Niemand blieb stehen. Ein kurzer Blick, und weg waren sie.

»Was soll ich tun?«, fragte Marie-Lou hinter mir.

»Geh zum Wagen.«

Ein Jahrhundert verging. Endlich trat ein, worauf ich gehofft hatte. Eine Polizeisirene ertönte auf dem Cours Lieutaud und näherte sich. Es gab noch brave Bürger. Drei Polizisten kamen. Ich zeigte ihnen meinen Ausweis. Ich war weit von meinem Bezirk entfernt, aber zum Teufel mit den guten Manieren.

»Er hat eine junge Frau belästigt. Nehmt ihn wegen Beleidigung eines Polizeibeamten fest. Liefert ihn an Inspektor Pérol aus. Er weiß, was zu tun ist. Um dich kümmere ich mich gleich.«

Marie-Lou wartete, auf die Motorhaube des Fiestas gestützt. Sie rauchte. Ein paar Männer drehten sich im Vorbeigehen nach ihr um. Aber sie schien niemanden zu sehen, nicht einmal die auf sie gerichteten Augen zu spüren. Sie hatte wieder diesen Blick, der mir heute Morgen nach der Liebe bei ihr aufgefallen war. Sie war abwesend, schon ganz woanders.

Sie drückte sich an mich. Ich vergrub mein Gesicht in ihren Haaren. Ich sog ein letztes Mal den Duft ein. Zimt. Ihr Busen brannte wie Feuer an meiner Brust. Sie streichelte mir den Rücken. Ich machte mich langsam los. Ich verschloss ihren Mund mit meinem Finger, bevor sie etwas sagen konnte. Auf Wiedersehen. Bis bald. Oder was auch immer. Ich mochte keinen Abschied. Und kein Wiedersehen. Ich mochte es einfach, wenn die Dinge so liefen, wie sie sollten.

Ich küsste sie auf die Wangen. Zärtlich, ohne Eile. Dann ging ich die Rue Estelle hinunter, zur nächsten Verabredung. Batisti erwartete mich um fünf.

KAPITEL 12

In dem wir darauf stoßen, wie unendlich mies und mickrig doch die Welt ist

Wir sprangen auf die Fähre, als sie gerade ablegte. Batisti stolperte mehr, als dass er sprang. Ich hatte ihn kräftig und gezielt vorwärts gestoßen. Er landete schwungvoll mitten in der Kabine. Einen Moment glaubte ich, er würde das Gleichgewicht verlieren und sich flachlegen, aber an einer Bank fing er sich. Er drehte sich um, sah mich an und setzte sich. Er nahm seine Mütze ab und wischte sich die Stirn.

»Die Itaker«, sagte ich und ging bezahlen.

Ich hatte sie entdeckt, als ich Batisti an der Anlegestelle an der Place aux Huiles traf. Sie folgten ihm in einigen Metern Abstand. Weiße Leinenhosen, geblümte Hemden, Sonnenbrillen und Umhängetasche. Wie Djamel gesagt hatte: Sie spielten Touristen. Ich erkannte sie sofort, neulich in der *Bar de la Marine* hatten sie hinter uns gesessen. Sie waren gleich nach Batisti gegangen. Batisti hatte sie am Hals. Wenn sie mir ins Panier-Viertel gefolgt waren, dann weil sie mich mit ihm gesehen hatten. So legte ich mir das zurecht. Es schien plausibel.

Die Itaker waren nicht mir auf den Fersen. Auch sonst war da niemand. Ich hatte mich vergewissert, bevor ich zu meiner Verabredung mit Batisti gegangen war. Als ich Marie-Lou verlassen hatte, ging ich die Rue Estelle hinunter, dann bog ich in die Rue Saint-Ferréol. Die große Fußgängerstraße Marseilles. All die großen Geschäfte lagen hier beisammen. Nouvelles-Galeries, Marks & Spencer, La Redoute, Virgin. Sie hatten die schönen Kinos der Sechzigerjahre verdrängt: Rialto, Rex, Pathé Palace. Keine Kneipe war übrig geblieben. Um sieben Uhr abends wurde es hier genauso trist wie auf der Canebière.

Ich war in den Fußgängerstrom getaucht. Spießbürger, Beamte, kleine und höhere Angestellte, Einwanderer, Arbeitslose, Junge, Alte … Ab fünf Uhr abends zog ganz Marseille durch diese Straße. Ellenbogen an Ellenbogen, ohne jede Aggression. Marseille, wie es leibt und lebt. Erst an den äußeren Enden der Straße wurden die Risse wieder sichtbar. Auf der einen Seite die Canebière, die die innere Nord-Süd-Grenze der Stadt bildete. Und auf der anderen Seite die Place Félix-Baret, nur zwei Schritte von der Präfektur entfernt, wo immer ein Streifenwagen stand. Als Vorposten zu den gutbürgerlichen Vierteln. Die Bars dahinter, darunter die *Bar Pierre*, sind seit Jahrzehnten Haupttreffpunkt der Jeunesse dorée.

Unter den Augen der Bereitschaftspolizei überkam mich immer das Gefühl, in einer Stadt im Kriegszustand zu sein. Kaum waren die Grenzen überschritten, hagelte es feindliche Blicke und Angst oder Hass, je nachdem, ob einer Paul oder Ahmed hieß. Die falsche Visage zu haben, ist hier ein Delikt.

Ich war ziellos durch die Straße gegangen, ohne in die Schaufenster zu sehen. Ich ordnete meine Gedanken. Die Ereignisse zwischen Manus und Ugos Tod spulten sich vor meinem geistigen Auge ab. Auch wenn ich sie nicht verstand, konnte ich sie einordnen. Fürs Erste reichte mir das. Die jungen Leute, die durch die Straßen schlenderten, kamen mir schöner vor als zu meiner Zeit. An ihren Gesichtern konnte man die Himmelsrichtungen der Einwanderung ablesen. Ihr Leben. Sie gingen selbstsicher ihrer Wege, stolz auf ihr gutes Aussehen. Die Mädchen hatten den verhaltenen Gang der Marseillerinnen angenommen und den frechen Blick, wenn ihnen jemand nachsah. Ich weiß nicht, wer einmal gesagt hat, sie seien Mutanten, aber es schien zu stimmen. Ich beneidete die jungen Männer von heute.

Statt die Rue Vacon bis zum Anlegeplatz der Fähre am Kai Rive-Neuve weiterzugehen, bog ich links ab, um in den unterirdischen Parkplatz des Cours d'Estienne d'Orves hinunterzusteigen. Ich hatte mir eine Zigarette angezündet und gewartet. Als Erstes tauchte eine Frau um die dreißig auf. Lachsfarbenes Leinenkostüm, rundlich, stark geschminkt. Als sie mich sah, wich sie zurück. Sie drückte ihre Handtasche an die Brust und entfernte sich sehr schnell auf der Suche nach ihrem Auto. Nach meiner Zigarette war ich wieder hinaufgegangen.

Batisti saß auf der Bank und wischte sich mit einem großen, weißen Taschentuch die Stirn. Er wirkte wie ein biederer, pensionierter Seemann, ein guter alter Marseiller. In seinem weißen Hemd, das noch immer über der blauen Leinenhose hing, Espadrilles an den Füßen und eine Seemannsmütze fest auf dem Kopf. Batisti sah den Kai in der Ferne verschwinden. Die beiden Itaker zögerten. Selbst wenn sie ein Taxi kriegten, was ein Wunder wäre, würden sie zu spät auf der anderen Seite des Hafens ankommen. Sie hatten uns verloren. Für den Moment.

Ich lehnte mich aus einem Fenster und kümmerte mich nicht um Batisti. Er sollte in seinem eigenen Saft schmoren während der Überfahrt. Ich mochte diese Überfahrt. Die Fahrrinne zwischen den beiden Festungen Saint-Nicolas und Saint-Jean, die den Eingang von Marseille bewachten, mit dem Gesicht zum Meer und nicht zur Canebière. So musste es sein: Marseille, das Tor zum Orient. Ferne. Abenteuer, Traum. Die Marseiller reisten nicht gern. Alle Welt hält sie für Seefahrer und Abenteurer, glaubt, dass jedermanns Vater oder Großvater mindestens einmal um die Welt gereist sei. Dabei waren sie höchstens bis Niolon oder Cap Croisette gekommen. Für die Kinder aus bürgerlichen Familien war das Meer tabu. Der Hafen war gut für Geschäfte, aber das Meer war schmutzig. Von dort kam das Böse. Und die Pest. Sobald die warmen Tage kamen, zogen sie aufs Land. Nach Aix und Umgebung, in die Landhäuser. Das Meer überließ man den Armen.

Der Hafen war der Spielplatz unserer Kindheit. Zwischen den beiden Forts hatten wir schwimmen gelernt. Einmal hin und zurück, hieß es eines Tages. Um ein Mann zu sein. Und die Mädchen zu beeindrucken. Beim ersten Mal mussten Manu und Ugo mich rausfischen. Ich wäre fast ertrunken und war völlig außer Atem.

»Du hast Angst.«

»Nein, ich krieg keine Luft mehr.« Luft kriegte ich schon. Aber ich hatte Angst.

Manu und Ugo waren nicht mehr da, um mir zu helfen. Sie waren untergegangen, und ich hatte sie nicht retten können. Ugo hatte nicht versucht, mich zu treffen. Lole war auch verschwunden. Ich war allein, und ich tauchte in den Morast. Aus Solidarität. Mit unserer zerbrochenen Jugend. Freundschaft duldet keine Schulden. Am Ende der Reise würde nur ich übrig sein. Wenn ich überhaupt ankam. Aber ein paar Illusionen hatte ich noch im Leben. Und einige zähe, alte Träume. Jetzt wusste ich, was leben heißt, glaube ich.

Wir näherten uns dem Kai. Batisti stand auf und ging auf die andere Seite der Fähre. Er war beunruhigt. Er warf mir einen Blick zu. Ich konnte nichts darin lesen, weder Angst noch Hass, noch Resignation. Nur kalte Gleichgültigkeit. Keine Spur von den Itakern an der Place de la Mairie. Batisti folgte mir schweigend. Wir gingen am Rathaus vorbei und stiegen die Rue de la Guirlande hinauf.

»Wo gehen wir hin?«, fragte er schließlich.

»An einen ruhigen Ort.«

An der Rue Caisserie gingen wir links. Wir standen vor *Chez Félix*. Auch ohne die Bedrohung der Itaker hatte ich ihn hierher bringen wollen. Ich nahm Batisti beim Arm, zwang ihn, sich umzudrehen, und zeigte auf den Bürgersteig. Trotz der Hitze bekam er eine Gänsehaut.

»Sieh genau hin! Da haben sie Manu niedergeschossen. Ich wette, du warst nicht dabei!«

Ich zerrte ihn in die Kneipe. Vier Alte spielten Karten und tranken Pfefferminzlimonade. Drinnen war es wesentlich kühler als draußen. Ich war seit Manus Tod nicht mehr hier gewesen. Aber Félix erwähnte es nicht. So, wie er mir die Hand schüttelte, freute er sich, mich wiederzusehen.

»He, Céleste serviert immer noch ihr Aioli.«

»Ich komme mal wieder vorbei. Sag es ihr bitte.«

An Célestes Aioli kam nur Honorine heran. Der Stockfisch war genau richtig gewässert. Das ist selten. Die meisten weichen ihn zu stark ein, in nur zwei Wasserbädern. Mehrere Bäder sind besser. Einmal acht Stunden, dann dreimal zwei Stunden. Es empfiehlt sich auch, ihn mit Fenchel und Pfefferkörnern in siedendes Wasser zu tauchen. Céleste benutzte Olivenöl, um ihr Aioli »anzurühren«. Aus der Ölmühle von Rossi, in Mouriès. Zum Kochen oder für Salate verwendete sie andere Marken. Öle von Jacques Barles aus Éguilles, Henri Bellon aus Fontvieille oder Margier-Aubert aus Auriol. Ihre Salate schmeckten jedes Mal anders.

Bei Félix hatte Manu mit mir Verstecken gespielt. Seit ich ihm ins Gewissen geredet hatte, wich er mir aus. Er hatte übrigens eilig versucht, sich aus der Sache herauszuziehen. Vierzehn Tage bevor sie ihn umlegten, setzte er sich mir gegenüber an den Tisch. Freitag, Aioli-Tag. Wir gaben uns ein paar Runden Pastis aus, danach Rosé Saint-Cannat. Zwei Flaschen. Wir trafen uns auf eingefahrenen Wegen. Ohne Vorwürfe, nur verstimmt.

»So, wie die Dinge stehen, können wir alle drei nicht zurück.«

»Man kann immer erkennen, dass man auf dem falschen Dampfer ist.«

»Du spinnst! Es ist zu spät, Fabio. Wir haben zu lange gewartet. Wir sitzen zu tief drin. Bis zum Hals.«

»Sprich für dich!«

Er sah mich an. Seine Augen strahlten keine Bosheit aus. Nur müde Ironie. Ich konnte seinem Blick nicht standhalten. Weil er Recht hatte. Was ich aus mir gemacht hatte, war kein Stück besser.

»Okay«, sagte ich, »wir stecken bis zum Hals drin.«

Wir stießen mit dem Rest der zweiten Flasche an.

»Ich habe Lole etwas versprochen, vor langer Zeit. Es ist mir nie gelungen. Sie reich zu machen, sie von hier wegzubringen. Nach Sevilla oder irgendwo in die Gegend. Jetzt werde ich es tun. Ich bin an einem sicheren Ding dran. Diesmal klappt's.«

»Geld ist nicht alles. Lole ist Liebe ...«

»Vergiss es! Sie hat auf Ugo gewartet. Ich habe auf sie gewartet. Mit der Zeit sind die Würfel gefallen. Für ...« Er zuckte mit den Schultern. »Ich weiß nicht. Lole und ich, unsere Liebe dämmert schon seit zehn Jahren so vor sich hin. Wir lieben uns ohne Leidenschaft. Ugo hat sie geliebt. Dich auch.«

»Mich?«

»Wenn du dich nicht so angestellt hättest, wäre sie zu dir gekommen. Früher oder später. Mit oder ohne Ugo. Du bist solider. Und du hast Herz.«

»Heute vielleicht.«

»Immer schon. Von uns allen hast du am meisten gelitten. Deshalb, weil du Herz hast. Wenn mir was passiert, pass auf sie auf.« Er stand auf. »Ich glaube nicht, dass wir beide uns wiedersehen. Wir drehen uns im Kreis. Es gibt nichts mehr zu sagen.«

Und weg war er. Die Rechnung hatte er mir überlassen.

Ich nahm ein Bier. Batisti ein Glas Mandelmilch.

»Du magst Nutten, habe ich gehört. Das macht sich nicht gut. Bullen, die zu Nutten gehen. Das haben wir dich spüren lassen. Punkt.«

»Du bist doch ein elender Schaumschläger, Batisti. Den richtigen Schläger habe ich erst vor einer Stunde getroffen. Farge, sein Auftraggeber, ist seit heute Morgen in meinem Büro. Und glaub mir, wir reden nicht über Nutten. Sondern über Drogen. Und Waffenbesitz. In einem Appartement, das er im Bassens-Viertel gemietet hat.«

»Ah!«, sagte er lakonisch.

Wahrscheinlich wusste er schon davon. Farge, Mourrabed, meine Begegnung mit Toni. Er wartete darauf, dass ich mehr sagte. Wieder einmal saß er da, um mir die Würmer aus der Nase zu ziehen. Ich wusste es. Und ich wusste auch, wo ich ihn hinhaben wollte. Aber ich wollte nicht alle Karten auf einmal auf den Tisch legen. Nicht sofort.

»Warum kleben dir die Itaker an den Fersen?«

»Keine Ahnung.«

»Hör zu, Batisti, reden wir keine hundertsieben Jahre um den heißen Brei herum. Ich bin nicht hier, weil ich dich sympathisch finde. Wenn du redest, gewinne ich Zeit.«

»Du wirst dir eine Kugel einfangen.«

»Darüber denke ich später nach.«

Manu war der Kern des ganzen Durcheinanders. Nach seinem Tod hatte ich einige Informanten befragt. Hier und da in verschiedenen Lagern herumgehorcht. Nichts. Seltsam, niemandem war der kleinste Hinweis zu Ohren gekommen, dass Manu liquidiert werden sollte. Ich hatte daraus geschlossen, dass ihn ein kleiner Gangster umgelegt hatte. Wegen irgendeinem bösen Streich aus der Vergangenheit. Etwas in der Art, ein dummer Zufall. Ich hatte mich damit zufriedengegeben. Bis heute Mittag.

»Den Job bei Brunel, dem Rechtsanwalt, hat Manu sauber erledigt. Sauber. Wie es seine Art war, nehme ich an. Sogar noch besser, da er ja keinen Ärger riskierte. An jenem Abend habt ihr alle zusammen gefuttert. Im *Restanques.* Manu blieb keine Zeit, seine Kohle einzukassieren. Zwei Tage später war er tot.«

Während ich meinen Bericht schrieb, hatte ich Teile der Geschichte rekonstruiert. Die Ereignisse, aber nicht immer ihren Sinn. Ich hatte Lole über den berühmten Coup ausgefragt, von dem Manu gesprochen hatte. Er erzählte in der Regel wenig. Aber diesmal sei alles gut gelaufen, hatte er ihr ausnahmsweise anvertraut. Ein wirklich gutes Geschäft. Er würde letztendlich das große Geld absahnen.

In jener Nacht hatten sie sich Champagner gegönnt. Zur Feier des Tages. Der Job war ein Kinderspiel, den Tresor eines Rechtsanwalts am Boulevard Longchamp knacken und alle Dokumente darin einsacken. Der Rechtsanwalt war Éric Brunel. Zuccas Vertrauensmann.

Babette hatte mir diese Information gegeben, ich hatte sie angerufen, als mein Bericht fertig war. Wir hatten vereinbart, vor meinem Treffen mit Batisti nochmals zu telefonieren. Brunel wollte Zucca hereinlegen, und der Alte musste etwas geahnt haben. Er hatte Manu geschickt, um aufzuräumen. Irgendetwas in dieser Richtung. Zucca und die Poli-Brüder waren zwei verschiedene Welten. Und verschiedene Familien. Es war zu viel Geld im Spiel. Zucca konnte es sich nicht erlauben, sich hereinlegen zu lassen.

Ein Kollege in Rom hatte Babette erzählt, dass man in Neapel nicht besonders glücklich über Zuccas Tod war. Sie würden natürlich darüber hinwegkommen, wie immer. Aber einige dicke laufende Geschäfte bekamen doch einen kräftigen Dämpfer. Zucca war offensichtlich mitten in Verhandlungen mit zwei großen französischen Unternehmen. Das Waschen von Drogengeldern war ein notwendiger Teil der wirtschaftlichen Wiederbelebung. Da waren Unternehmer und Politiker sich einig.

Ich packte vor Batisti aus, weil ich seine Reaktionen sehen wollte. Ein Schweigen, ein Lächeln, ein Wort – alles würde mir helfen, die Dinge zu kapieren. Batistis Rolle verstand ich noch immer nicht. Auch nicht, auf welcher Seite er stand.

Babette glaubte, er stehe Zucca näher als den Poli-Brüdern. Aber da war Simone. Einzige Gewissheit: Er hatte Ugo auf Zucca angesetzt. Diesen Faden ließ ich nicht los. Das war der rote Faden. Von Ugo zu Manu. Und irgendwo dazwischen kämpfte Leila mit den Monstern. Ich konnte immer noch nicht an sie denken, ohne ihre von Ameisen bedeckte Leiche vor mir zu sehen. Sogar ihr Lächeln hatten die Ameisen gefressen.

»Du bist gut informiert«, sagte Batisti, ohne mit der Wimper zu zucken.

»Ich habe nichts anderes zu tun! Ich bin nur ein kleiner Bulle, wie du weißt. Deine Kumpel oder wer auch immer können mich ausradieren, ohne eine Lawine auszulösen. Und ich will nur fischen gehen. In Ruhe, ohne Ärger. Und ich habe es verdammt eilig, wieder fischen zu gehen!«

»Geh fischen. Niemand wird dich dort stören. Nicht mal, wenn du mit Huren schläfst. Das habe ich dir schon neulich zu verstehen gegeben.«

»Zu spät! Ich habe Albträume. Kapierst du das? Wenn ich nur daran denke, dass meine alten Freunde umgelegt wurden. Zugegeben, sie waren keine Heiligen ...« Ich holte tief Luft und sah Batisti fest in die Augen: »Aber die Kleine, die sie in den hinteren Räumen des *Restanques* vergewaltigt haben, hatte nichts damit zu tun. Du wirst sagen, sie war nur eine Araberin. Für dich und die von deiner Sorte zählt das nicht. Das ist wie mit den Negern, diese Tiere haben keine Seele. Nicht wahr, Batisti!«

Ich hatte meine Stimme erhoben. Am Tisch hinter uns blieben die Spielkarten für den Bruchteil einer Sekunde in der Luft hängen. Félix sah von seinem Comic auf, den er gerade las. Ein alter, vergilbter *Pieds Nickelés*. Er sammelte sie. Ich bestellte noch ein Bier.

»Trumpf«, sagte einer der kleinen Alten.

Und das Leben ging wieder seinen Gang.

Batisti hatte verstanden, aber er ließ sich nichts anmerken. Er hatte ein halbes Leben an Mauscheleien und Intrigen hinter sich. Er wollte aufstehen. Energisch legte ich meine Hand auf seinen Arm. Ein Anruf von ihm genügte, und Fabio Montale würde seinen Abend im Rinnstein beenden. Wie Manu. Wie Ugo. Aber ich war zu wütend, um mich von meinem Kurs abbringen zu lassen. Ich hatte fast alle Karten auf den Tisch gelegt, aber einen Trumpf hielt ich noch in der Hand.

»Nicht so eilig. Ich bin noch nicht fertig.«

Er zuckte die Schultern. Félix stellte das Glas vor mich hin. Sein Blick wanderte zwischen Batisti und mir hin und her. Félix war nicht bösartig. Aber hätte ich gesagt: »Wenn Manu erschossen wurde, dann wegen diesem Schweinehund hier«, hätte er ihm, Alter hin, Alter her, eine dicke Lippe verpasst. Leider ließen sich Batistis Rechnungen nicht mit Ohrfeigen begleichen.

»Ich höre.« Der Ton war schneidend. Ich fing an, ihm auf die Nerven zu gehen, und genau das wollte ich. Ihn aus der Ruhe bringen.

»Von den beiden Itakern hast du, glaube ich, nichts zu befürchten. Die Neapolitaner suchen einen Nachfolger für Zucca. Sie haben mit dir Verbindung aufgenommen, denke ich. Du stehst noch immer im Adressbuch der Mafia. Rubrik: Ratgeber. Vielleicht haben sie dich sogar schon ausgesucht.« Ich beobachtete seine Reaktion. »Oder Brunel. Oder Émile Poli. Oder deine Tochter.«

Seine Mundwinkel zuckten leicht. Zweimal. Aha. Ich schien der Wahrheit näher zu kommen.

»Du bist ja vollkommen verrückt! Dir so was auszudenken.«

»Ganz und gar nicht! Das weißt du sehr gut! Nicht verrückt. Aber vielleicht hab ich ein Brett vor dem Kopf. Ich kapier rein gar nichts. Warum du Zucca hast von Ugo umlegen lassen. Wie das alles organisiert werden konnte. Die Aktion von Ugo, kaum dass er in Marseille war. Warum dein Kumpel Morvan ihm nach dem Job aufgelauert hat. Was für ein faules Spiel du dabei spielst. Keine Ahnung. Und noch weniger, warum Manu sterben musste und durch wen. Ich habe nichts gegen dich in der Hand. So wenig wie gegen die anderen. Bleibt Simone. Die werde ich mir mal vornehmen.«

Ich war sicher, ins Schwarze getroffen zu haben. Seine Augen sprühten elektrische Funken. Er rang seine Hände, dass die Gelenke knackten.

»Rühr sie nicht an! Ich hab nur sie!«

»Ich habe auch nur sie. An ihr kann ich mich festbeißen. Loubet ist an der Sache mit der Kleinen dran. Du siehst, Batisti: Ich habe alles im Griff. Toni, seine Waffe, den Ort. Ich schiebe Loubet das alles zu, und eine Stunde später hat er Simone. Die Vergewaltigung hat bei ihr stattgefunden. Das *Restanques* gehört ihr, nicht wahr?«

Das war Babettes brandheiße Information in letzter Minute. Natürlich hatte ich keinen Beweis für all das, was ich vorbrachte. Aber das machte nichts. Batisti wusste es nicht. Das Gespräch nahm für ihn eine unerwartete Wendung. Ich führte ihn auf offenes Gelände.

»Ihre Heirat mit Émile war ein Fehler. Aber die Kinder können ja nicht hören. Die Poli-Brüder konnte ich noch nie leiden.«

Die frische Brise war verschwunden. Ich hätte mich am liebsten aus dem Staub gemacht, mit meinem Boot mitten aufs Meer. Meer und Ruhe. Mir war die ganze Menschheit zuwider. All diese Geschichten zeigten wieder einmal, wie unendlich mies und mickrig diese Welt war. In größerem Maßstab wurden daraus Kriege, Massaker, Völkermorde, Fanatismus und Diktaturen. Als hätte man schon dem ersten Menschen, der zur Welt kam, so übel mitgespielt, dass er voller Hass war. Wenn es einen Gott gibt, sind wir alle Hurenkinder.

»Durch sie haben sie dich in der Hand, stimmt's?«

»Zucca war jahrelang ihr Buchhalter. Mit Zahlen konnte er besser umgehen als mit dem Schießeisen. Der Krieg der Clans, Angriff und Vergeltung, das war nicht sein Ding. Aber er hat die Punkte gezählt. Die Mafia suchte eine Vertretung in Marseille und hat ihn als Mittelsmann ausgesucht. Er hat sein Schiff gut geführt. Wie ein Wirtschaftskapitän. Das war er die letzten Jahre. Ein Geschäftsmann. Wenn du wüsstest …«

»Das will ich gar nicht wissen. Es interessiert mich nicht. Ich bin sicher, es ist zum Kotzen.«

»Man konnte besser mit ihm arbeiten als mit den Poli-Brüdern, verstehst du. Die sind nur Handwerker. Ihnen fehlt der Weitblick. Ich glaube, Zucca hätte sie früher oder später eliminiert. Sie wurden zu unbequem. Besonders seit sie unter Morvans und Weplers Einfluss standen.«

»Sie wollen Marseille säubern. Träumen davon, die ganze Stadt abzufackeln. Ein großes Inferno, ausgehend von den nördlichen Vierteln. Meuten junger Leute beim Plündern. Wepler kümmert sich darum. Sie stützen sich auf die Dealer und ihre Netze. Sie sollen Druck auf die Jungen ausüben. Wie es scheint, sind sie zu allem bereit.«

Gewalt auf der einen Seite. Angst und Rassismus am anderen Ende. Damit wollen sie ihre faschistischen Kumpel ins Rathaus bringen. Sie selbst bleiben im Hintergrund. Wie zu Zeiten Sabianis, des allmächtigen Beraters des Bürgermeisters und Freundes von Carbone und Spirito, den beiden großen Gangsterbossen der Marseiller Unterwelt in der Vorkriegszeit. Sie werden ihre Geschäfte abwickeln, den Italienern Paroli bieten. Sie träumen schon davon, Zuccas Kassenschrank zurückzuerobern.

Ich hatte genug gehört, um die Lust aufs nächste Jahrhundert zu verlieren. Zum Glück war ich vorher mausetot! Was konnte ich mit all dem anfangen? Gar nichts. Ich sah nicht, wie ich Batisti bei Loubet zum Sprechen bringen könnte. Ich hatte keinen Beweis gegen sie alle. Nur eine Anklage gegen Mourrabed. Den Letzten auf der Liste. Einen Araber. Das geborene Opfer, wie üblich. Babette konnte nicht mal einen Artikel darüber schreiben. Sie hatte strikte Anweisungen: Fakten, nichts als Fakten. Damit hatte sie sich bei der Zeitung einen Namen gemacht.

Ich wollte auch nicht den Arm der Gerechtigkeit spielen. Ich sah für mich überhaupt keine Rolle mehr. Nicht mal die des Bullen. Ich sah gar nichts mehr. Ich war durchgeknallt. Hass, Gewalt, Ganoven, Bullen, Politiker … Und das Elend als Nährboden. Arbeitslosigkeit, Rassismus. Wir waren alle wie Insekten in einem Spinnennetz. Wir strampelten, aber am Ende würde die Spinne uns fressen.

Aber ich musste noch mehr wissen. »Und was hatte Manu mit all dem zu tun?«

»Er hat Brunels Tresor nie geknackt. Er hat mit ihm verhandelt. Gegen Zucca. Er wollte noch mehr für sich herausschlagen. Sehr viel mehr. Er hat den Bogen überspannt, glaube ich. Zucca hat ihm das nicht verziehen. Als Ugo mich aus Paris anrief, begriff ich, dass ich meine Revanche bekommen würde.«

Er hatte schnell gesprochen. Als schütte er sein Gewissen aus. Aber zu schnell.

»Welche Revanche, Batisti?«

»Was?«

»Du hast von Revanche gesprochen.«

Er sah zu mir auf. Zum ersten Mal war er ehrlich. Sein Blick trübte sich. Er verlor sich in Regionen, in denen ich nicht existierte.

»Ich mochte Manu gern, weißt du«, stotterte er.

»Aber Zucca nicht, oder?«

Er antwortete nicht. Ich würde nichts mehr aus ihm herausholen. Ich hatte einen wunden Punkt getroffen. Ich stand auf.

»Du lügst immer noch, Batisti.« Er hielt den Kopf gesenkt. Ich neigte mich zu ihm: »Ich werde weitermachen. Herumschnüffeln. Bis ich Bescheid weiß. Alles. Ihr kommt alle dran. Simone auch.«

Es tat mir wahnsinnig gut, meinerseits zu drohen. Sie hatten mir nicht die Wahl der Waffen gelassen.

Schließlich sah er mich an, ein bösartiges Grinsen auf den Lippen. »Du Schwachkopf«, sagte er.

»Wenn du mich umlegen willst, mach schnell. Für mich bist du ein toter Mann, Batisti. Und die Idee gefällt mir. Weil du nur ein Stück Scheiße bist.«

Ich ließ Batisti mit seiner Mandelmilch sitzen.

Draußen knallte mir die Sonne voll ins Gesicht. Ich hatte den Eindruck, das Leben wiedergefunden zu haben. Das richtige Leben. Wo das Glück aus einer Ansammlung kleiner, unbedeutender Nichtigkeiten besteht. Ein Sonnenstrahl, ein Lächeln, Wäsche, die vor einem Fenster trocknet, ein Junge, der eine Konservendose vor sich herkickt, eine Melodie von Vincent Scotto, ein leichter Windstoß unter den Rock einer Frau …

KAPITEL 13

**In dem Dinge passieren,
die man nicht durchgehen lassen kann**

Ich blieb ein paar Sekunden reglos vor *Chez Félix* stehen. Von der Sonne geblendet. Wenn mich jemand an dieser Stelle umgelegt hätte, ich hätte ihm glatt verziehen. Aber niemand lauerte mir an der Straßenecke auf. Das Treffen fand woanders statt. Ich hatte mir den Ort nicht ausgesucht, aber ich ging hin. Ich spazierte die Rue Caisserie hinauf und nahm die Abkürzung über die Place de Lenche. Immer wenn ich an der *Bar Le Montmartre* vorbeikam, konnte ich mir ein Lächeln nicht verkneifen. Montmartre war hier so fehl am Platz. Ich nahm die Rue Sainte-Françoise und ging zu Ange ins *Treize-Coins,* zeigte auf die Flasche Cognac und trank ex. Er hatte sich mit der Flasche in der Hand vor mir aufgebaut. Ich bedeutete ihm, mir nachzuschenken, und trank wieder ex aus.

»Wie geht's?«, fragte er leicht beunruhigt.

»Bestens! Es ging mir nie besser!« Und hielt ihm mein Glas hin. Ich setzte mich auf die Terrasse, neben einen Tisch mit Arabern.

»Aber wir sind Franzosen, du Idiot. Wir sind hier geboren. Ich kenne Algerien überhaupt nicht.«

»Du Franzose, du. Wir sind die unfranzösischsten Franzosen, die es gibt. Ja, das sind wir.«

»Und wenn die Franzosen nichts mehr von dir wissen wollen, was machst du dann? Drauf warten, dass sie dich abknallen. Ich hau ab.«

»Was du nicht sagst. Und wohin, du Idiot? Hör auf zu spinnen.«

»Die können mich mal. Ich bin Marseiller. Ich bleibe hier. Punkt. Und wenn sie mich suchen, finden sie mich.«

Sie waren aus Marseille, mehr Marseiller als Araber. Mit derselben Überzeugung wie unsere Eltern. Wie Manu, Ugo und ich vor fünfzehn Jahren. Ugo hatte einmal gefragt: »Bei mir und Fabio zu Hause sprechen wir Neapolitanisch. Bei dir Spanisch. In der Schule lernen wir Französisch. Was sind wir denn eigentlich?«

»Araber«, hatte Manu geantwortet.

Wir hatten gelacht. Jetzt war die nächste Generation an der Reihe. Sie machte alles noch mal durch. In den Häusern unserer Eltern. Glaubte sich im Paradies auf Erden und betete, dass es anhielt. Mein Vater hatte gesagt: »Vergiss nicht. Als ich hier eines Morgens mit meinen Brüdern ankam, wussten wir nicht, ob wir mittags etwas zu essen hatten, und wir haben trotzdem gegessen.« Das war die Geschichte von Marseille. In alle Ewigkeit. Eine Utopie. Die einzige Utopie der Welt. Ein Ort, wo jeder, egal welcher Hautfarbe, mit dem Koffer in der Hand und ohne einen Sou in der Tasche aus einem Schiff oder Zug steigen und sich in den Menschenstrom mischen konnte. Eine Stadt, wo, kaum war er gelandet, jeder Mensch sagen konnte: »Hier ist es. Ich bin zu Hause.«

Marseille gehört denen, die es bewohnen.

Ange setzte sich mit einem Pastis an meinen Tisch.

»Mach dir keine Sorgen«, sagte ich. »Alles wird sich einrenken. Es gibt immer eine Lösung.«

»Pérol sucht dich seit gut zwei Stunden.«

»Wo steckst du! Himmel, Arsch und Zwirn!«, brüllte Pérol.

»Bei Ange. Komm her. Nimm den Wagen.« Ich hängte auf und stürzte hastig einen dritten Cognac hinunter. Es ging mir schon viel besser.

Ich wartete in der Rue de l'Évêché auf Pérol, unten an den Stufen der Passage Sainte-Françoise. Da musste er vorbeikommen. Nach einer Zigarettenlänge war er da.

»Wo gehen wir hin?«

»Ferré hören, einverstanden?«

In der *Bar des Maraîchers à la Plaine* bei Hassan gab es nicht etwa Raï, Reggae oder Rock. Nur französische Chansons: Brel, Brassens und Ferré. Der Araber machte sich einen Jux daraus, die Erwartungen der Gäste zu durchkreuzen.

»Hallo, Fremde«, grüßte er, als er uns hereinkommen sah.

Hier waren alle Fremden Freunde. Egal welche Haut-, Haar- oder Augenfarbe. Hassan hatte sich eine stolze Kundschaft aus Schülern und Studenten zugelegt. Von der Sorte, die Kurse schwänzten, am liebsten die wichtigsten. Sie nahmen vor einem Bier die Zukunft der Welt auseinander, und dann, nach sieben Uhr, gingen sie daran, sie wieder aufzubauen. Das änderte nichts, aber es war gut, so wie es war. Ferré sang:

Wir sind keine Heiligen.
Zur Glückseligkeit haben wir nur Cinzano.
Arme Waisen,
beten wir aus Gewohnheit zu unserem Vater Pernod.

Ich wusste nicht, was ich trinken wollte. Die Stunde für den Pastis hatte ich übersprungen. Nach einem Blick auf die Flaschen entschied ich mich für einen Glenmorangie. Pérol nahm ein kleines Bier.

»Bist du noch nie hier gewesen?«

Er schüttelte den Kopf und sah mich an, als sei ich ernsthaft krank. »Du solltest öfter rausgehen. Verstehst du, Pérol, wir sollten abends mal auf Tour gehen, wir beide. Um den Bezug zur Realität nicht zu verlieren, kapierst du? Man verliert den Boden unter den Füßen, und schwuppdiwupp weiß man nicht mehr, wo die Seele abgeblieben ist. Bei den Kumpels. Bei den Frauen. Richtung Hof oder Küche. Im Schuhkarton. Eh man sich's versieht, geht man in der untersten Schublade zwischen dem Krimskrams verloren.«

»Hör auf«, sagte er ruhig, aber bestimmt.

»Was meinst du«, redete ich weiter, ohne auf seine Wut zu achten, »ein paar Goldbrassen wären jetzt genau richtig. Gegrillt, mit Thymian und Lorbeer. Und nur einen Hauch Olivenöl darüber. Deiner Frau würde das gefallen, glaubst du nicht?« Ich hatte Lust, übers Kochen zu reden. Ein Inventar aller Gerichte aufzustellen, die ich zubereiten konnte. Cannelloni mit Schinken und Spinat zu zaubern. Einen Tunfischsalat mit neuen Kartoffeln anzurichten. Marinierte Sardinen. Ich hatte Hunger.

»Hast du keinen Hunger?« Pérol antwortete nicht. »Pérol, ich muss dir gestehen, ich weiß nicht einmal mehr deinen Vornamen.«

»Gérard«, sagte er und lächelte schließlich.

»Gut, mein Gégé. Einen trinken wir noch, und dann gehen wir einen Happen essen. Was meinst du?«

Statt zu antworten, erzählte er mir von dem Schlamassel im Bullenstall. Argue hatte Anspruch auf Mourrabed angemeldet, wegen der Waffen. Brenier wollte ihn wegen der Drogen. Loubet weigerte sich, ihn rauszugeben, weil er, verflucht noch mal, in einem Mordfall ermittelte. Folglich hatte Argue sich auf Farge gestürzt. Der hatte den großen Macker herausgekehrt, war sich seiner Protektionen zu sicher gewesen. Er hatte Schläge kassiert. Argue tobte, wenn er nicht rausrücke, wo die Waffen in seinem Keller herkamen, würde er ihm den Kopf abreißen.

Am anderen Ende des Korridors brüllte Monsieur Muskel beim Anblick Farges: »Du hast mir doch befohlen, der Hure die Zähne auszuschlagen.« Kaum war das Wort »Hure« bis zur Etage darunter durchgedrungen, erschien Gravis. Kuppelei war sein Gebiet. Und Farge kannte er wie seine Westentasche.

»In diesem Moment brachte ich meine Verwunderung zum Ausdruck, dass Farge kein Strafregister hatte.«

»Gut gespielt.«

»Gravis tobte, wir seien in einem Irrenhaus. Argue tobte noch lauter, er würde Farge sein Strafregister schon schnell genug verpassen. Und er gab Farge an Morvan weiter, für eine Führung durch den Keller …«

»Und?«, fragte ich, obwohl ich die Antwort erraten konnte.

»Sein Herz hat nicht mitgespielt. Herzschlag, eine Dreiviertelstunde später.«

Wie lange blieb mir noch zu leben? Ich überlegte, was ich vor dem Sterben essen wollte. Eine Fischsuppe, vielleicht. Mit einer guten Rouille, einer mit Peperoni angerührten Knoblauchsoße, verfeinert mit Seeigelfleisch und etwas Safran. Aber ich hatte keinen Hunger mehr. Und ich war wieder nüchtern.

»Und Mourrabed?«

»Wir sind sein Geständnis noch einmal durchgegangen. Er hat es unterschrieben. Dann habe ich ihn an Loubet weitergereicht. So. Und jetzt packst du aus. In was für eine Geschichte du verwickelt bist, und so weiter. Ich hab keinen Bock, dumm zu sterben.«

»Das ist eine lange Geschichte. Lass mich erst pissen gehen.«

Im Vorbeigehen bestellte ich mir einen weiteren Glenmorangie. Das Zeug schmeckte besser als Buttermilch. Auf der Toilette hatte ein kleiner Komiker geschrieben: »Bitte lächeln, Sie werden gefilmt.« Ich lächelte mein Lächeln Nr. 5. Fabio, alles wird gut. Du bist der Schönste. Du bist der Stärkste. Dann hielt ich meinen Kopf unter den Wasserhahn.

Als wir auf das Revier zurückkehrten, wusste Pérol alles. Bis ins kleinste Detail. Er hatte zugehört, ohne mich zu unterbrechen. Es hatte gut getan, alles loszuwerden. Ich sah zwar nicht wirklich klarer, aber ich hatte das Gefühl zu wissen, wohin ich ging.

»Glaubst du, Manu wollte Zucca hereinlegen?«

Möglich war es. Nach dem, was er mir erzählt hatte. Der große Coup war nicht der Job. Sondern der Haufen Kohle, den er damit machen konnte. Andererseits, je länger ich darüber nachdachte, desto weniger passte alles zusammen. Pérol legte den Finger genau in die offene Wunde. Ich konnte mir nicht vorstellen, dass Manu Zucca übers Ohr haute. Er machte manchmal verrückte Sachen, aber die echten Gefahren konnte er wittern. Wie ein Tier. Und dann, es war Batisti, der ihn auf den Coup angesetzt hatte. Sein Wahlvater.

Der einzige Mensch, dem er halbwegs vertraute. Das konnte er ihm nicht antun.

»Nein, ich glaube nicht, Gérard.«

Aber mir war schleierhaft, wer ihn hatte umlegen können.

Und dann fehlte mir noch eine andere Antwort: Wie hatte Leila Toni kennengelernt?

Ich hatte vor, ihn zu fragen. Es war nur eine Kleinigkeit, aber sie ließ mir keine Ruhe. Das nagte wie Eifersucht. Leila verliebt … Ich hatte mich mit diesem Gedanken abgefunden, aber nicht so leicht. Zugeben, dass eine Frau, die man begehrt, mit einem anderen ins Bett geht? Ich hatte beschlossen, das zu akzeptieren, aber es war nicht einfach, wirklich nicht. Mit Leila hätte ich vielleicht wieder bei null anfangen können. Das Leben neu erfinden. Aufbauen. Befreit von der Vergangenheit, von Erinnerungen, Illusionen. Leila war Gegenwart, Zukunft. Ich steckte in meiner Vergangenheit. Wenn es für mich ein glückliches Morgen gab, musste ich zu dem verpassten Rendezvous zurückkehren. Zu Lole. So viel Zeit war zwischen uns verstrichen.

Leila mit Toni – ich verstand es nicht. Aber Toni hatte Leila einfach mitgenommen. Der Hausmeister aus dem Studentenwohnheim hatte nachmittags angerufen, sagte Pérol. Seine Frau habe sich daran erinnert, wie Leila in einen Golf mit Schiebedach gestiegen sei. Vorher habe sie auf dem Parkplatz ein paar Minuten mit dem Fahrer gesprochen. Seine Frau hatte noch gedacht: »Na, die langweilt sich bestimmt nicht, die kleine Hure!«

Hinter den Gleisen des Bahnhofs Saint-Charles, eingeklemmt zwischen der Ausfahrt der nördlichen Autobahn und den Boulevards Plombières und National, lag das Viertel Belle-de-Mai unverändert. Dort lebte man wie früher. Weit weg vom Zentrum, das nur wenige Minuten entfernt war. Es herrschte Dorfatmosphäre. Wie in Vauban, La Blancarde, Le Rouet oder La Capelette, wo ich aufgewachsen war.

Als Jungs waren wir oft nach Belle-de-Mai gegangen. Um uns zu prügeln. Häufig wegen der Mädchen, fast immer eigentlich. Es lag ständig eine Schlägerei in der Luft. Und es gab immer einen Sportplatz oder ein freies Gelände, auf dem wir uns die Fresse einschlagen konnten. Vauban gegen La Blancarde. La Capelette gegen Belle-de-Mai. Le Panier gegen Le Rouet. Nach einem Ball, einer Fete, einem Jahrmarkt oder nach dem Kino. Das war nicht die West Side Story – Latinos gegen Puertoricaner. Jede Gang hatte ihren Teil an Italienern, Spaniern, Armeniern, Portugiesen, Arabern, Afrikanern, Vietnamesen. Wir schlugen uns wegen des Lächelns eines Mädchens, nicht wegen der Hautfarbe. Das schuf Freundschaften, keinen Hass.

Einmal ließ ich mich hinter dem Vallier-Stadion übel von einem Itaker zurichten. Ich hatte seine Schwester am Ausgang des Tanzsaals *Alhambra* in La Blancarde »böse« angesehen. Ugo hatte dort ein paar Mädchen aufgetrieben. Das war eine Abwechslung zu den *Salons Michel.* Später entdeckten wir, dass unsere Väter aus Nachbardörfern stammten. Meiner aus Castel San Giorgio, seiner aus Piovene. Wir gingen ein Bier trinken. Eine Woche später stellte er mir seine Schwester Ophélia vor. Wir waren »compaesani«. Das war etwas anderes. »Wenn es dir gelingt, sie zu halten, Hut ab! Ihr kommt es nur drauf an, Männer scharfzumachen.« Ophélia war eine schlimme Schlampe. Sie ist Mavros' Frau geworden. Armer Kerl, er hat es bitter bereut.

Das Zeitgefühl war mir abhanden gekommen. Ich parkte meinen Wagen fast vor Tonis Haus. Sein Golf stand fünfzig Meter weiter oben. Ich rauchte und hörte Buddy Guy. *Damn Right, He's Got the Blues.* Ein fantastisches Stück. Marc Knopfler, Eric Clapton und Jeff Beck begleiteten ihn. Ich zögerte noch, Toni einen Besuch abzustatten. Er wohnte im zweiten Stock, und es brannte Licht. Ich fragte mich, ob er allein war oder nicht.

Denn ich war allein. Pérol war ins Bassens-Viertel geeilt. Eine Schlägerei bahnte sich an. Zwischen den Jungs des Viertels und Mourrabeds Kumpeln. Eine Araber-Gang von außerhalb provozierte die

Jungs aus dem Viertel. Sie hatten zugelassen, dass die Bullen Mourrabed mitnahmen. Sie waren wütend, das war klar. Der große Schwarze hatte schon eine Abreibung bekommen. Sie hatten ihn auf dem Parkplatz zu fünft in die Enge getrieben. Die aus Bassens ließen nicht zu, dass Fremde sich in ihrem Gebiet breitmachten. Schon gar nicht Dealer. Die Messer wurden gewetzt.

Allein konnte Cerutti nichts ausrichten. Auch nicht mit Reivers Hilfe, der sofort gekommen war, bereit, nach seiner Tagschicht noch eine Nachtschicht zu machen. Pérol hatte die Mannschaften zusammengetrommelt. Sie mussten schnell handeln. Einige Dealer verhören, unter dem Vorwand, dass Mourrabed sie verpfiffen hatte. Das Gerücht in Gang setzen, dass er ein Spitzel war. Das würde die Gemüter beruhigen. Sie wollten verhindern, dass die Jungs aus Bassens sich mit den andern in die Haare kriegten.

»Geh essen, schnapp ein bisschen frische Luft, und mach keine Dummheiten«, hatte Pérol gesagt. »Warte damit auf mich.« Ich hatte ihm nichts von meinen Absichten für den Abend gesagt. Außerdem hatte ich gar keine. Ich fühlte nur, dass ich etwas unternehmen musste. Ich hatte Drohungen in die Welt gesetzt. Ich konnte mich nicht länger wie ein gehetztes Tier verkriechen. Ich musste sie dazu bringen, aus der Deckung zu kommen. Einen Fehler zu machen. Ich hatte Pérol gesagt, dass wir uns später treffen und gemeinsam einen Plan ausarbeiten würden. Er hatte mir angeboten, bei ihm zu schlafen, in meiner Hütte war es zu gefährlich. Ich sah das auch so.

»Weißt du, Fabio«, hatte er gesagt, nachdem er mir zugehört hatte, »natürlich empfinde ich die Dinge nicht wie du. Deine Freunde habe ich nicht gekannt, und Leila hast du mir nie vorgestellt. Aber ich verstehe deine Situation. Ich verstehe, dass es dir nicht nur um Rache geht. Es ist einfach dieses Gefühl, dass es Dinge gibt, die man nicht durchgehen lassen kann. Weil du sonst nicht mehr in den Spiegel schauen kannst.« Pérol sprach wenig, aber jetzt ereiferte er sich. Er hätte noch stundenlang weiterreden können.

»Reg dich nicht auf, Gérard!«

»Tu ich nicht. Ich will dir sagen, was ich denke. Du hast einen dicken Fisch an der Angel. Du kannst nicht allein zuschlagen. Allein kommst du aus dem Schlamassel nicht raus. Ich stehe dir bei. Ich lasse dich nicht im Stich.«

»Ich weiß, dass du mein Freund bist. Was du auch tust. Aber ich will nichts von dir, Gérard. Kennst du den Ausdruck? Ab hier ist Ihr Ticket nicht mehr gültig. Ich bin dort. Ich will dich nicht hineinziehen. Es ist gefährlich. Wir werden unsaubere Dinge tun müssen, fürchte ich. Bestimmt sogar. Du hast eine Frau und eine Tochter. Denk an sie, und vergiss mich.«

Ich öffnete die Tür. Er packte meinen Arm. »Unmöglich, Fabio. Wenn wir morgen deine Leiche finden, weiß ich nicht, was ich tun werde. Schlimmeres vielleicht.«

»Ich werde dir sagen, was du machen wirst. Noch ein Kind. Mit der Frau, die du liebst. Mit deinen Kindern hast du noch eine ordentliche Zukunft auf dieser Erde, da bin ich mir sicher.«

»Du bist ein Idiot!«

Er nahm mir das Versprechen ab, auf ihn zu warten. Oder zu ihm zu kommen, wenn ich etwas unternehmen wollte. Ich versprach es ihm. Beruhigt war er nach Bassens gefahren. Er konnte nicht wissen, dass ich mein Wort brechen würde. Verdammt noch mal! Ich drückte meine dritte Kippe aus und stieg aus dem Auto.

»Wer ist da?«

Eine Frauenstimme. Jung. Beunruhigt. Ich hatte Lachen gehört. Dann Schweigen.

»Montale. Fabio Montale. Ich möchte zu Toni.«

Die Tür ging einen Spaltbreit auf. Ich musste mich geirrt haben! Karine war genauso perplex wie ich. Wir standen uns sprachlos gegenüber. Ich trat ein. Ein starker Shit-Geruch stieg mir in die Nase.

»Wer ist da?«, hörte ich vom Ende des Flurs fragen.

Kaders Stimme.

»Kommen Sie rein«, sagte Karine. »Woher wissen Sie, dass ich hier wohne?«

»Ich wollte zu Pirelli. Toni.«

»Mein Bruder! Er ist seit Ewigkeiten nicht mehr hier.«

Die Antwort! Endlich hatte ich sie! Aber ich verstand noch immer nicht. Leila und Toni, das wollte mir nicht in den Kopf. Sie waren alle da. Kader, Yasmine, Driss. Um den Tisch versammelt. Wie Verschwörer.

»Allah ist groß«, sagte ich und zeigte auf die Flasche Whisky vor ihnen.

»Und Chivas ist sein Prophet«, antwortete Kader und griff nach der Flasche. »Stößt du mit uns an?«

Sie mussten eine ganze Menge getrunken haben. Und geraucht. Aber ich hatte nicht den Eindruck, dass sie dadurch fröhlicher wurden. Im Gegenteil.

»Ich wusste gar nicht, dass du Toni kennst«, sagte Karine.

»Nur flüchtig. Siehst du, ich wusste nicht einmal, dass er umgezogen ist.«

»Dann hast du ihn seit einem Monat nicht gesehen ...«

»Ich kam gerade vorbei, sah Licht und bin hochgekommen. Alte Kumpel, verstehst du.«

Sie starrten mich an. Toni und ich passten in ihren Augen sicher nicht so ganz zusammen. Jetzt konnte ich meine Richtung nicht mehr ändern. Ihre Köpfe rauchten.

»Was wollen Sie von ihm?«, fragte Driss.

»Einen Gefallen. Ihn um einen Gefallen bitten. Nun gut«, sagte ich und trank aus, »ich werde euch nicht länger stören.«

»Du störst uns nicht«, widersprach Kader.

»Ich hatte einen langen Tag.«

»Es scheint, Sie haben einen Dealer geschnappt?«, fragte Yasmine.

»Die Neuigkeiten verbreiten sich schnell.«

»Arabisches Telefon«, warf Kader lachend ein. Ein gezwungenes, falsches Lachen.

Sie erwarteten, dass ich ihnen erklärte, was ich mit Toni am Hut hatte.

Yasmine schob mir ein Buch zu, noch im Plastikumschlag. Ich las den Titel, ohne es in die Hand zu nehmen: *Der Tod ist ein einsames Geschäft* von Ray Bradbury. »Sie können das Buch haben. Es hat Leila gehört. Kennen Sie es?«

»Sie hat oft davon gesprochen. Ich habe es nie gelesen.«

»Hier«, sagte Kader und reichte mir ein Glas Whisky. »Setz dich, wir beißen nicht.«

»Wir haben es zusammen gekauft. Am Tag bevor …«, sagte Yasmine.

»Ah«, sagte ich. Der Whisky brannte mir in der Kehle. Ich hatte den ganzen Tag nichts gegessen. Müdigkeit überfiel mich. Die Nacht war noch lang. »Hast du vielleicht einen Kaffee?«, fragte ich Karine.

»Ich hab gerade welchen gemacht. Er ist noch heiß.«

»Es war für Sie«, fuhr Yasmine fort. »In dieser Plastikfolie. Sie wollte es Ihnen schenken.«

Karine kam mit einer Tasse Kaffee wieder. Kader und Driss sagten kein Wort mehr. Sie warteten auf die nächste Folge einer Geschichte, deren Ende sie zu kennen schienen.

»Ich hab lang nicht verstanden, wie es in den Wagen meines Bruders kam«, sprach Karine weiter.

Jetzt war es draußen. Es verschlug mir die Sprache. Die Bande gab mir den Rest. Keiner von ihnen lachte mehr. Sie waren ernst.

»Samstagabend ist er vorbeigekommen, um mich ins Restaurant zum Essen einzuladen. Das macht er regelmäßig. Redet von meinem Studium, steckt mir ’n bisschen Geld zu. Ein großer Bruder halt! Das Buch lag im Handschuhfach. Ich weiß nicht mehr, was ich gesucht habe. Ich hab gefragt: ›Was ist denn das?‹ Er war mächtig erstaunt. ›Was? Das? Ah, das, ähm … Nun, das ist … ein Geschenk. Für dich. Ich dachte … Na ja, für nach dem Essen. Mach es ruhig auf.‹

Toni machte mir oft Geschenke. Aber ein Buch war ganz was Neues. Ich verstand nicht, wie er darauf gekommen war … Ich war gerührt. Ich hab ihm gesagt, dass ich ihn gern habe. Wir sind essen gegangen, und ich habe das Buch samt der Verpackung in meine Handtasche gesteckt.

Als ich zurückkam, legte ich es da aufs Regal. Dann ist das alles passiert. Leila, die Beerdigung. Ich bin bei ihnen geblieben. Wir haben bei Mouloud geschlafen. Ich hatte das Buch ganz vergessen. Heute Mittag hat Yasmine es gesehen, als sie mich abholen wollte. In unseren Köpfen ging alles durcheinander. Wir haben die Jungs angerufen. Die Sache musste geklärt werden. Verstehen Sie?« Sie hatte sich hingesetzt. Sie zitterte. »Jetzt wissen wir nicht, was wir machen sollen.«

Und sie brach in Tränen aus.

Driss stand auf und nahm sie in seine Arme. Er strich ihr zärtlich übers Haar. Ihr Weinen grenzte an einen Nervenzusammenbruch. Yasmine kniete sich vor ihr hin und nahm Karines Hände. Kader blieb reglos sitzen, die Ellenbogen auf dem Tisch. Er sog krampfhaft an seiner Zigarette. Den Blick weit weg.

Alles begann sich um mich zu drehen. Mein Herz schlug zum Zerplatzen. Nein, das war nicht möglich! Ein Satz von Karine hatte mich alarmiert. Toni. In der Vergangenheitsform.

»Und wo ist Toni?«

Kader stand auf, wie ein Roboter. Karine, Yasmine und Driss folgten ihm mit den Augen. Kader öffnete die Balkontür. Ich stand auf und trat näher. Da lag Toni. Ausgestreckt auf den Kacheln.

Tot.

»Wir wollten dich gerade anrufen.«

KAPITEL 14

**In dem es besser ist, in der Hölle zu leben,
als im Paradies zu sterben**

Die Kids waren am Ende. Jetzt, wo sie Tonis Leiche wiedersahen, brachen sie zusammen. Karine heulte immer noch. Yasmine und Driss hatten auch angefangen. Bei Kader schienen die Sicherungen durchgebrannt zu sein. Der Shit und der Whisky hatten nichts genützt. Jedes Mal, wenn er auf Tonis Leiche hinuntersah, stieß er kurze, trockene Lacher aus. Ich begann durchzudrehen. Das war nicht der richtige Moment.

Ich schloss die Balkontür, schenkte mir einen Whisky ein und steckte mir eine Zigarette an. »Gut«, sagte ich. »Nochmal von vorn.« Aber ich hätte ebenso gut mit Taubstummen reden können. Kader lachte noch hysterischer.

»Driss, du bringst Karine ins Schlafzimmer. Sie soll sich hinlegen und ausruhen. Yasmine, find mir irgendein Beruhigungsmittel, Lexomil oder so was, und gib jedem eine Tablette. Nimm selber auch eine. Danach machst du mir frischen Kaffee.« Sie sahen mich an wie Marsmenschen. »Na los!«, sagte ich ruhig, aber bestimmt.

Sie standen auf. Driss und Karine verschwanden im Schlafzimmer.

»Was machen wir jetzt?«, fragte Yasmine. Sie fing sich wieder. Von den vieren war sie die verlässlichste. Das zeigte sich in jeder ihrer Gesten. Präzise, sicher. Sie hatte vielleicht genauso viel geraucht wie die anderen, aber weniger getrunken. Das war deutlich.

»Den da wieder aufrichten«, antwortete ich und wies auf Kader. Ich hob ihn aus seinem Stuhl.

»Der baut keine Scheiße mehr, was?«, sagte er und brach in Gelächter aus. »Dem haben wir das Maul für immer gestopft, diesem Arschloch.«

»Wo ist das Badezimmer?«

Yasmine zeigte es mir. Ich schob Kader hinein. Dort stand eine winzige Badewanne. Der Geruch von Erbrochenem hing in der Luft. Driss war schon da gewesen. Ich packte Kader am Nacken und zwang ihn in die Hocke. Ich öffnete den kalten Wasserhahn. Er wehrte sich.

»Mach keinen Scheiß! Sonst schmeiß ich dich rein!«

Ich reichte ihm ein Handtuch, nachdem ich ihm gründlich den Kopf gewaschen hatte. Als wir ins Wohnzimmer zurückkamen, stand der Kaffee auf dem Tisch. Wir setzten uns. Aus dem Schlafzimmer drangen immer noch Karines Schluchzer, aber schwächer. Driss redete ihr gut zu. Ich konnte nicht verstehen, was er sagte, aber es klang wie eine sanfte Melodie.

»Verdammt«, sagte ich zu Kader und Yasmine. »Warum habt ihr mich nicht angerufen?«

»Wir wollten ihn nicht umbringen«, antwortete Kader.

»Was habt ihr denn erwartet? Dass er sich bei euch entschuldigt? Der Typ war fähig, seinen Vater und seine Mutter zu erwürgen.«

»Das haben wir gesehen«, sagte Yasmine. »Er hat uns gedroht. Mit einer Waffe.«

»Wer hat ihn angegriffen?«

»Zuerst Karine, mit einem Aschenbecher.«

Ein großer Glasaschenbecher, den ich mit Kippen gefüllt hatte, seit ich hier war. Toni war vor Schreck zu Boden gegangen und hatte sein Schießeisen fallen lassen. Yasmine hatte die Waffe mit einem Fußtritt unter den Schrank befördert. Da lag sie übrigens immer noch. Toni hatte sich auf den Bauch gedreht und versucht aufzustehen. Driss hatte sich auf ihn geworfen und ihm den Hals zugedrückt. »Arschloch! Arschloch!«, schrie er.

»Mach ihn fertig!«, hatten Yasmine und Kader ihn angefeuert. Driss drückte mit aller Kraft, aber Toni wehrte sich noch. Karine schrie: »Er ist mein Bruder!« Sie weinte. Sie flehte. Sie zerrte Driss am Arm, damit er losließ. Aber Driss war nicht mehr er selbst. Er ließ seiner Wut freien Lauf. Leila war nicht nur seine Schwester gewesen. Sie war seine Mutter. Sie hatte ihn aufgezogen, verwöhnt, geliebt. Das konnte man ihm nicht antun. Ihm seine zwei Mütter nehmen.

Die vielen Stunden Training mit Mavros steckten in seinen Armen.

Toni war stark bei Schwächeren. Bei Sanchez und den anderen. Der Stärkere, mit einer Waffe in der Hand. Hier war er verloren. Er wusste es in dem Augenblick, als Driss' Hände seinen Hals packten. Und zudrückten. Tonis Augen flehten um Gnade. Das hatten seine Kumpel ihm nicht beigebracht. Der Tod, der sich Zentimeter um Zentimeter in den Körper einschleicht. Atemnot. Panik. Angst. Ich hatte neulich, in der Nacht, eine Ahnung davon bekommen. Driss war so kräftig wie Monsieur Muskel. Nein, so wollte ich nicht sterben.

Karine umklammerte Driss' Brust mit ihren schwachen Armen. Sie schrie nicht mehr. Sie weinte und wiederholte: »Nein, nein, nein.« Aber es war zu spät. Zu spät für Leila, die sie liebte. Zu spät für Toni, den sie liebte. Zu spät für Driss, den sie auch liebte. Mehr als Leila. Viel mehr als Toni. Driss hörte nichts mehr. Nicht einmal Yasmine, die schrie: »Hör auf!« Er drückte noch immer, mit geschlossenen Augen.

Lächelte Leila Driss zu? Lachte sie? Wie an jenem Tag ... Wir waren zum Baden nach Sugitton gefahren. Den Wagen hatten wir auf einem flachen Stück am Col de la Gineste stehen lassen und wanderten auf einem Pfad durch das Puget-Massiv bis zum Col de la Gardiole. Leila wollte das Meer ganz oben von der Devenson-Felswand aus sehen. Sie war nie wieder hingekommen. Es war einer der erhabensten Orte der Welt.

Leila ging vor mir. Sie trug kurze, ausgefranste Jeans und ein weißes Top. Ihre Haare hatte sie unter eine weiße Leinenkappe gesteckt. Schweißperlen rannen ihren Hals hinunter. Für kurze Momente glitzerten sie wie Diamanten. Meine Augen waren der Spur der Schweißtropfen unter ihrem Oberteil gefolgt. Am Kreuz entlang bis zur Taille. Bis zur Poritze.

Sie ging mit der ganzen Geschmeidigkeit ihrer Jugend. Ich sah, wie ihre Muskeln sich spannten, von den Knöcheln bis zu den Schenkeln. Sie kletterte ebenso anmutig in den Hügeln herum, wie sie auf der Straße in hohen Hacken ging. Begehren überkam mich. Es war früh, aber in der Hitze rochen die Pinien schon stark nach Harz. Ich stellte mir den Harzduft zwischen Leilas Schenkeln vor. Seinen Geschmack auf meiner Zunge. In dem Moment wusste ich, dass ich meine Hände auf ihren Hintern legen würde. Dass ich sie an mich drücken würde. Ihre Brüste in meinen Händen. Dass ich sie streicheln und ihre Shorts aufknöpfen würde.

Ich war stehen geblieben. Leila hatte sich umgedreht, ein Lächeln auf den Lippen.

»Ich gehe vor«, hatte ich gesagt.

Im Vorbeigehen hatte sie mir lachend einen Klaps auf den Hintern gegeben.

»Worüber lachst du?«

»Über dich.«

Glück. Einen Tag lang. Zehntausend Jahre ist es her.

Später, am Strand, hatte sie mich über mein Leben und die Frauen in meinem Leben ausgefragt. Ich habe nie über die Frauen sprechen können, die ich geliebt hatte. Ich wollte diese Liebesgeschichten für mich behalten. Darüber zu sprechen, brachte hässliche Worte, Tränen und knallende Türen zurück. Und die Nächte danach in Laken, so zerknittert wie das Herz. Ich wollte nicht. Ich wollte, dass meine Liebe weiterlebte. Mit der Schönheit des ersten Blicks. Der Leidenschaft der ersten Nacht. Der Zärtlichkeit des ersten Morgens. Ich hatte irgendetwas geantwortet, so vage wie möglich.

Leila hatte mich seltsam angesehen. Dann hatte sie von ihren Liebhabern gesprochen. Sie konnte sie an einer Hand abzählen. Die Beschreibung ihres Traumprinzen, was sie von ihm erwartete, hatte die Züge eines Porträts. Ich mochte dieses Porträt nicht. So sah ich nicht aus. Und niemand sonst. Ich sagte ihr, sie sei ein naives kleines Mädchen. Das amüsierte sie zuerst, dann ärgerte es sie. Wir stritten uns zum ersten Mal. Ein Streit aus Begehren.

Auf dem Rückweg hatten wir das Thema nicht mehr angeschnitten. Wir kehrten schweigend zurück. Wir hatten dieses Begehren des anderen jeder für sich irgendwo in uns weggesteckt. Eines Tages mussten wir darauf antworten, sagte ich mir, aber nicht heute. Die Freude am Zusammensein, am gegenseitigen Entdecken war wichtiger. Das wussten wir. Der Rest konnte warten. Kurz bevor wir zum Auto kamen, ließ sie ihre Hand in meine gleiten. Leila war ein atemberaubendes Mädchen. Bevor wir uns an jenem Sonntag verabschiedeten, küsste sie mich auf die Wange. »Bist ein feiner Kerl, Fabio.«

Leila lächelte mich an.

Schließlich traf ich sie wieder. Am anderen Ufer des Todes. Jetzt waren ihre Mörder und Vergewaltiger krepiert. Die Ameisen konnten über das Aas herfallen. Leila war nicht mehr verletzlich. Sie ruhte in meinem Herzen, und ich trug sie durch diese Welt, die allen Menschen jeden Morgen eine Chance gibt.

Ja, sicher hatte sie in diesem Augenblick Driss zugelächelt. Ich hätte Toni auch umgebracht, das wusste ich. Um den Horror auszulöschen. Mit den eigenen Händen, wie Driss. Genauso blind. Bis das, was er getan hatte, ihm zum Hals herauskam und er daran erstickte.

Toni pisste sich voll. Driss öffnete die Augen, aber ohne seinen Griff zu lockern. Da musste Toni die Hölle gesehen haben. Ein schwarzes Loch. Er wehrte sich ein letztes Mal. Ein Aufbäumen. Der letzte Atemzug. Dann rührte er sich nicht mehr.

Karine hörte auf zu heulen. Driss erhob sich. Seine Arme hingen schlaff über Tonis Leiche. Keiner wagte, sich zu bewegen oder zu sprechen. Der Hass war weg. Nur Leere. Ihnen war nicht einmal klar, was Driss getan hatte. Was sie zugelassen hatten. Sie konnten nicht zugeben, dass sie soeben einen Menschen getötet hatten.

»Ist er tot?«, hatte Driss schließlich gefragt.

Niemand antwortete. Driss wurde schlecht, und er rannte aufs Klo. Das war vor einer Stunde gewesen, und seither kippten sie Whisky und kifften. Ab und zu warfen sie einen Blick auf die Leiche.

Kader stand auf, öffnete die Balkontür und stieß Tonis Leiche mit dem Fuß hinaus. Ihn nur nicht mehr sehen. Und er schloss die Tür wieder.

Jedesmal, wenn sie wieder beschlossen hatten, mich jetzt anzurufen, schlug jemand eine andere Lösung vor. In jedem Fall mussten sie die Leiche berühren. Und das trauten sie sich nicht. Als die Whiskyflasche drei Viertel leer und die Köpfe voller Shit waren, zogen sie in Erwägung, die Bude in Brand zu setzen und abzuhauen. Ein wahnsinniges, befreiendes Lachen überkam sie. In dem Moment hatte ich an die Tür geklopft.

Das Telefon klingelte. Wie in einem schlechten Roman. Niemand rührte sich. Sie sahen mich an, warteten auf eine Entscheidung. Im Schlafzimmer war Driss verstummt.

»Nehmen wir nicht ab?«, fragte Kader.

Ich nahm hastig ab, genervt.

»Toni?«

Eine Frauenstimme. Sinnlich, rau und heiß. Erregend.

»Wer ist da?«

Schweigen. Ich hörte Besteck und Geschirr klappern. Leise Musik im Hintergrund. Ein Restaurant. Das *Restanques?* Vielleicht war es Simone.

»Hallo.« Eine Männerstimme mit leicht korsischem Akzent. Émile? Joseph? »Ist Toni da? Oder seine Schwester?«

»Soll ich ihnen etwas ausrichten?«

Es wurde aufgelegt.

»Hat Karine Toni heute Abend angerufen?«

»Ja«, antwortete Yasmine. »Dass er kommen sollte. Es sei dringend. Sie hat eine Nummer, unter der sie ihn erreichen kann. Sie hinterließ eine Nachricht. Er rief zurück.«

Ich ging ins Schlafzimmer. Sie lagen eng beieinander. Karine weinte nicht mehr. Driss war eingeschlafen. Er hielt ihre Hand. Sie waren rührend. Hoffentlich hielt ihre Liebe ein Leben lang an.

Karine hatte die Augen weit offen. Ein verstörter Blick. Sie war noch in der Hölle. Ich weiß nicht mehr, in welchem Chanson Barbara sagte: Ich möchte lieber in der Hölle leben als im Paradies sterben. Oder so ähnlich. Was wünschte sich Karine in diesem Moment?

»Was war das für eine Nummer, unter der du Toni vorhin angerufen hast?«, fragte ich leise.

»Wer hat angerufen?«

»Ein Kumpel von deinem Bruder, glaube ich.«

Angst verschleierte ihren Blick. »Kommen sie?«

»Keine Sorge«, sagte ich und schüttelte den Kopf. »Kennst du sie?«

»Zwei. Einer mit einem fiesen Gesicht, der andere groß und breitschultrig. Wie vom Militär. Beide sehen fies aus. Der Militärische hat komische Augen.«

Morvan und Wepler.

»Hast du sie oft gesehen?«

»Nur einmal. Aber ich habe sie nicht vergessen. Toni und ich tranken ein Glas auf der Terrasse der *Bar de l'Hôtel de Ville.* Sie haben sich an unseren Tisch gesetzt, ohne zu fragen, ob sie störten. Der Soldat hat gesagt: ›Hast du aber eine süße Schwester.‹ Es hat mir nicht gefallen, wie er das gesagt hat. Und auch nicht, wie er mich angesehen hat.«

»Und Toni?«

»Er hat gelacht, aber er fühlte sich nicht wohl in seiner Haut, glaube ich. ›Wir haben was Geschäftliches zu besprechen‹, sagte er. Das war eine Aufforderung an mich zu verschwinden. Er hat nicht einmal gewagt, mich zu küssen. ›Ich ruf dich an‹, hat er gesagt. Ich spürte den Blick des anderen in meinem Rücken. Ich habe mich geschämt.«

»Wann war das?«

»Letzte Woche, Mittwoch. Mittwochmittag. Dem Tag, an dem Leila ihre Prüfung hatte. Was machen wir jetzt?«

Driss hatte Karines Hand losgelassen und sich umgedreht. Er schnarchte leicht. Ab und zu durchfuhr ihn ein Schauer. Er tat mir leid. Beide taten mir leid. Sie würden mit diesem Albtraum leben müssen. Würden sie es schaffen, Karine und Driss? Kader und Yasmine? Ich musste ihnen helfen. Sie von diesen elenden Bildern befreien, die sie bis in den Schlaf verfolgen würden. Schnell. Driss zuerst.

»Was machen wir jetzt?«, wiederholte Karine.

»Hier verschwinden. Wo sind deine Eltern?«

»In Gardanne.«

Das war nicht weit von Aix. Die letzte Stadt des Departements, in der noch Bergbau betrieben wurde. Dem Untergang geweiht, wie all die Männer, die dort arbeiteten.

»Dein Vater arbeitet da?«

»Sie haben ihn vor zwei Jahren gefeuert. Er arbeitet jetzt für das Rechtsschutzkomitee der kommunistischen Gewerkschaft.«

»Kommst du mit ihnen aus?«

Sie zuckte mit den Schultern. »Ich bin aufgewachsen, ohne dass sie es gemerkt haben. Toni auch. Uns auszubilden, hieß eine bessere Welt schaffen. Mein Vater …« Sie hielt nachdenklich inne. Dann fuhr sie fort: »Wenn du zu viel gelitten, zu lange jeden Franc umgedreht hast, geht das Leben an dir vorbei. Du willst es nur noch ändern. Wie besessen. Toni hätte das verstehen können, glaube ich. Statt ihm zu sagen, ich kann dir kein Mofa bezahlen, hat mein

Vater ihm einen Vortrag gehalten. Dass er in seinem Alter auch kein Mofa hatte. Dass es Wichtigeres im Leben gab als Mofas. Der ganze Zinnober, verstehst du. Es war jedes Mal das Gleiche. Vorträge über Proletarier, Kapitalisten, die Partei. Über Klamotten, Taschengeld, das Auto ... Als die Bullen das dritte Mal zu uns nach Hause kamen, hat mein Vater Toni rausgeschmissen. Ich weiß nicht, was danach aus ihm geworden ist. Das heißt, ich weiß es doch. Es hat mir nicht gefallen. Wie er drauf war. Die Typen, mit denen er zusammen war. Ihre Bemerkungen über die Araber. Ich weiß nicht, ob sie wirklich so dachten. Oder ob ...«

»Und Leila?«

»Ich wollte, dass er meine Freunde trifft. Damit er andere Leute kennenlernt. Yasmine, Leila. Er war ihnen ein- oder zweimal begegnet. Kader und Driss auch. Und noch einigen anderen. Ich habe ihn letzten Monat zu meinem Geburtstag eingeladen. Du weißt, wie das ist. Man tanzt, trinkt, quatscht und flirtet. Er hat sich viel mit Leila unterhalten, an dem Abend. Er wollte sie natürlich abschleppen, das ist klar. Aber Leila wollte nicht. Sie ist zum Schlafen hier geblieben, mit Driss.

Er hat sie später wieder gesehen. Vier, fünf Mal, glaube ich. In Aix. Ein Gläschen auf einer Terrasse, Essen, Kino. Mehr war da nicht. Leila hat das für mich getan, glaube ich. Mehr als für ihn. Sie mochte Toni nicht besonders. Ich hatte ihr viel von ihm erzählt. Dass er nicht so war, wie es schien. Ich habe sie ihm in die Arme getrieben. Ich sagte mir, dass sie ihn ändern könnte. Mir gelang es nicht. Ich wollte einen Bruder, für den ich mich nicht zu schämen brauchte. Den ich hätte lieben können. Wie Kader und Driss.« Ihre Augen blickten irgendwo in die Ferne. Zu Leila. Zu Toni. Ihr Blick kam wieder zu mir zurück. »Ich weiß, dass Leila Sie geliebt hat. Sie hat oft von Ihnen gesprochen.«

»Sie hatte mit dem Gedanken gespielt, Sie nach ihrer Prüfung anzurufen. Sie war sicher, bestanden zu haben. Sie wollte Sie wiedersehen. Sie hat gesagt: ›Jetzt kann ich. Jetzt bin ich erwachsen.‹«

Karine lachte, dann kamen die Tränen wieder, und sie schmiegte sich an mich.

»Schon gut«, sagte ich. »Es wird alles wieder gut.«

»Ich versteh das alles nicht.«

Die Wahrheit würden wir nie erfahren. Wir konnten nur Hypothesen aufstellen. Die Wahrheit war der blanke Horror. Ich ging davon aus, dass Toni mit Leila in Aix gesehen worden war. Von einem aus der Bande. Von einem der Schlimmsten, meiner Meinung nach. Morvan. Wepler. Den fanatischen Verteidigern der weißen Rasse. Ethnische Säuberungen. Endlösungen. Und dass sie sich für Toni eine Mutprobe ausgedacht hatten. Wie eine Initiation. Um ihm die höheren Weihen zu verleihen.

Bei den Fallschirmjägern liebten sie das. Diese irren Aktionen. Einen Typ aus dem Nebenzimmer ficken. In eine Legionärskneipe einfallen, einen umlegen und seine Dienstmütze als Trophäe mitnehmen. Sich einen Jungen vornehmen, der nach Tunte roch. Sie hatten einen Pakt mit dem Tod unterschrieben. Das Leben war nichts wert. Weder ihr eigenes noch das der anderen. In Dschibuti hatte ich die völlig Durchgeknallten erlebt. Nach ihrem Gang durch die Viertel an der alten Place Rimbaud ließen sie die Huren tot liegen. Mit aufgeschnittener Kehle. Manchmal verstümmelt.

Hier, in der Großstadt Marseille, ging es jetzt zu wie in unseren alten Kolonien. Hier wie dort gab es kein Leben. Nur den Tod. Und Sex, mit Gewalt. Sich mächtig vorkommen, aus Hass auf die eigene Bedeutungslosigkeit. Einem Phantom nachjagen. Die unbekannten Soldaten der Zukunft. In Afrika, Asien, im Mittleren Osten. Oder nachmittags um zwei bei uns. Dort, wo das Abendland in Gefahr war. Überall, wo unreine Elemente sich erhoben, um unsere Frauen zu vögeln. Weiß und palmoliv. Die Rasse zu entehren.

Das hatten sie wohl von Toni verlangt. Ihnen die Araberin zu bringen. Und sie flachzulegen. Einer nach dem anderen kam dran. Toni zuerst. Er war sicher der Erste. Mit seiner Begierde. Und seiner Wut, zurückgewiesen worden zu sein. Eine Frau ist nur eine Fotze.

Allesamt Huren. Arabersau mit Hurenarsch. Wie diese Judenschlampen. Bei den Jüdinnen ist der Arsch runder, höher. Bei den Araberinnen sitzt er ein bisschen tief, nicht? Wie bei den Negerweibern. Negerärsche, ah! Sprich nicht davon! Die sind eine Versetzung wert.

Danach kamen die beiden anderen dran. Nicht Morvan oder Wepler. Nein, die beiden anderen. Die Nazi-Aspiranten. Die auf dem Straßenpflaster am Opernplatz krepiert sind. Zweifellos waren sie nicht auf der Höhe, als sie auf Leila ballern sollten. Araberinnen ficken war eine Sache. Sie umzubringen, ohne dass der Arm zittert, war sicher nicht ganz so einfach.

Morvan und Wepler hatten zugeschaut. So stellte ich mir das vor. Wie Zeremonienmeister. Hatten sie sich während der Vorstellung einen runtergeholt? Oder hatten sie sich danach gepaart, in Erinnerung an die alten SS-Liebschaften. Männerliebe. Kriegerliebe. Und wann hatten sie beschlossen, dass derjenige diese Nacht überleben würde, dessen Kugel am dichtesten an Leilas Herz saß?

Hatte Toni Mitleid mit Leila gehabt, als er in sie eindrang? Zumindest eine Sekunde. Bevor er selbst im Schrecken versank. Unwiderruflich.

Ich erkannte Simones Stimme. Und sie erkannte meine. Die Nummer, unter der Karine Nachrichten für ihren Bruder hinterließ, war tatsächlich das *Restanques*. Dort hatte sie ihn heute Abend angerufen.

»Gib mir Émile. Oder Joseph.«

Immer noch die ekelhafte Musik. Caravelli und seine magischen Violinen oder eine ähnliche Geschmacklosigkeit. Aber weniger Geschirr- und Besteckgeklapper. Das *Restanques* leerte sich, es war zehn nach Mitternacht.

»Émile«, sagte eine Stimme. Die von vorhin.

»Montale. Nicht nötig, dir eine Zeichnung zu machen. Du weißt, wer ich bin.«

»Ich höre.«

»Ich komme. Ich will mit dir reden. Waffenstillstand. Ich will dir was vorschlagen.«

Ich hatte keinen Plan. Außer sie alle umzubringen. Aber das war nur eine Utopie, die ich brauchte, um durchzuhalten. Zu tun, was zu tun war. Vorwärts kommen. Überleben. Noch eine Stunde. Ein Jahrhundert.

»Allein?«

»Ich habe noch keine Armee aufgestellt.«

»Toni?«

»Er hat ins Gras gebissen.«

»Ich hoffe für dich, dass der Vorschlag gut ist. Denn für uns bist du bereits ein toter Mann.«

»Angeber. Wenn ich tot bin, seid ihr alle dran. Ich hab die Geschichte an eine Zeitung verkauft.«

»Kein Schleimscheißer wird wagen, das zu drucken.«

»Hier nicht. In Paris schon. Wenn ich bis zwei Uhr nicht anrufe, kommt es in die letzte Ausgabe.«

»Du hast nur eine Geschichte. Keine Beweise.«

»Ich habe alles. Alles, was Manu bei Brunel eingesackt hat. Namen, Bankauszüge, Scheckbücher, Einkäufe, Lieferanten. Eine Aufstellung der erpressten Bars, Kneipen und Restaurants. Noch besser: die Namen und Adressen aller Industriellen aus der Gegend, die den Front National unterstützen.«

Ich übertrieb ein bisschen, aber das ging in Ordnung. Batisti hatte mich auf der ganzen Linie geblufft. Wenn Zucca auch nur den leisesten Verdacht gegen Brunel gehegt hätte, hätte er zwei Männer in sein Büro geschickt. Ein Kopfschuss, und fertig. Er hätte die Angelegenheit im Handumdrehen erledigt. Zucca hatte das Alter der Winkelzüge überschritten. Er hatte eine klare Linie. Und nichts hätte ihn davon abgebracht. Das war das Geheimnis seines Erfolgs.

So einen Job hätte Zucca Manu niemals anvertraut. Er war kein Killer. Batisti hatte Manu auf seine eigene Verantwortung zu Brunel geschickt. Warum, wusste ich nicht. Welches Spiel spielte er auf diesem vergifteten Schachbrett? Babette hatte da eine klare Meinung: Er mischte nicht mehr mit. Manu war in die Falle getappt. Einen Auftrag für Zucca lehnt man nicht ab. Er vertraute Batisti. Wenn es um so viel Moos ging, kniff man nicht.

Das waren meine Schlussfolgerungen. Sie hinkten. Sie warfen mehr Fragen auf, als sie beantworteten. Aber ich war dicht dran. Und ich war zu weit gegangen. Ich wollte sie alle haben, von Angesicht zu Angesicht. Es ging um die Wahrheit. Und wenn ich dabei draufging.

»Wir schließen in einer Stunde. Bring den Papierkram mit.«

Er legte auf. Batisti hatte also die Dokumente. Und er hatte Zucca durch Ugo umlegen lassen. Und Manu?

Mavros kam zwanzig Minuten nach meinem Anruf. Ich hatte keine andere Lösung gefunden, als ihn anzurufen. Den schwarzen Peter an ihn weiterzureichen. Ihm Driss und Karine anzuvertrauen. Er schlief nicht. Er sah gerade *Apocalypse Now* von Coppola. Mindestens zum vierten Mal. Der Film faszinierte ihn, und er verstand ihn nicht. Ich erinnerte mich an den Song der Doors. *The End.*

Das Ende kündigte sich an, es kam unaufhaltsam auf uns zu. Wir brauchten nur die Zeitung auf der Seite für Internationales oder bei den vermischten Nachrichten aufzuschlagen. Atomwaffen waren nicht nötig. Wir brachten uns mit vorgeschichtlicher Wildheit gegenseitig um. Wir waren nichts anderes als Dinosaurier. Schlimmer noch: Wir wussten es.

Mavros zögerte nicht. Driss war jedes Risiko wert. Er hatte den Jungen von Anfang an gemocht. Diese Dinge waren nicht zu erklären. Wie die erotische Spannung, die einen mehr zu einem Menschen zieht als zu einem anderen. Er würde Driss in den Ring stellen. Er würde ihm das Kämpfen beibringen. Und das Denken. Denken mit der Linken, mit der Rechten. Mit der Verlängerung des Arms. Er würde ihn zum Sprechen bringen. Von sich, von der Mutter, die er nicht gekannt hatte, von Leila. Von Toni. Bis verarbeitet war, was er aus Liebe und aus Hass getan hatte. Mit Hass konnte man nicht leben.

Auch nicht boxen. Es gab Regeln. Sie waren oft ungerecht, zu oft. Aber Respekt vor den Regeln rettete einem die Haut. Und in dieser versauten Welt war es immer noch das höchste aller Gefühle, am Leben zu bleiben. Driss würde Mavros zuhören. Er konnte selber eine ganze Latte Dummheiten berichten. Mit neunzehn hatte er ein Jahr Knast gekriegt, weil er seinen Trainer verprügelt hatte. Der hatte ihn um seinen Sieg betrogen. Als man die beiden endlich trennte, war der Trainer halb tot. Und Mavros hatte nie beweisen können, dass das Match arrangiert worden war. Im Knast konnte er über all das nachdenken.

Mavros zwinkerte mir zu. Wir waren uns einig. Wir konnten keinem der vier Kinder zumuten, die Verantwortung für den Mord zu tragen. Toni hatte nichts anderes verdient. Heute Abend hatte ihn sein gerechtes Schicksal ereilt. Sie aber sollten eine Chance haben. Sie waren jung, sie liebten sich. Selbst mit einem guten Rechtsanwalt hielt die Verteidigung nicht stand. Notwehr? Das musste man erst nachweisen können. Leilas Vergewaltigung? Dafür existierte kein Beweis.

Bei einem Prozess oder schon vorher würde Karine verstört berichten, was passiert war. Driss war dann nur noch ein Araber aus den nördlichen Vierteln, der kaltblütig einen jungen Mann umgebracht hatte. Einen Verbrecher, sicher, aber einen Franzosen, einen Arbeitersohn. Zwei Araber und ein Mädchen, die junge Schwester, unter ihrem Einfluss. Ich war mir nicht einmal sicher, ob Karines Eltern auf Anraten ihres Rechtsanwalts nicht sogar Driss, Kader und Yasmine beschuldigen würden. Um für ihre Tochter mildernde Umstände zu erwirken.

Als wir Tonis Leiche wegschafften, begab ich mich außerhalb des Gesetzes. Und ich zog Mavros mit. Aber die Frage stellte sich nicht mehr. Mavros hatte schon alles in die Wege geleitet. Er schloss das Boxstudio bis September und fuhr mit Driss und Karine in die Berge. In die Alpen, nach Orcières. Dort hatte er ein kleines Ferienhaus. Ausflüge, Schwimmbad und Fahrräder inbegriffen. Karine hatte keine Kurse mehr, und Driss stand in seiner Garage kurz vor der Überdosis. Kader und Yasmine brachen morgen nach Paris auf. Mit Mouloud, wenn er wollte. Er konnte mit ihnen leben. Der Lebensmittelladen warf genug für drei ab, da war Kader sicher.

Ich hatte Tonis Golf vor die Tür gefahren. Kader stand draußen Schmiere. Aber es gab nichts zu befürchten. Die reinste Wüste. Keine Katze. Nicht einmal eine Ratte. Nur wir, mit unserem Versuch, die Wahrheit zu vertuschen, weil wir die Welt nicht ändern konnten. Mavros öffnete die Heckklappe, und ich schob Tonis Leiche hinein. Ich ging um den Wagen herum, öffnete und setzte Toni hin. Ich befestigte ihn mit dem Sicherheitsgurt. Driss kam zu mir. Ich wusste nicht, was ich sagen sollte. Ihm ging es gleich. Schließlich umarmte er mich und drückte mich fest. Und küsste mich. Dann Kader, Yasmine und Karine. Niemand sagte ein Wort.

Mavros legte seinen Arm um meine Schultern. »Ich lass von mir hören.«

Ich sah, wie Kader und Yasmine in Leilas Panda stiegen, Driss und Karine in Mavros' 404 kletterten. Sie fuhren los. Alle waren weg. Ich dachte an Marie-Lou. Bonjour Tristesse. Ich setzte mich ans Steuer des Golfs. Ein Blick in den Rückspiegel. Immer noch Wüste. Ich legte den ersten Gang ein. Und auf ging's!

KAPITEL 15

In dem der Hass das Drehbuch schreibt

Ich kam eine halbe Stunde zu spät, und das rettete mich. Das *Restanques* hatte Festbeleuchtung wie zum Nationalfeiertag. Etwa dreißig Blaulichter. Gendarmerie- und Polizeifahrzeuge, Krankenwagen. Genau die halbe Stunde, die ich gebraucht hatte, um Tonis Golf auf das dritte unterirdische Parkdeck der Zentralen Börse zu fahren, alle Fingerabdrücke abzuwischen, ein Taxi zu finden und zurück nach Belle-de-Mai zu kommen, um meinen Wagen zu holen.

Ich hatte Schwierigkeiten, ein Taxi zu finden. Es hätte noch gefehlt, sagte ich mir, auf Sanchez zu stoßen. Aber nein. Ich hatte nur seinen Abklatsch mit einem Aufkleber der Flamme des Front National über der Zähluhr als Krönung. Auf dem Cours Belsunce hätte mich jeder Streifenwagen anhalten können. Um diese Zeit allein zu Fuß unterwegs zu sein, war schon ein Delikt. Keiner kam vorbei. Man hätte mich leicht umlegen können. Aber ich traf auch keinen Mörder. Alle Welt schlief friedlich.

Ich parkte auf der anderen Seite des Parkplatzes des *Restanques*. Auf der Straße, zwei Räder im Gras, hinter einem Wagen von Radio France. Die Nachricht hatte sich schnell verbreitet. Alle Journalisten schienen da zu sein, mühsam von einer Absperrung der Gendarmerie vor dem Eingang des *Restanques* zurückgehalten.

Irgendwo musste Babette sein. Obwohl nicht für aktuelle Meldungen zuständig, war sie gern vor Ort. Eine alte Gewohnheit der Lokaljournalisten.

Ich erblickte sie, wie sie locker beim Team von France 3 stand. Ich ging auf sie zu, legte meinen Arm um ihre Schulter und flüsterte ihr ins Ohr: »Und mit dem, was ich dir erzählen werde, hast du die größte Story deines Lebens.« Ich küsste sie auf die Wange. »Hallo, meine Schöne.«

»Du kommst zu spät fürs Massaker.«

»Ich wäre fast mit draufgegangen. Also, ich bin eher stolz auf mich!«

»Red keinen Stuss.«

»Weiß man, wer liquidiert wurde?«

»Émile und Joseph Poli. Und Brunel.«

Ich schnitt eine Grimasse. Blieben also die beiden Gefährlichsten auf freiem Fuß. Morvan und Wepler. Batisti ebenfalls. Da Simone lebte, lebte Batisti wohl auch. Wer war für den Überfall verantwortlich? Die Italiener hätten alle liquidiert. Morvan und Wepler? Arbeiteten sie für Batisti? Ich verlor mich in Mutmaßungen.

Babette nahm mich bei der Hand und zog mich weg von den Journalisten. Wir setzten uns auf den Boden, mit dem Rücken an die kleine Mauer des Parkplatzes gelehnt, und sie erzählte mir, was passiert war. Oder das, was man ihnen gesagt hatte.

Gegen Mitternacht, kurz vor Feierabend, hatten zwei Männer das Restaurant gestürmt. Ein letztes Gästepaar war gerade gegangen. In den Küchenräumen war keiner mehr. Es war nur noch einer der Kellner da. Er war verletzt, aber nur leicht. Ihrer Meinung nach war er mehr als ein Kellner. Ein Leibwächter. Er hatte sich unter den Tresen geduckt und auf die Angreifer geschossen. Er war immer noch drinnen. Argue hatte ihn sofort verhören wollen, ebenso wie Simone.

Ich erzählte alles, was ich wusste. Zum zweiten Mal an diesem Tag. Die Geschichte endete mit Toni und den unteren Parkdecks am Börsenzentrum.

»Was Batisti betrifft, hast du Recht. Aber bei Morvan und Wepler bist du auf dem Holzweg. Deine beiden Itaker haben den Überfall ausgeführt. Im Auftrag von Batisti. Und im Einverständnis mit der Camorra. Aber lies erst mal das.«

Sie reichte mir die Fotokopie eines Zeitungsausschnitts. Ein Artikel über das Massaker im Tanagra. Einer der ermordeten Ganoven war Batistis älterer Bruder Tino gewesen. Es war allgemein bekannt, dass Zucca hinter dem Gemetzel steckte. Jeder wollte Zampas Nachfolger werden. Tino mehr als alle anderen. Zucca hatte ihn überholt. Und Batisti hatte sich drangehängt. Rache im Herzen. Batisti hatte alle Register gezogen. Ein scheinbares Einvernehmen mit Zucca, nachdem er sich von jeglicher Einmischung in seine Geschäfte losgesagt hatte. Familienbande mit den Poli-Brüdern, daher freundschaftlichen Umgang mit Brunel und später mit Morvan und Wepler. Gute und direkte Beziehungen zu den Neapolitanern. Seit Jahren drei Eisen im Feuer. Jetzt ergab unsere Unterhaltung bei Félix einen Sinn.

Er begann an seine Revanche zu glauben, als O Pazzo, der Verrückte, festgenommen wurde. Zucca war nicht mehr unantastbar. Babettes Kollege in Rom hatte im Laufe des Abends angerufen. Er hatte neue Informationen. In Italien fackelten die Richter nicht mehr lange. Jeden Tag fielen Köpfe, die wertvolle Informationen lieferten. Wenn Michele Zaza gefallen war, dann weil sein Draht nach Marseille faul war. Er musste dringend durchtrennt werden. Ein neuer Mann wurde gebraucht. Es lag auf der Hand, dass die Nuova Famiglia mit Batisti Verbindung aufnahm, um die Geschäfte auf einen neuen Kurs zu bringen.

Er war sauber. Er wurde nicht mehr polizeilich überwacht. Sein Name war seit fünfzehn Jahren nirgendwo aufgetaucht. Batisti wusste durch Simone, über die Brüder Poli und Morvan, dass das Netz um Zucca sich zusammenzog. Argues Brigade behielt ihn rund um die Uhr im Auge. Sie verfolgten ihn sogar auf seinen Spaziergängen mit seinem Pudel. Batisti informierte die Neapolitaner und schickte Manu zu Brunel, um alle kompromittierenden Papiere sicherzustellen. Sie wechselten den Besitzer.

Zucca bereitete seinen Rückzug nach Argentinien vor. Batisti fügte sich gezwungenermaßen. Ugo kam an. Hasserfüllt genug, um die Falle nicht zu bemerken, die auf ihn wartete. Hier war ich am Ende meines Lateins, aber eins war sicher: Ugo hatte Zucca in Batistis Auftrag umgelegt, ohne dass Argues Brigade sich einmischte. Sie hatten ihn danach niedergestreckt. Bewaffnet oder nicht, Argue hätte ihn auf jeden Fall liquidiert. Aber eine Frage blieb noch immer völlig offen: Wer hatte Manu umgebracht, und warum?

»Batisti«, sagte Babette. »Wie er die anderen hinrichten ließ. Großreinemachen.«

»Glaubst du, dass Morvan und Wepler auch darunter fallen?«

»Ja. Das glaube ich.«

»Aber es gibt nur drei Leichen.«

»Die anderen kommen noch, per Eilpost.« Sie sah mich an. »Na los, lächle, Fabio.«

»Das kann es nicht sein. Nicht für Manu. Er hatte mit all dem nichts zu tun. Er wollte sich nach dem Coup aus dem Staub machen. Das hat er Batisti gesagt. Verstehst du, Batisti hat mich auf ganzer Linie verarscht. Außer in einem Punkt. Er mochte Manu gern. Ehrlich.«

»Du bist zu romantisch, mein Süßer. Das kostet dich noch den Kopf.«

Wir sahen uns wie verkatert an.

»Total Cheops, was?«

»Du sagst es, meine Schöne.«

Und ich stand mitten im Sumpf. Ich watete durch die Scheiße der anderen. Das Ganze war nicht mehr als eine banale Gaunergeschichte. Eine mehr und mit Sicherheit nicht die letzte. Geld, Macht. Die Geschichte der Menschheit. Und der Hass der Welt als einziges Drehbuch.

»Alles in Ordnung?«

Babette schüttelte mich leicht. Ich war eingenickt. Die Müdigkeit und zu viel Alkohol. Ich erinnerte mich, dass ich die Flasche Chivas mitgenommen hatte, als ich Moulouds Kinder verlassen hatte. Es war noch ein guter Rest drin. Ich schenkte Babette so etwas wie ein Lächeln und stand mühsam auf.

»Mir fehlt Kraftstoff. Ich hab das Nötige im Auto. Willst du auch was?«

Sie schüttelte den Kopf. »Hör auf zu saufen!«

»Ich ziehe es vor, so zu sterben. Wenn du nichts dagegen hast.«

Vor dem Restanques ging das Theater weiter. Die Leichen wurden herausgebracht. Babette ging arbeiten. Ich gönnte mir zwei große tiefe Züge aus der Whiskyflasche. Ich spürte, wie der Alkohol bis zum Bauchnabel ging und seine Wärme im ganzen Körper ausbreitete. Mir wurde schwindlig. Ich stützte mich auf die Motorhaube. Mein Magen krempelte sich um. Ich drehte mich zur Seite und kotzte ins Gras. Da sah ich sie. Ausgestreckt im Graben. Zwei reglose Körper. Zwei weitere Leichen. Ich schluckte meinen Mageninhalt wieder runter, ekelhaft.

Ich ließ mich vorsichtig in den Graben gleiten und hockte mich neben die Leichen. Sie hatten ein ganzes Magazin im Rücken. Von einer Maschinenpistole. Für sie war es aus mit dem Tourismus und den geblümten Hemden. Ich erhob mich mit dröhnendem Schädel. Die Eilpost hatte die falschen Leichen geliefert. All unsere Theorien brachen zusammen. Ich wollte mich gerade aus dem Graben ziehen, als ich weiter auf dem Feld einen dunklen Fleck entdeckte. Ich riskierte einen Blick Richtung *Restanques*. Alle waren beschäftigt. Hofften auf eine Aussage, eine Erklärung von Argue. Nach drei großen Schritten stand ich neben einer dritten Leiche. Das Gesicht zur Erde. Ich nahm ein Papiertaschentuch und drehte das Gesicht leicht zu mir, dann hielt ich mein Feuerzeug dicht dran. Morvan. Seine 38er Spezial in der Hand. Ende der Karriere.

Ich packte Babette am Arm. Sie drehte sich um. »Was hast du? Du bist ja ganz blass.«

»Die Itaker. Krepiert. Und Morvan auch. Im Graben und auf dem Feld ... Neben meiner Karre.«

»Mein Gott!«

»Du hattest Recht. Mit den Itakern hat Batisti das Großreinemachen gestartet.«

»Und Wepler?«

»Irgendwo da draußen. Ich denke, Morvan ist es zu Beginn der Schießerei gelungen, sich zu verpissen. Die Itaker haben ihn verfolgt. Und Wepler vergessen. Nach dem wenigen, das du mir erzählt hast, war es Morvans Art, sich irgendwo in der Gegend zu verstecken. Mir aufzulauern und sicherzugehen, dass ich wirklich allein war. Die beiden Itaker müssen seine Neugier geweckt haben. Er war nicht beunruhigt. Als er schaltete, knallte es schon. Als die Itaker aus dem Graben stiegen, nachdem sie Morvan erledigt hatten, erwischte Wepler sie von hinten.«

Kameras begannen zu blitzen. Besquet und Paoli stützten eine Frau. Simone. Argue folgte zehn Schritte dahinter. Die Hände tief in den Jackentaschen, wie üblich. Mit ernster Miene. Sehr ernst.

Simone überquerte den Parkplatz. Ein ausgemergeltes Gesicht mit feinen Zügen, von schwarzen, halblangen Haaren umrahmt. Schlank, groß für eine Frau aus dem Mittelmeerraum. Sie hatte Klasse. Sie trug ein grobes Leinenkostüm, das ihren dunklen Teint zur Geltung brachte. Sie war so wie ihre Stimme, schön und sinnlich. Und stolz, wie die korsischen Frauen.

Sie blieb stehen, von einem Weinkrampf geschüttelt. Berechnete Tränen. Damit die Fotografen ihre Arbeit machen konnten. Langsam kehrte sie ihnen ihr erschüttertes Gesicht zu. Sie hatte prächtige, große, schwarze Augen.

»Gefällt sie dir?«

Es war weit mehr als das. Sie war der Typ Frau, hinter der Ugo, Manu und ich herliefen. Simone ähnelte Lole. Und jetzt begriff ich. »Ich mach mich vom Acker«, sagte ich zu Babette.

»Sag mir, was los ist.«

»Keine Zeit.« Ich fischte eine Visitenkarte heraus. Unter meinen Namen schrieb ich Pérols private Telefonnummer. Auf die Rückseite eine Adresse. Die von Batisti. »Versuch Pérol zu erreichen.

Im Büro. Zu Haus. Egal wo. Finde ihn, Babette. Sag ihm, er soll zu dieser Adresse kommen. Schnell. Okay?«

»Ich komme mit.«

Ich nahm sie bei den Schultern und schüttelte sie. »Kommt nicht infrage! Misch dich da nicht ein. Aber du kannst mir helfen. Finde Pérol für mich. Ciao.«

Sie hielt mich an der Jacke fest. »Fabio!«

»Mach dir keine Sorgen. Ich bezahl fürs Telefon.«

Batisti wohnte in der Rue des Flots-Bleus, oberhalb der Brücke Fausse-Monnaie, in einer Villa über der Landspitze Malmousque. In einem der schönsten Viertel von Marseille. Die Villen, die in den Felsen gehauen waren, hatten eine einmalige Aussicht, soweit das Auge reichte. Von Madrague de Montredon auf der Linken bis weit hinter L'Estaque auf der Rechten. Geradeaus die Inseln Endoume, Fortin, La Tour du Canoubier, das Château d'If und die Inseln Frioul, Pomègues und Ratonneaux.

Ich ließ den Wagen rollen, die Füße auf dem Boden, und hörte eine alte Aufnahme von Dizzy Gillespie. Als ich die Place d'Aix erreichte, war er bei *Manteca,* einem meiner Lieblingsstücke. Eine der ersten Begegnungen von Jazz und Salsa.

Die Straßen lagen verlassen da. Ich fuhr am Hafen entlang, am Quai de Rive-Neuve, wo noch einige Gruppen Jugendlicher vor dem *Trolleybus* herumhingen. Ich dachte wieder an Marie-Lou. An die Nacht, die ich mit ihr getanzt hatte. Die Freude, die ich dabei empfunden hatte, hatte mich um Jahre zurückversetzt. In jene Zeit, als noch alles ein Vorwand war, die Nacht durchzumachen. An irgendeinem Morgen, als ich zum Schlafen heimkam, muss ich älter geworden sein. Und ich hatte es nicht gemerkt.

Ich schlug mir eine weitere durchwachte Nacht um die Ohren. In einer schlafenden Stadt, in der nicht einmal mehr vor dem *Vamping* eine einzige Prostituierte zu sehen war. Ich setzte jetzt meine ganze Vergangenheit beim russischen Roulett aufs Spiel. Meine Jugend und meine Freundschaften. Manu, Ugo. All die Jahre danach. Die besten und die schlechtesten. Die letzten Monate, die letzten Tage. Für eine Zukunft, in der ich ruhig schlafen konnte.

Der Einsatz war nicht hoch genug. Ich konnte Batisti nicht einfach mit den Träumen eines Anglers gegenübertreten. Was blieb mir in meinem Spiel? Vier Damen. Babette für eine gefundene Freundschaft. Leila für ein verpasstes Rendezvous. Marie-Lou für ein Versprechen. Lole verloren und erwartet. Kreuz, Pik, Karo, Herz. So viel zur Liebe der Frauen, sagte ich mir und parkte hundert Meter vor Batistis Villa.

Er wartete sicher auf einen Anruf von Simone. Leicht beunruhigt, trotz allem, weil er sich nach meinem Anruf im *Restanques* sehr schnell hatte entscheiden müssen. Uns alle auf einmal zu liquidieren. Überstürztes Handeln war nicht Batistis Art. Er war berechnend, wie alle Ränkeschmiede. Er handelte eiskalt. Aber die Gelegenheit war zu verlockend. Sie würde sich nicht wiederholen, und er war nahe am Ziel, das er sich nach Tinos Beerdigung gesetzt hatte.

Ich ging einmal um die Villa. Das Eingangstor war verschlossen und ließ sich unmöglich knacken. Überdies war es bestimmt mit einer Alarmanlage verbunden. Ich konnte schlecht klingeln und sagen: »Hallo, Batisti. Ich bin es, Montale.« Ich saß in der Klemme. Dann fiel mir ein, dass all diese alten Villen zu Fuß über einen Pfad zu erreichen waren, der direkt zum Meer führte. Ich hatte dieses Viertel mit Manu und Ugo bis in die hintersten Ecken durchkämmt. Ich setzte mich wieder in den Wagen und ließ ihn im Leerlauf bis zur Corniche rollen. Dann legte ich einen Gang ein und fuhr nach fünfhundert Metern links durch das kleine Baudille-Tal. Ich parkte und stieg über die Treppen der Traverse Olivary zu Fuß wieder hoch.

Ich landete genau im Osten von Batistis Villa. Vor der Mauer, die sein Grundstück einfasste. Ich folgte ihr und fand, was ich suchte. Eine alte Holztür, die in den Garten führte. Wilder Wein rankte sich darum herum. Sie schien seit vielen Jahren unbenutzt und hatte weder Schloss noch Klinke. Ich stieß die Tür auf und ging hinein.

Das Erdgeschoss war erleuchtet. Ich ging einmal ums Haus. Ein Oberlicht stand offen. Ich sprang, fing mich und glitt hinein. Das Badezimmer. Ich zog meine Waffe und stieß weiter ins Haus vor. In einem großen Wohnzimmer war Batisti in Shorts und Unterhemd vor dem Fernsehschirm eingeschlafen. Ein Video. *Drei Bruchpiloten in Paris,* mit Louis de Funès. Er schnarchte leise. Ich ging vorsichtig zu ihm und setzte meine Knarre an seine Schläfe. Er fuhr hoch.

»Ein Gespenst.«

Er riss die Augen auf, begriff und erblasste.

»Ich habe die anderen im *Restanques* gelassen. Familienfeiern sind nicht mein Ding. Der Valentinstag auch nicht. Willst du Einzelheiten? Die Zahl der Leichen und so weiter?«

»Simone?«, brachte er hervor.

»In bester Verfassung. Sie ist sehr schön, deine Tochter. Du hättest sie mir wirklich vorstellen können. Ich mag diesen Frauentyp auch sehr gern. Scheiße! Alles für Manu und nichts für seine kleinen Freunde.«

»Wovon redest du?« Er wurde wach.

»Keine Bewegung, Batisti. Steck die Hände in die Taschen deiner Shorts, und rühr dich nicht. Ich bin müde und hab mich nicht mehr sehr gut unter Kontrolle.«

Er gehorchte. Er dachte nach.

»Mach dir keine Hoffnung mehr. Deine beiden Itaker sind auch tot. Erzähl mir von Manu. Wann hat er Simone kennengelernt?«

»Vor zwei Jahren. Vielleicht etwas früher. Seine Freundin war, ich weiß nicht mehr wo. In Spanien, glaube ich. Ich hatte ihn ins *Épuisette* im Vallon des Auffes zur Bouillabaisse eingeladen. Simone war dazugekommen. Das *Restanques* hatte Ruhetag. Sie sind aufeinander abgefahren, aber ich habe es nicht gemerkt. Nicht sofort. Simone und Manu, ich hatte nichts dagegen. Die Poli-Brüder hatte ich nie ausstehen können. Besonders Émile.

Dann kam das Mädchen aus Spanien zurück. Ich dachte, es sei aus, zwischen ihm und Simone. Mir fiel ein Stein vom Herzen. Ich hatte

Angst vor den Verwicklungen. Émile ist gewalttätig. Ich hatte mich geirrt. Sie machten weiter und …«

»Spar dir die Details.«

»Eines Tages sagte ich zu Simone: ›Manu erledigt noch einen Job für mich, und dann haut er mit seiner Freundin ab nach Sevilla.‹ ›Ah‹, stieß Simone aus, ›das wusste ich nicht.‹ Da hab ich begriffen, dass es zwischen den beiden nicht aus war. Aber es war zu spät. Ich hatte einen Fehler gemacht.«

»Hat sie ihn umgebracht? Ist es das?«

»Er hatte ihr gesagt, dass sie zusammen weggehen würden. Nach Costa Rica oder irgendwo in die Gegend. Ugo hatte ihm erzählt, das sei ein nettes Land.«

»Hat sie ihn umgebracht? Ist das wahr?«, wiederholte ich. »Sag schon! Raus damit, verdammt noch mal!«

»Ja.«

Ich knallte ihm eine. Die Hand juckte mir schon die ganze Zeit. Und noch eine und noch eine. Weinend. Weil ich wusste, dass ich nicht abdrücken konnte. Ich konnte ihn nicht einmal erwürgen. Ich verspürte keinen Hass. Nur Ekel. Nichts als Ekel. Konnte ich Simone vorwerfen, dass sie so schön war wie Lole? Konnte ich Manu vorwerfen, dass er einer trügerischen Liebe verfallen war? Konnte ich Ugo vorwerfen, Loles Herz gebrochen zu haben?

Ich hatte meine Waffe weggelegt und mich auf Batisti gestürzt. Ich hatte ihn aus dem Sessel gezerrt und schlug ihn immer weiter.

Er war nur noch eine Gummipuppe. Ich ließ ihn los, und er sackte auf allen vieren zu Boden. Er warf mir einen ängstlichen Hundeblick zu.

»Du verdienst nicht einmal eine Kugel in den Kopf«, sagte ich und dachte, dass ich genau das am liebsten getan hätte.

»Du sagst es!«, rief eine Stimme hinter uns. »Arschloch, leg dich flach auf die Erde, die Beine breit und die Arme über den Kopf. Alter, bleib, wie du bist.«

Wepler.

Ich hatte ihn vergessen.

Er ging um uns herum, hob meine Waffe auf, prüfte, ob sie geladen war, und entsicherte sie. Sein Arm blutete. »Danke, dass du mir den Weg gezeigt hast, Arschloch!«, sagte er und verpasste mir einen Fußtritt.

Batisti schwitzte wie ein Wasserfall. »Wepler, warte!«, flehte er.

»Du bist schlimmer als das ganze arschfickende Gesindel zusammen. Schlimmer als diese verdammten Araber.« Mit meiner Waffe in der Hand ging er auf Batisti zu. Er stieß ihm mit der Kanone an die Schläfe. »Steh auf. Du bist nur ein Wurm, aber du wirst im Stehen sterben.«

Batisti richtete sich auf. Das war obszön: dieser halb nackte Mann in Shorts, dem der Schweiß über die Fettwülste rann. Und diese Angst in seinen Augen. Töten war einfach. Sterben …

Der Schuss ging los. Der Raum hallte von mehreren Detonationen wieder. Batisti brach über mir zusammen. Ich sah Wepler zwei Schritte machen, wie Luftsprünge. Noch ein Schuss ging los und zerschmetterte die Glastür.

Ich war voller Blut. Batistis verdorbenes Blut. Seine Augen standen weit offen. Sie sahen mich an. Er stammelte: »Ma-nu … ich hab … ge-mocht.«

Ein Blutstrahl spritzte mir ins Gesicht. Und ich kotzte.

Dann sah ich Argue. Und die anderen. Seine Brigade. Dann Babette, die auf mich zulief. Ich stieß Batistis Leiche beiseite. Babette kniete sich neben mir hin. »Fehlt dir nichts?«

»Pérol? Ich hab dir gesagt, Pérol.«

»Ein Unfall. Sie haben einen Wagen verfolgt. Einen Mercedes. Mit Zigeunern. Cerutti hat auf der Autobahn auf der Höhe des Radoub-Beckens die Kontrolle über den Wagen verloren. Die Leitplanke. Er war sofort tot.«

»Hilf mir«, sagte ich und reichte ihr die Hand.

Ich war wie betäubt. Der Tod war überall. An meinen Händen. Auf meinen Lippen. In meinem Mund. In meinem Körper. In meinem Kopf. Ich war ein lebender Toter.

Ich schwankte. Babette schob ihren Arm unter meine Schultern. Argue baute sich vor uns auf. Die Hände in den Taschen, wie immer. Sicher. Stolz. Stark.

»Geht's?«, fragte er und sah mich an.

»Wie du siehst. Ich schwebe im siebten Himmel.«

»Du hast alles vermasselt, Fabio. In wenigen Tagen hätten wir sie alle auffliegen lassen. Du hast den ganzen Laden aufgemischt. Und wir haben nur noch Leichen.«

»Du wusstest Bescheid? Morvan? Alles?«

Er nickte. Zufrieden mit sich, alles in allem. »Sie haben einen Fehler nach dem anderen gemacht. Der erste war dein Kumpel. Das war eine Nummer zu groß.«

»Über Ugo wusstest du auch Bescheid? Du hast ihn machen lassen?«

»Wir mussten es bis zum Ende durchziehen. Wir bereiteten den Coup des Jahrhunderts vor! Festnahmen in ganz Europa!«

Er bot mir eine Zigarette an. Ich schlug ihn mit einer Kraft in die Fresse, die ich aus den tiefsten, finstersten und feuchtesten Löchern schöpfte, in denen Manu, Ugo und Leila vermoderten. Ich schrie.

Und ich wurde ohnmächtig, schien mir.

KAPITEL 16

In dem sich nichts ändert und ein neuer Tag anbricht

Der Pinkeldrang weckte mich gegen Mittag. Der Anrufbeantworter vermeldete sechs Botschaften. Sie gingen mich eigentlich nichts an. Ich tauchte sofort wieder in tiefste Finsternis, als hockte ich in einem Amboss, auf den ich selbst geschlagen hatte. Als ich wieder auftauchte, ging die Sonne unter. Elf Nachrichten, die ebenso gut noch warten konnten. In der Küche, ein kurzer Gruß von Honorine: »Hab nicht gesehen, dass Sie schlafen. Im Kühlschrank stehen gefüllte Auberginen. Marie-Lou hat angerufen. Es geht ihr gut. Kuss von ihr. Babette hat Ihren Wagen zurückgebracht. Kuss auch von ihr.« Und darunter: »Sagen Sie, ist Ihr Telefon kaputt, oder was? Dicker Kuss von mir.« Und noch darunter: »Ich hab die Zeitung gelesen.«

Ich konnte mich nicht ewig so abkapseln. Vor der Haustür drehte die Erde sich weiter. Es liefen ein paar Mistkerle weniger auf dem Planeten herum. Es war ein neuer Tag. Aber geändert hatte sich nichts. Draußen roch es immer noch faul. Ich konnte nichts dafür. Niemand konnte etwas dafür. Das nannte sich Leben, dieser Cocktail aus Hass und Liebe, Stärke und Schwäche, Gewalt und Passivität. Und das Leben wartete auf mich. Meine Chefs, Argue, Cerutti. Pérols Frau. Driss, Kader, Yasmine, Karine. Mouloud. Mavros. Djamel, vielleicht. Marie-Lou, die mir einen Kuss schickte. Und Babette und Honorine, die mir auch einen Kuss schickten.

Ich hatte Zeit. Brauchte Ruhe. Wollte nicht rausgehen und noch weniger reden. Ich hatte die gefüllten Auberginen, zwei Tomaten und drei kleine Zucchini. Mindestens sechs Flaschen Wein, darunter zwei weiße Cassis. Eine kaum angebrochene Stange Zigaretten. Genug Lagavulin. Ich konnte es aushalten. Noch eine Nacht. Und einen Tag. Und vielleicht noch eine Nacht.

Jetzt, wo ich geschlafen hatte, wo sich die Benommenheit der letzten vierundzwanzig Stunden verzogen hatte, hatten die Phantome freie Bahn. Sie hatten ihren Angriff begonnen. Mit einem Totentanz. Ich saß rauchend in der Badewanne, ein Glas Lagavulin neben mir. Ich hatte die Augen einen Moment geschlossen. Sie waren alle aufgetaucht. Unförmige Massen, knorpelig und blutig. Halb verwest. Unter Batistis Anleitung gruben sie geschäftig die Leichen von Manu und Ugo aus. Und von Leila, der sie die Kleider vom Leib rissen. Es gelang mir nicht, das Grab zu öffnen, um hinunterzusteigen und sie zu retten. Sie diesen Ungeheuern zu entreißen. Angst, einen Fuß in das schwarze Loch zu setzen. Aber Argue hinter mir, die Hände in den Taschen, stieß mich mit Fußtritten in den Arsch in die Tiefe. Ich taumelte in den klebrigen Abgrund. Ich streckte den Kopf aus dem Wasser. Heftig atmend. Dann spritzte ich mich mit kaltem Wasser ab.

Nackt, mein Glas in der Hand, betrachtete ich das Meer durchs Fenster. Eine sternenlose Nacht. Das war mein Glück! Ich traute mich nicht auf die Terrasse, aus Angst, Honorine zu treffen. Ich hatte mich gewaschen und abgerubbelt, aber der Todesgeruch klebte mir noch immer auf der Haut. Er saß im Kopf, das war viel schlimmer. Babette hatte mir das Leben gerettet. Argue auch. Ich mochte sie. Ich verabscheute ihn.

Ich hatte noch immer keinen Hunger. Und das Rauschen der Wellen war mir unerträglich. Es ging mir auf die Nerven. Ich nahm zwei Lexomil und ging wieder ins Bett.

Als ich am nächsten Morgen gegen acht aufstand, tat ich drei Dinge. Ich trank auf der Terrasse mit Honorine einen Kaffee. Wir redeten banales Zeug, sprachen vom Wetter, von der Trockenheit und den Bränden, die sich schon wieder entzündeten. Dann schrieb ich meine Kündigung. Kurz und knapp. Ich wusste nicht mehr recht, wer ich war, aber bestimmt kein Polizist. Danach schwamm ich fünfunddreißig Minuten. Ohne mich zu hetzen. Locker. Als ich aus dem Wasser stieg, betrachtete ich mein Boot. Es war noch zu früh, es anzurühren. Ich musste für Pérol fischen gehen, für seine Frau und seine Tochter. Im Moment hatte ich aber keinen Grund hinauszufahren. Überhaupt keinen. Vielleicht morgen. Oder übermorgen.

Die Freude am Fischen würde wiederkommen. Und mit ihr die Freude an einfachen Dingen. Honorine beobachtete mich oben von der Treppe aus. Es stimmte sie traurig, mich so zu sehen. Aber sie würde keine Fragen stellen. Sie würde warten, bis ich von selber redete, wenn mir danach war.

Ich zog Wanderschuhe an, nahm eine Mütze und einen Rucksack mit einer Thermoskanne Wasser und einem dicken Handtuch. Ich brauchte Auslauf. Der Weg über die Felsbuchten hatte mein Gemüt immer beruhigt. Ich hielt bei einem Blumenhändler am Mazargue-Kreisel. Ich suchte zwölf Rosen aus und schickte sie Babette. Ich ruf dich an. Danke. Und ich verdrückte mich Richtung Col de la Gineste.

Ich kam spät zurück. Ich war gelaufen. Von einer Bucht zur nächsten. Hatte mich auf meine Beine, meine Arme, meine Muskeln konzentriert. Und den Atem. Ein, aus. Ein Bein vor, ein Arm vor. Und noch ein Bein und noch ein Arm. Den ganzen Dreck ausschwitzen, trinken, noch mehr schwitzen. Ein Sauerstoffaustausch. Total. Ich konnte wieder unter die Lebenden zurückkehren.

Minze und Basilikum. Der Duft füllte meine erneuerten Lungen. Mein Herz begann wie wild zu schlagen. Ich atmete tief ein. Auf dem niedrigen Tisch standen die Pfefferminz- und Basilikumpflanzen, die ich bei jedem Besuch in Loles Wohnung gegossen hatte. Daneben ein Leinenkoffer und ein kleinerer, schwarzer Lederkoffer.

Lole erschien in der Terrassentür. In Jeans und schwarzem Top. Ihre Haut glänzte kupfern. Sie sah aus wie immer. Wie in meinen Träumen. Schön. Sie hatte die Zeit unbeschadet überstanden. Ein

Lächeln erhellte ihr Gesicht. Sie ließ ihre Augen auf mir ruhen.

Ihr Blick. Auf mir.

»Ich habe angerufen. Keine Antwort. Ein Dutzend Mal. Dann habe ich ein Taxi genommen und bin gekommen.«

Wir standen uns gegenüber. Kaum einen Meter voneinander entfernt. Bewegungslos. Mit hängenden Armen. Wie überrascht, uns vor dem anderen wiederzufinden. Lebend. Eingeschüchtert.

»Ich bin froh, dass du da bist.«

Reden.

Ich sprudelte ohne Punkt und Komma Banalitäten hervor. Die Hitze. Eine Dusche. Wartest du schon lange? Hast du Hunger? Durst? Willst du Musik? Einen Whisky?

Sie lächelte wieder. Ende der Banalitäten. Sie setzte sich auf das Sofa, vor die Pfefferminz- und Basilikumpflanzen.

»Ich konnte sie nicht da unten lassen.« Noch ein Lächeln. »Das konntest nur du gewesen sein.«

»Irgendeiner musste es tun, meinst du nicht?«

»Ich glaube, ich wäre auch sonst zurückgekommen. Was immer du gemacht oder nicht gemacht hast.«

»Sie zu begießen hieß, den Geist der Wohnung am Leben zu erhalten. Du hast uns das beigebracht. Da, wo der Geist lebt, ist der andere nicht weit. Ich brauchte dich. Um weiterzukommen. Die Türen um mich herum zu öffnen. Ich lebte abgeschlossen. Aus Faulheit. Man ist mit immer weniger zufrieden. Eines Tages ist man mit allem zufrieden. Und glaubt, das sei das Glück.«

Sie stand auf und kam zu mir. Mit ihrem leichten Gang. Meine Arme waren offen. Ich brauchte sie nur noch an mich zu drücken. Sie küsste mich. Ihre Lippen waren so samtig wie die Rosen, die ich Babette heute Morgen geschickt hatte, und fast ebenso dunkelrot. Ihre Zunge suchte die meine. So hatten wir uns noch nie geküsst.

Die Welt war wieder in Ordnung. Unsere Leben. Alles, was wir verloren, verpasst, vergessen hatten, bekam schließlich einen Sinn.

Durch einen einzigen Kuss.

Diesen Kuss.

Wir hatten die gefüllten Auberginen gegessen, aufgewärmt, mit einem Hauch Olivenöl. Ich öffnete eine Flasche Terrane, einen Roten aus der Toskana, den ich für eine besondere Gelegenheit aufgehoben hatte. Souvenir einer Reise mit Rosa nach Volterra. Ich erzählte Lole alles. Bis ins Detail. Wie man die Asche eines Verstorbenen verstreut. Und der Wind sie davonträgt.

»Ich wusste es. Mit Simone. Aber ich habe nicht an Manu und Simone geglaubt. Auch nicht mehr an Manu und Lole. Ich glaubte an gar nichts mehr. Als Ugo angekommen ist, wusste ich, dass alles zu Ende ging. Er ist nicht wegen Manu zurückgekommen. Er ist für sich selbst zurückgekommen. Weil er seiner Seele nicht mehr hinterherlaufen konnte. Er brauchte einen guten Grund, um zu sterben.«

»Weißt du, ich hätte Manu umgebracht, wenn er bei Simone geblieben wäre. Nicht aus Liebe. Auch nicht aus Eifersucht. Sondern aus Prinzip. Manu hatte keine Prinzipien mehr. Das Gute war das, was er haben konnte. Das Schlechte, was er nicht haben konnte. So kann man nicht leben.«

Ich packte Pullover, Decken und die Flasche Lagavulin ein. Ich nahm Lole an der Hand und führte sie zum Boot. Ich ruderte am Damm vorbei, dann ließ ich den Motor an und nahm Kurs auf die Frioul-Inseln. Lole setzte sich zwischen meine Beine, ihren Kopf an meiner Brust. Wir reichten uns die Flasche, Zigaretten. Schweigend. Marseille kam näher. Ich ließ Pomègues, Ratonneaux und das Château d'If an Backbord liegen und hielt geradeaus auf die Fahrrinne zu.

Hinter dem Damm Sainte-Marie, unter dem Leuchtturm, machte ich den Motor aus und ließ das Boot treiben. Wir hatten uns in die Decken gewickelt. Meine Hand ruhte auf Loles Bauch. Direkt auf ihrer Haut, weich und heiß.

So offenbart sich Marseille. Vom Meer aus. So wie ein Phäake es vor Jahrhunderten an einem Morgen entdeckt haben musste. Mit dem gleichen Entzücken. Port of Massilia. Ich kannte dort ein glückliches Paar, hätte ein Marseiller Homer schreiben können, der an Gyptis und Protis erinnerte. Der Seefahrer und die Prinzessin. Hinter den Hügeln ging die Sonne auf. Lole murmelte:

Oh, Zug von Zigeunern.
Nach dem Glanz unserer Haare richte dich …

Eines von Leilas Lieblingsgedichten.

Alle waren eingeladen. Unsere Freunde, unsere Geliebten. Lole legte ihre Hand auf meine. Die Stadt war wie in Glut getaucht. Erst weiß, dann gelblich und rosa.

Eine Stadt nach unserem Herzen.

Worterklärungen

Argot Gauner- oder Szenensprache.

Beurs In Frankreich geborene Kinder von eingewanderten Nordafrikanern.

Brauquier, Louis Hochseekapitän, 1900–1976. Freund von Saint-John Perse. Daneben Dichter, Maler und Fotograf, der die Landschaft um Marseille, das Mittelmeer und die Südsee besungen hat. Die im Text erwähnte Hafenbar heißt im Original *Bar d'Escale* (1926).

César Ein Künstler, der in seinen »compressions« zum Beispiel weggeworfene Getränkedosen zu Blöcken zusammenpresst.

Club der Ultras Eine Fanorganisation des Marseiller Fußballclubs.

Dotrement, Christian Belgier, 1922–1979, Mitglied der Künstlergruppe *Cobra,* Erfinder der »Logogramme«. Originaltitel des erwähnten Textes: *Grand Hôtel des Valises-Locataires,* Paris 1981.

Emmaus-Gemeinschaft Katholische Organisation, die 1949 von Abbé Pierre gegründet wurde und sich um Unterkünfte für Obdachlose kümmert, die mit dem Handel von gebrauchten Möbeln und Kleidern finanziert werden.

Minitel Ein mit dem Telefonnetz verknüpftes Datenbank- und Kommunikationssystem, das in Frankreich schon lange vor dem Internet große Verbreitung gefunden hat.

Pagnol, Marcel Schriftsteller und Filmemacher, 1895–1974, in dessen Werken häufig das Leben in Marseille dargestellt wird. Das gilt insbesondere für seine Trilogie *Marius* (1929), *Fanny* (1931)

und *César* (1931), teilweise an den Originalschauplätzen gedreht.
Perse, Saint-John Französischer Lyriker, 1887–1975. Nobelpreis für Literatur 1960. Sein Gedichtband *Exil* (1942) ist 1949 unter dem gleichen Titel auch in einer deutschen Übersetzung erschienen.

Les Pieds Nickelés Beliebte französische Comic-Serie um drei Trunkenbolde, die 1908 von Louis Forton begründet wurde und bis heute von mehreren anderen Zeichnern fortgeführt wird.

Vallone, Raf Schauspieler, der unter anderem in *El Cid* mit Charlton Heston und Sophia Loren gespielt hat.

Verlan Ein Jargon, der auf der Vertauschung von Silben beruht. Beispiele: féca (café), tromé (métro). Auch der Begriff *Verlan* selbst ist so entstanden: l'envers (rückwärts, verkehrt) len vers – Vers len – Verlan.

Zola, Émile, »J'accuse« Der Schriftsteller Émile Zola äußerte sich im Januar 1898 mit seinem berühmten Artikel *Ich klage an* zum Hochverratsprozess gegen den jüdischen Offizier Alfred Dreyfus, der großes Aufsehen in der französischen Öffentlichkeit erregte.

NACHWORT

Im April 1841 erschien im »Graham's Magazine« mit »Der Doppelmord in der Rue Morgu« die erste Kriminalgeschichte überhaupt. Ihr Verfasser, Edgar Allan Poe, entwirft in dieser Short Story nicht nur den Prototyp einer Detektivgeschichte, deren Erzähltechnik bis heute adaptiert wird, sondern schafft mit C. Auguste Daupin auch einen Hauptdarsteller, der – alle Zeiten überdauernd – immer noch zum Personal vieler guter Kriminalromane zählt: den exzentrischen Amateurdetektiv. Dupins analytische Fähigkeiten führen schließlich zur spektakulären Auflösung des Falls (es war ein wild gewordener Affe), aber ebenso im Gedächtnis bleibt seine beinahe kulthafte Verehrung der Nacht, ein Motiv, das in anderen Erzählungen Poes noch weitaus mehr Raum einnimmt und das metaphorisch die Abgründe des Menschen und die »Nachtseite der Moderne« aufzeigt.

Dieses Hin- und Hergerissen sein zwischen den Mächten des Hellen und Guten und dem Dunklen und Bösen trieb auch einen seiner größten Förderer um, den Schriftsteller und ersten Übersetzer Edgar Allan Poes: Charles Baudelaire.

Baudelaire, dessen »Les Fleurs du Mal« (»Die Blumen des Bösen«) Mitte des 19. Jahrhunderts die Lyrik in Europa revolutionierte, beschreibt Großstadt in all ihren Facetten und mit ihr den neuen Typus des Großstadtmenschen, ein von Pessimismus und Melancholie bestimmtes und dem Dasein entfremdetes Individuum, das sich im Irrgarten der eigenen Existenz zunehmend ängstigt.

Legt man nun die Erzählmotive dieser beiden Seelenverwandten zusammen, und ergänzt sie um das Bild des *Poète maudit* – dessen Werk sich provokant und selbstzerstörerisch dem Geschmack der Mehrheit entgegenstellt und dessen Leben selbst von Zerrissenheit geprägt ist –, dann lassen sich Romanfiguren denken, die dem von seinen Zeitgenossen als zügellos und lasterhaft beschriebenen Charakter Edgar Allan Poes und jenem des drogen- und alkoholabhängigen Revolutionärs Baudelaire nicht unähnlich sind. Und man erhält das natürliche Habitat des Noir-Protagonisten mit seinem zwischen Nihilismus, Zynismus und Melancholie changierenden Seelenzustand.

Was nun noch fehlt, ist das dazugehörige Klang-Bild, um die dunkle Spielart des Kriminalromans vollends zum Leben zu erwecken.

»Der Doppelmord in der Rue Morgue« wurde 1932 verfilmt. Für die Bilder war Karl Freund verantwortlich, einer der bedeutendsten Kameramänner des expressionistischen Stummfilms in Deutschland, Erfinder der entfesselten Kamera und der scharfen Hell-Dunkel-Kontraste, der mit Filmen wie »Der letzte Mann«, »Metropolis« oder »Berlin – Die Sinfonie der Großstadt« Meisterwerke der Filmkunst geschaffen hat.

Ohne ihn und Regisseure wie Fritz Lang, Billy Wilder oder Max Ophüls, um nur einige zu nennen, wäre der Film Noir, so wie wir ihn heute kennen, undenkbar. Im Hollywood der frühen 1940er Jahre waren es vor allem europäische Filmemacher, die die visuellen und thematischen Grundlagen für den Film Noir legten. Aber die wirklich großen Stoffe lieferte die amerikanische Hardboiled-Kriminalliteratur.

Dashiell Hammetts »The Maltese Falcon« (»Der Malteser Falke«) bot die Vorlage für John Hustons »Die Spur des Falken«, und auch die meisten Romane von Raymond Chandler, dem Schöpfer von Privatdetektiv Philip Marlowe, wurden verfilmt, ebenso wie die Werke von Cornell Woolrich (»Das Fenster zum Hof«) oder James M. Cain.

Dies war der Beginn eines überaus regen Austauschs von Gedanken und Ideen über Kontinente hinweg, der nicht nur den Film oder die Literatur betraf, sondern auch die Philosophie, die Musik, die Bildende Kunst.

Der französische Verlag Gallimard verlegte ab 1945 mit der *Série noire* die wichtigsten Hardboiled-Autoren in französischer Sprache, und die Filmregisseure Pierre Chenal und Luchino Visconti adaptierten unabhängig voneinander James M. Cains »The Postman Always Rings Twice« (»Wenn der Postmann zweimal klingelt«). Die Nouvelle Vague, der italienische Neorealismus oder die vom Existenzialismus beeinflussten Filme von Jean-Luc Godard, François Truffaut oder Claude Chabrol, alle profitierten sie von dieser neuen Art des Erzählens und auf faszinierende Weise verschmolzen Hoch- und Populärkultur sowohl in Amerika als auch in Europa.

Und um den Begriff des Klang-Bilds endlich näher zu erläutern: Während sich die europäischen Existenzialisten in Harlem herumtrieben, um die Schwarze Clubkultur und Musik zu entdecken, feierte Miles Davis in Paris Triumphe.

Jazz und Noir, das gehört unbedingt zusammen – legendär sind Miles Davis' Soundtrack zu Louis Malles »Ascenseur pour l'échafaud« (»Fahrstuhl zum Schafott«) oder Martial Solals großartige Filmmusik zu »À bout de Soufflé« (»Außer Atem«) von Godard, in der sich die Musik auf so unvergleichliche Weise mit den Alltagsgeräuschen von Paris verbinden. Aber »Crime-Jazz« ist nur einer der zum Noir passenden Musikstile, Rock-, Blues-,

Country- oder Rap-Musik sind ebenso stilbildend und liefern den Sound für viele der Neo- und Country-Noir-Filme der Gegenwart. Unverändert inspirieren sich unterschiedliche Kunstgattungen und Kulturen gegenseitig und die Anfänge des Noirs fungierten, das darf man wohl sagen, als Katalysator.

Das bildet auch die vorliegende Auswahl ab. Sie stellt nicht die wichtigsten und bekanntesten Werke des Krimi-Noir zusammen, denn die sind alle hinreichend gelesen und rezipiert. Vielmehr folgt sie der eben beschriebenen Spur, stellt Verbindungen zwischen dem amerikanischen und europäischen Noir her und versammelt herausragende Romane aus beiden Kontinenten. Beginnend mit James M. Cains letztem und lange verschollenen Roman »Abserviert«, führt sie in das Harlem der frühen 1960er Jahre, stellt mit Ulf Miehes »Puma« einen der wenigen deutschsprachigen Noir-Romane vor und besucht Fabio Montale, einen kleinen Polizisten mit Hang zum guten Essen, in Marseille. Massimo Carlottos »Die dunkle Unermesslichkeit des Todes« ist ebenso beklemmend und grandios, wie der Titel es vermuten lässt, und mit Charles Willeford, Jim Nisbet und Nic Pizzolatto wird die ganze Bandbreite des amerikanischen Noir erlebbar.

Die ausgewählten acht Titel sind – wie es sich gehört – voller zwielichtiger Gestalten, dunkler Ecken und trauriger Helden. »Der Krimi«, so hat es James Ellroy mal ausgedrückt, »ist ein Filter für das negative Potenzial, das man in sich trägt.« Noir aber ist mehr. Als Leser kann man sich mal auf diese, mal auf jene Seite schlagen und insgeheim die Untiefen der eigenen Persönlichkeit ausloten. Und nicht selten zerfließt die widersprüchliche Weltanschauung des Helden mit der eigenen. Was entweder Entsetzen oder wohlige Schauer auslöst.

Peter Graf

Jean-Claude Izzo, geboren 1945 in Marseille, war lange Journalist. Nach Veröffentlichung von mehreren Gedichtbänden publizierte er mit fünfzig seinen ersten Roman »Total Cheops«. Dieser wurde sofort zum Bestseller, seine »Marseille-Trilogie« zählt inzwischen zu den großen Werken der internationalen Kriminalliteratur. Der zweite Teil, »Chourmo«, wurde 2001 mit dem Deutschen Krimi Preis ausgezeichnet. Jean-Claude Izzo starb 2000 in Marseille.

Lizenzausgabe der Süddeutsche Zeitung GmbH, München,
für die Süddeutsche Zeitung Edition 2016

Jean-Claude Izzo
Total Cheops
Die Originalausgabe erschien 1995 unter dem Titel »Total Khéops«
bei Éditions Gallimard, Paris.

Die deutschsprachige Erstausgabe erschien 2000 beim Unionsverlag, Zürich

Aus dem Französischen von Katarina Grän und Ronald Voullié

Herausgeber: Peter Graf | WALDE+GRAF Verlagsagentur und Verlag GmbH
walde-graf.de
Projektmanagement: Till Brömer
Gestaltung und Layout: studio stg, studio-stg.com
Druck- und Bindearbeiten: CPI books GmbH, Ebner & Spiegel Ulm

Printed in Germany
ISBN: 978-3-86497-358-1

Weitere Titel der Reihe

Krimi Noir